S.E. HALL

Seduzir

Traduzido por Ana Flavia L. Almeida

1ª Edição

2022

Direção Editorial:	**Revisão final:**
Anastacia Cabo	Equipe The Gift Box
Gerente Editorial:	**Arte de Capa:**
Solange Arten	Bianca Santana
Tradução:	**Diagramação:**
Ana Flávia L. Almeida	Carol Dias
Preparação de texto:	**Ícones de diagramação:**
Marta Fagundes	macrovector/Freepik e Pixabay

Copyright © S.E. Hall, 2014
Copyright © The Gift Box, 2022

Todos os direitos reservados.
Nenhuma parte do conteúdo desse livro poderá ser reproduzida em qualquer meio ou forma – impresso, digital, áudio ou visual – sem a expressa autorização da editora sob penas criminais e ações civis.

Esta é uma obra de ficção. Nomes, personagens, lugares e acontecimentos descritos são produtos da imaginação da autora. Qualquer semelhança com nomes, datas ou acontecimentos reais é mera coincidência.

Este livro segue as regras da Nova Ortografia da Língua Portuguesa.

CIP-BRASIL. CATALOGAÇÃO NA PUBLICAÇÃO
SINDICATO NACIONAL DOS EDITORES DE LIVROS, RJ
Meri Gleice Rodrigues de Souza - Bibliotecária - CRB-7/6439

H184s

Hall, S. E.
    Seduzir / S. E. Hall ; tradução Ana Flávia L. Almeida. - 1. ed. - Rio de Janeiro : The Gift Box, 2022.
    288 p.

Tradução de: Entice
ISBN 978-65-5636-147-5

1. Romance americano. I. Almeida, Ana Flávia l. II. Título.

22-75996   CDD: 813
                        CDU: 82-31(73)

"O amor é como uma borboleta, ele pousa em você quando menos se espera".
— Autor desconhecido.

PRÓLOGO

De onde vêm os sonhos? Ninguém sabe, e é isso o que os torna maneiros; alguns são aleatórios pra caralho, outros provêm de eventos recentes, mas o fato de nunca saber com o que você vai sonhar cada noite, quão estranho ou erótico será, lhe dá aquele momento com a sua mente onde você mal pode esperar para descobrir.

Quando o seu sonho é o mesmo sempre, ele se torna um maldito pesadelo.

Eu sei, toda noite, o que verei desde o instante em que fecho os olhos até o momento em que arrasto meu traseiro miserável da cama pela manhã. Sem dúvidas, vou ficar me remexendo em frustração, uma repetição da maratona daquela noite no verão passado me provocando.

E essa despedida de solteiro do Parker, a quem conheço por, talvez, oito semanas. Deus, estou morrendo de inveja dele. Aquela sua Hayden o adora pra caralho, e ela ficou ainda mais gostosa grávida do que era antes. E ela o mima de uma forma muito independente, sem ser uma sanguessuga. Por que não consigo encontrar uma garota assim?

Claramente, já tomei tequila demais, já que sou o anfitrião da minha própria festinha de merda aqui, sentindo pena de mim mesmo. Foda-se isso. Ergo duas notas, acho que são de vinte, e botas de cowboy prateadas surgem rapidinho na minha frente.

Desafie-me, cacete! Queira algo além do meu pau!

— O que consigo com isso? — digo, arrastado, empurrando as notas para ela.

Ela afasta meu calcanhar com um chute, depois o outro, abrindo minhas pernas o tanto que quer antes de subir no meu colo.

— Isso — cantarola e começa a rebolar. Sua tentativa de acariciar meu peito, como se fosse *sexy*, é um fracasso total, prendendo uma unha longa demais no meu *piercing* de mamilo. É bom ela não rasgar a porra da minha camiseta – amo essa camiseta.

— Quanto custa ir lá para trás? — Dois meses em uma fazenda é solitário pra cacete.

Ela para, rapidamente, lançando um olhar nervoso à nossa volta, depois se inclina e cola a boca no meu ouvido.

— Não é meu clube de sempre, então, não aqui — ela sussurra —, mas por cem, te encontro lá fora depois.

Quando estava prestes a acertar os detalhes, *Shook Me All Night Long*, minha música favorita de todas, começa a tocar. Agora essa dança eu preciso ver, tirando as Unhas do Drácula do meu colo e da minha frente para enxergar o palco, ou seja, a parte plana desse lugar.

Por favor, me bata e me coloque na cama... quem caralhos é aquela?

— Zach?!

Nada.

— Zach?! — grito mais alto.

— O quê?

— Quem. É. Aquela? — Aponto para a... humm... vamos dizer "dançarina", por enquanto.

— E por que diabos eu tenho que saber? Acho que falaram Karma ou algo assim, mas duvido que você a encontraria na lista telefônica por esse nome. Por quê?

Olha ele tentando dar uma de espertinho... Bem, ele se ferrou – quem usa uma lista telefônica?

— Por nada. — Balanço os ombros no que espero ser uma indiferença casual, sem nunca desviar o olhar da garota. Isso pode estragar meu disfarce, mas porra, não conseguiria parar de encará-la nem se tentasse.

Acho que é a cerveja, risque isso, é o olhar de tequila; tem que ser. Eu só estava dando em cima de qualquer garota que chegasse perto de mim, pronto para pagar por uma rapidinha insignificante, afogar o ganso, e uma perfeição completa começa a dançar minha música favorita?

É, e quando terminar por aqui, vou para a mansão da Playboy na porra do meu dragão voador que comprei com a grana que ganhei na loteria.

Isso não é real, e se eu chegar perto, é capaz que ela seja um desastre, com bafo ruim e uma voz manhosa...e herpes. Tem que ser.

Seduzir

Mas eis o que sei, sem adivinhar, nada de doces ilusões, sem talvez – é certo: o cabelo dela é tão escuro e brilhante que você quase pode ver reflexos nele, além de ter umas mechas roxas – *sexy* pra caralho. E, só espere... ESTÁ. COM. TRANÇAS.

Geralmente, duas tranças ou rabos de cavalos são conhecidos como "guidões" no meu idioma, mas nessa garota, ficou fofo, tranças fofas, que induzem sonhos molhados.

Seus olhos são tão escuros quanto o cabelo, e retêm o medo e a ansiedade de um gatinho preso em uma calha quando está chovendo. Talvez eu nunca saiba de onde veio, esse instinto que até esse momento eu juraria, sobre uma pilha de Bíblias, que não tinha, mas juro que consigo ouvir sua mente gritar para a minha: "Você é grande e forte! Me proteja, Sawyer! Cuida de mim, me segura, torne-me destemida!

Aquele corpo dela é minúsculo. Não frágil, apenas pequeno, e bronzeado, e torneado...e dela mesma. Ela se vira para o lado, para longe dos olhares curiosos, e mantém as mãos cobrindo seus seios quase à mostra, como se a provocação fizesse parte da dança, mas não faz. Aposto que essa garota nunca dançou ou foi *stripper* antes. E se foi, deveria parar agora mesmo, porque ela é simplesmente terrível nisso.

Aqueles saltos "venham me foder" que está usando? São dois números maiores e ela nunca andou neles antes. Outra coisa que ela deveria parar de fazer imediatamente. Se o cambalear não chamou atenção para suas pernas esculturais, seria apenas triste, mas as pernas valem a pena o show sofrido. Ah, e porra, ela está pulando por aí em círculos, espero que ela não esteja pensando que isso seja um bom disfarce para sua ausência de habilidades de dança... pulando, pelo amor de Deus.

E, por último, ela ama essa música. Ela está cantando, silenciosamente, mantendo seu olhar fora de foco e fixo na parede dos fundos, morrendo de vontade para que tudo acabe, exceto a música. E quando isso acontece, ela corre para trás da cortina como se estivesse pegando fogo.

— Quem era aquela? — pergunto à Unhas do Drácula, ainda parada ao meu lado.

— Garota nova — responde, cínica. — Primeira noite, não percebeu? — Ela ri.

— Sim, percebi.

— Então, te vejo mais tarde? — Ela franze os lábios exagerados para mim.

— Talvez, se eu te vir, te vi. — Eu me levanto, indo na direção de Dane. — Onde você arranja essas garotas?

— E eu sei lá; Brock que trata disso.

— Então a empresa é local pra gente, tipo... em Statesboro?

— Acho que sim, por quê?

— Descubra com certeza, vou tirar água do joelho. Já volto.

Realmente preciso fazer xixi, mas me desvio do caminho, espiando por trás da cortina como se o Mágico e Poderoso Oz estivesse esperando para me dar todas as informações sobre essa garota. Não o vejo, nem ela, apenas várias outras mulheres seminuas que só me lembram o quanto ela era diferente. Quero entrar e exigir que me digam seu nome e de onde ela é, mas sou forçado a me retirar e fechar a cortina de novo quando seu acompanhante/guarda-costas/sei lá o quê me vê.

Na boa, Dane pode descobrir para mim, aquele homem tem modos muito assustadores de cavar o que está escondido. Corro de volta para o banheiro e o alcanço assim que está desligando o celular.

— E aí?

— Empresa local, meio fora do radar, Brock não tem certeza se elas estão listadas no sistema, se é que me entende.

— Não entendo.

Ele se inclina na minha direção, murmurando, baixo e discreto:

— Não sei de nada, e vou dizer isso: saia daqui e nunca fale sobre isso de novo. Talvez eu demita Brock por ser um idiota. É tipo um bico, a maioria estudantes da faculdade e menores de idade precisando de grana.

— Caralho — murmuro.

— Caralho mesmo. Meu nome nunca vai ser associado a isso, nunca. Eu não fazia ideia e vou matar Brock se ele prejudicar qualquer um de nós, de qualquer maneira. Ouviu?

— Espera, da faculdade, a nossa faculdade?

— Sim. — Ele suspira, passando a mão pelo cabelo, muito puto.

— Meu antigo trabalho está me esperando no *The K*? — Espera, melhor ainda... — Posso até substituir o Brock.

— Você sempre terá um emprego comigo, Sawyer, sabe disso. É só dizer.

— Já estou dizendo. Vou embora mais cedo. Não demita Brock até eu falar, okay? Preciso conversar com ele antes.

— Apenas o demita quando conseguir o que precisa. Lavo minhas mãos em relação a essa coisa toda. Agora vaza daqui e pague pela festa em dinheiro. Sem rastros, ouviu, Sawyer?

— Pode deixar. Até mais, cara.

Cuidado, *Skipper*, o papai está indo para casa.

Seduzir

9

CAPÍTULO 1

SINTONIA DE STATESBORO

Sawyer

— Por que estamos aqui de novo? — Zach pergunta, olhando em volta.
— Pare de ser mulherzinha e cala a porra da boca.

Já que todos os meus garotos ficam se perdendo no Triângulo das Bermudas — como se entrassem ali uma vez e eu nunca mais os visse –, designei Zach, o único que restou solteiro, como meu novo parceiro no crime. Embora se ele não parar de reclamar, eu vou sozinho.

Sou um homem com uma missão; não há tempo para reclamações. Depois de passar as últimas semanas vasculhando cada clube em um raio de oitenta quilômetros da universidade, em todas as direções, minha paciência está se esgotando... e acabaram as boates. Se não for esta aqui, e acho que não é, não tenho mais nenhuma ideia brilhante. Tudo o que Brock tinha que fazer era pegar o dinheiro do Dane e organizar uma despedida de solteiro para Parker. Ninguém nem pediu por dançarinas, mas ele contratou mesmo assim, e porque ele não consegue contatar o desgraçado suspeito com quem fez negócios, estou sendo atormentado pela imagem de uma garota que está se provando ser mais esquiva do que o Pé Grande.

— Acho que isso não é um clube de *strip*, cara. Olha. — Zach cutuca meu ombro e aponta para um pequeno palco com uma parede envolta por arames farpados e inúmeros cacos de vidro de diferentes cores sujando a superfície.

O sinal luminoso do lado de fora diz *Unbuckled*[1] – como pode não ser um clube de *strip*? Decepcionado nem chega perto de descrever como me sinto ao ver a Vovó e o Vovô dançando uma música lenta entre as cascas de amendoim no chão. Não sei se eu deveria processar por propaganda enganosa ou agradecer a Deus que eles não vão realmente desatar nada por aqui.

— Vamos. — Zach dá um tapinha no meu ombro, a expressão em seu rosto entregando a pena que sente. Ele sabe que este era o último lugar da lista. — Deixe eu pelo menos comprar uma cerveja pra você.

Como não há nada melhor para fazer e já estamos aqui, aceito sua oferta e nós puxamos dois bancos no bar. Zach pede nossas bebidas e dentro de minutos somos abordados por duas garotas que são bem mais novas do que a lei permite em casos como esse, então estou bastante surpreso por elas estarem aqui.

— Você quer dançar? — a loira me pergunta, colocando-se estrategicamente entre meu peito e a bancada, seu peito roçando no meu braço.

Eu nem começaria a fingir que sei dançar a música vibrante e esquisita que está vindo do *jukebox*... e se vamos fazer isso, quero a amiga morena dela, de qualquer forma. Balanço a cabeça devagar e bebo um gole da minha cerveja.

— Não, mas Zach aqui adora dançar, não é, cara?

— É — ele se levanta, estendendo a mão para ela —, me mostre seus movimentos.

E ele está de volta ao jogo, senhoras e senhores! Agora sou eu e a amiga. Desço meu olhar descaradamente por seu corpo e subo ainda mais devagar, dando-lhe um sorriso enviesado quando chego aos seus olhos arregalados e famintos. Nada mal.

— Você tem um nome?

— Carmen. O seu? — Ela dá um sorriso tímido. Boa tentativa. Seus olhos me dizem a verdade; ela é tudo menos tímida.

— Sawyer. Sente-se — viro na sua direção e abro as pernas, batendo na minha coxa — bem aqui.

---

1   Desatado, desapertado.

Seduzir

— Sawyer!

Não abra os olhos, apenas continue. Ela vai embora, você vai terminar e dormir; outro dia que acaba.

Ela bate o punho na porta com tanta força dessa vez que a superfície sacode.

— Sawyer!

— O quê? — grito de volta, irritado.

Seja lá o que Laney, minha colega de quarto atrevida, peca pelo bom *timing*... ela não compensa em sutileza também. Devemos conversar enquanto estou enterrado na...? Dou uma olhada de esguelha... na morena embaixo de mim. Isso mesmo – a amiga. A garota que escolhi apenas por causa da cor do cabelo.

Poderá sempre ser uma belezura de cabelo negro, pelo resto da minha vida, se eu não arrancar a imagem dela da minha cabeça. Só em pensar na pequena *stripper* desastrada-porém-cativante me faz investir freneticamente contra a Senhorita Não É Ela, e gritos de "Oh, papai" ecoam de novo pelas paredes do meu quarto.

O que explica a nervosinha reclamona socando a minha porta. Essa vadia é escandalosa!

— Você não é o papai dela e eu tenho que me levantar e estar no campo às seis da manhã! Termine isso logo ou enfie uma meia na boca dela! — Laney grita, a porta fina de madeira compensada servindo como a única coisa entre nós, nem perto de uma barreira caso ela decida entrar para calar essa garota por conta própria.

— Tá — respondo, fechando os olhos de novo, sem perder o ritmo das estocadas. — Você a ouviu — resmungo para minha convidada —, fique quieta, doçura, e pare de falar papai.

— *Hmph.* — Ela começa a fazer um biquinho, mas ele se transforma rapidamente em um grunhido de boca aberta quando paro de provocá-la apenas com a ponta e me afundo de novo. — Sim, ai, Deus, sim! — ela grita, em total fingimento.

Sim, tenho certeza. Sabe... garotas dadas, ou, basicamente, vadias, conseguem se safar com o orgasmo falso quando estão fodendo um micro pênis. Contanto que ela amacie o ego do Pau de Lápis até cinco segundos depois que ele gozar, ele está de boa, em um êxtase ignorante, por causa do entendimento implícito de que é anatomicamente equipado para chegar no clímax apesar do fato de ele ser uma merda transando e ela não ter sentido nada.

Ele só não consegue distinguir, já que está ostentando um graveto, mas a maioria dos caras não dá a mínima se ela está excitada ou não, então eles nunca realmente pararam para avaliar os sinais.

Eu tenho um manual diferente; sinta-se livre para acompanhar.

Sou encorpado. Não é questão de ego, apenas um fato. Então, se eu não consigo encostar nas laterais, significa que a elasticidade daquela coisa foi afetada – bolinhas Ben Wah, exercícios de Kegel, fita adesiva, e cabos elétricos que se danem –, e não há esperança, querida. Compre um dildo de largura dupla e um abastecimento vitalício de antidepressivos e espere por um desgraçado azarado estar bêbado demais para se importar.

Para o restante de vocês – adivinhe o que o fato de que eu ser muito bem-dotado significa? Consigo sentir, ou não, as ondulações, o tremor natural do revestimento da sua boceta, aquele tremor que você não consegue gerar sozinha e muito menos impedir quando realmente goza. Então poupe-se dos gritos fingidos e use sua voz de mulher adulta para instruir: à esquerda, direita, para cima, ou para baixo em vez disso. Há 100% de chance de eu gozar assim que terminarmos, e já que você teve todo o trabalho de me deixar entrar, deveria conseguir isso também, garota... não tem do que se envergonhar!

Isso nunca deixa de me surpreender, sério. Uma mulher no banco do passageiro não cala a boca. É o tempo todo "vire aqui, desacelera, pare e pergunte", mas ela finge durante todo o sexo medíocre, insatisfeita, e nunca diz uma palavra. O que é isso?

Se apenas essa aqui fizesse algo para me tirar da monotonia, alguma coisa que me envolvesse o suficiente para parar esses malditos monólogos sobre vaginas que estão passando pela minha cabeça no momento. Dê-me um tapa, assuma o comando, me diga como essa merda vai rolar – faça alguma coisa, garota! Mas ela não faz. Assim como a anterior a ela, e tenho certeza, a posterior, ela só fica deitada ali com os gemidos falsos e uma contorcida ocasional. Então respondo de acordo, estocando contra ela como uma britadeira, sem usar um dedo para acariciar seu outro buraquinho (o que todas elas gostam, embora neguem se alguém perguntar). Desculpe, *Señorita*. Sem esforço extra, sem final surpreendente.

Mostrando um pouco de vivacidade, ela tenta segurar meu rosto e se ergue para me beijar, mas viro a cabeça, descansando a testa contra o travesseiro. Estou pronto para terminar, sem prolongar as trivialidades.

— Quase lá — rosno, em seu ouvido. — Cruze suas pernas ao redor das minhas costas.

Seduzir

Ela faz isso na mesma hora e me vejo desejando que a boceta dela apertasse tanto quanto suas pernas. Mas, já que não chega nem perto, coloco as duas mãos sob sua bunda e inclino sua pélvis, me angulando para ao menos friccionar a parede superior de seu assoalho pélvico. Isso realmente faz com que seus gemidos se tornem mais altos, então sou forçado a usar uma mão para cobrir sua boca, já que não queremos uma/segunda visita da Laney. Depois de mais algumas estocadas, com meus olhos fechados e a fantasia se atropelando na minha mente, finalmente encontro o ápice do meu anticlímax e ela finge um orgasmo assim como eu.

Não paro para relaxar ou me deitar ao lado dela. Não recupero o fôlego, sem querer enviar qualquer sinal confuso. Acabamos, então salto da cama e sigo até o banheiro, jogando fora as camisinhas. Sim, camisinhas. Eu sempre uso duas.

Infelizmente, me vejo de relance no espelho ao passar por ele. Quando viro para analisar meu reflexo, percebo que pareço tão péssimo quanto me sinto. Meus olhos estão vazios e fundos, meu coração quase à flor da pele. Nunca tive relacionamentos com toda aquela coisa de abraços e beijos, mas também nunca fui o grande insensível no qual me tornei. Eu estaria mentindo se dissesse que não sentia um pouco de vergonha de mim mesmo, mas, ainda assim, não consigo me tirar dessa depressão. Até mesmo as mulheres dispostas a abrir mão de um vinho e um jantar, e da sedução em si, antes de pularem na cama e abrirem as pernas para aliviar minha angústia e tensão, não merecem esse nível de babaquice com que são tratadas.

Não estou em negação completa; sei que estou idealizando a garota na minha cabeça e criando uma fantasia que talvez seja um milhão de vezes melhor do que realmente seria na vida real. Não parei com as comparações, pensamentos, ou os 'e se's' na minha mente desde aquela noite. Tenho uma sensação aqui dentro do peito, que diz, com mais certeza do que qualquer outra coisa antes, que juntos seríamos algo especial. Talvez seja toda aquela coisa de "amor verdadeiro" à minha volta, todos namorando, meus amigos sendo adorados por algumas das garotas mais gostosas e legais do mundo, mas estou começando a pensar que sou qualquer coisa, menos o desgraçado sortudo que escapou das garras de uma mulher. Sinto que tem algo faltando.

Ah, caralho, sou uma maldita garotinha, sonhando com minha Princesa Encantada saltitante e extraordinária. Gidge e sua besteira da Disney estão me influenciando e transformando meu saco em uma vagina. Tem alguma lâmina aqui? Vou cortar meus pulsos agora e finalizar o dia.

Suspirando, enrolo uma toalha na cintura e abro a porta, pronto para tentar pelo menos me comportar de forma cordial, o que sei que é o certo.

— Escute, eu posso...

— Ela já foi.

Olho para cima, assustado com a voz de Laney, e ainda mais chocado ao vê-la sentada na minha cama. Graças a Deus, coloquei uma toalha.

— Para onde ela foi?

— Para casa, eu acho. — Ela dá de ombros. — Não perguntei. Ouvi a porta da frente se fechar e me levantei para ver o que diabos estava acontecendo. Já que você está aqui, e ela, não, estou presumindo que a garota se mandou.

Como não escutei a porta se fechando? Não que eu teria ido atrás dela.

— Tudo bem, ela foi embora. Então o que você está fazendo aqui? — Ela se levanta, pegando um short no chão e o jogando para mim.

— Vá se vestir e nós vamos conversar. Já que estou acordada. — Faz questão de dizer, com um olhar maquiavélico.

Volto para o banheiro para me trocar, e fico lá, recostado à porta e respirando fundo. Tenho mais de um e oitenta de altura e levanto peso quase todo dia, mas, sim, estou com medo de encarar a Laney. Ela não apenas se torna uma megera quando quer, mas também não quero ver desgosto ou decepção em seu olhar. Ela é uma das minhas melhores amigas, ainda mais depois que nos tornamos colegas de apê, e sua opinião importa muito para mim.

— Venha aqui! — ela grita, quando percebe que estou enrolando. — Encare isso como um homem.

Saio do banheiro, temendo que ela invada o lugar, chutando a porta e arrancando as dobradiças em menos de cinco minutos, tenho certeza.

Ela dá um tapinha na cama, ao seu lado, assim que abro a porta.

— Venha se sentar. Vamos ter uma conversinha agora.

Sento-me, hesitante, quicando os joelhos e aguardando que ela comece.

— Primeiro, e mais importante, você sabe que eu chamo meu pai de "papai", então escutar suas visitas gritando isso sem parar, no meio da noite, me apavora. Acordo pensando que estou em um filme horrível da Lifetime.

Tentando conter o sorriso, concordo.

— Okay, entendi. — Talvez esse papinho não vá ser tão ruim assim.

— Segundo — ela se levanta e encaixa meu travesseiro extra entre a

Seduzir

15

cabeceira e a parede antes de voltar a se sentar ao meu lado —, nas noites de semana, antes de aulas e jogos, o toque de recolher das ficantes é às onze. Isso é bom pra você?

— É. — Suspiro e passo as mãos pela cabeça, querendo ter um pouco mais de cabelo para puxar. — Não vai acontecer de novo, Gidge. Me desculpe.

Ela coloca a mão no meu ombro e me dá um pequeno sorriso.

— Não precisa se desculpar. Essa é a sua casa também e não havíamos conversado antes sobre isso. Agora isso está resolvido, então tudo bem. Alguma regra que você queira implementar?

— Não, sou fácil de lidar.

— Ficou bem claro com o desfile de mulheres entrando e saindo daqui. — Ela ri e se afasta depressa, desviando do travesseiro que arremesso em sua cabeça. — Falando nisso, você tem andado mais ocupado do que o normal... por acaso está tentando bater o recorde do Guinness, como maior número de infecções por Gonorreia?

Lá vamos nós – é sobre isso que ela queria conversar de verdade.

Foi uma boa deixa, engraçada até, mas estou de olho nela.

— Quero dizer, você costumava pelo menos acompanhá-las até a porta e dar um beijo na bochecha. Sei que você disse que conversaria comigo quando estivesse pronto, mas não posso assistir você se autodestruir por muito mais tempo e não dizer nada. — Ela inclina a cabeça e me encara, me obrigando a retribuir o olhar. — Você está tentando arrancar alguma coisa, ou alguém, do seu sistema, Sawyer, e isso está acabando contigo. Se importa de compartilhar com a turma?

— Eu teria acompanhado a garota até a porta. Ela foi embora antes de eu sair do banheiro.

— Qual era o nome dela?

— Molly — respondo na mesma hora.

Ela solta um suspiro profundo, e se joga para trás na minha cama, mas levanta rapidinho como se tivesse sido eletrocutada pelo colchão.

— Ai, meu Deus! Que nojo! Acabei de me deitar na sua cama de bordel. Ecaaa! — ela resmunga.

— Relaxa — reviro os olhos —, usei dupla proteção e ela fingiu a porra toda. Não tem nada nessa cama além de um pouco de suor e arrependimento.

Ela se levanta, gesticulando para eu fazer o mesmo.

— Mesmo assim, melhor prevenir do que correr o risco de melar. Ew, eca, péssima piada. — Ela puxa todo o cobertor, cobrindo o lençol, depois se senta de novo, bem na beirada. — Pois bem — bate ao seu lado outra vez e eu me sento —, o nome dela era Carmen. Você nem chegou perto! — Dá um tapa nas minhas costas. — E, aliás, eu li ou ouvi em algum lugar que usar dupla proteção não é recomendado.

— Se eu usar tripla, não vou sentir porra nenhuma! E apenas uma? De jeito nenhum. Prefiro continuar com essa prática.

— Tudo bem — resmunga, dando-se por vencida.

— E como diabos você sabe o nome dela? Tem certeza de que não era Molly?

— Tenho certeza de que era Carmen. Vocês ainda estavam no corredor, aquela coisa que passa bem na frente do meu quarto, quando ela disse, e eu cito: *"não se preocupe, papai, a Carmen vai te fazer sentir muito bem"*. — Sua imitação sussurrada e as aspas são hilárias, mas seguro o riso, ciente de que ela quer que eu leve toda essa conversa a sério.

— Ponto alto do meu dia, sério, obrigado.

O que estou fazendo? Eu mataria qualquer homem que tratasse uma das minhas garotas (e por minhas garotas quero dizer Laney, Bennett e Whitley) da forma que venho tratando as mulheres ultimamente. Há uma grande diferença entre tentar se divertir e ser um completo babaca. Não quero ser esse segundo, mas não consigo encontrar a maldita cura para minha cabeça fodida.

Deito-me de costas, fascinado com as pás do ventilador de teto rodando acima.

— Tentarei ser melhor, mais simpático. Juro que não sou esse cara.

— Sei que não é, e é por isso que estou preocupada.

— Não fique — respondo, com um suspiro resignado. — Com o tempo, ficarei feliz com a mesma calça que me deixou puto.

— Quê? Você vai entrar nas calças de alguém de novo e então ficará feliz? — Ela vira a cabeça para me encarar, o rosto estampando a confusão.

Solto uma risada e balanço a cabeça.

— É um ditado: 'você ficará feliz na mesma calça que te enfureceu'. Tipo, espere a mulher sair, e ela vai superar mais rápido do que troca de roupa. Não fui eu que escrevi. Peça para o Confúcio babaca explicar. E aliás — cutuco a lateral de seu corpo —, vocês, garotas, não costumam relaxar e comer quando têm problemas? Você não ofereceu fazer merda

Seduzir

17

nenhuma para mim. Eu deveria estar rodeado de porcarias agora.

Ela zomba de mim, fazendo um beicinho e piscando os cílios.

— Aw, o Sawyer precisa de um sundae com muita cobertura de chocolate quente?

— Agora, sim, mulher! Caramba! Você estava escondendo isso. Que espécie de amiga você é?

Ela se levanta, me puxando pela mão.

— Foi mal. Que tal eu te dar ainda mais granulado? Assim você me perdoa?

— Talvez. Mas é bom você ter castanhas e sorvete de chocolate ou acabamos por aqui.

CAPÍTULO 2

GAROTO PERDIDO

Sawyer

— Você quer uma tragada disso antes de eu terminar? — CJ tenta me entregar o narguilé esquisito em formato de bruxo, a extremidade do bastão na tigela.

— Não, cara. Estou de boa — murmuro, revirando os olhos. Não preciso dar uma tragada de verdade, pois o contato passivo é mais do que suficiente. Se tivesse que adivinhar, diria que o ar nesse apartamento estilo ninho de rato consiste em dois por cento de oxigênio, noventa e oito por cento de fumaça de narguilé. CJ, com certeza, não é o cidadão mais exemplar, nem meu amigo.

O único motivo de eu mantê-lo por perto é porque ele é a pessoa indicada quando se trata de corridas amadoras de motocross. Esse é o nível mais baixo de eventos permitidos fora da época de competições. Ninguém é patrocinado, as coisas são informais, e o dinheiro é passado por baixo dos panos, já que apostas, tecnicamente, não são permitidas.

Houve uma época em que fui uma estrela em ascensão do motocross, me tornando melhor a cada corrida, mas isso foi deixado para trás quando Dane e eu fizemos um pacto de largar toda essa merda de farra e vir para a Geórgia para ficar perto do irmão dele.

Mas agora?

Dane tem seu Santo Graal da felicidade, seu refúgio contra a tempestade: Laney. Mesma coisa com Tate – ele e Bennett estão felizes pra caramba.

Cacete, até Evan, que com certeza parecia o último da fila, está agora todo envolvido com Whitley.

Então vou encontrar meu Cálice Sagrado onde puder.

— Você tem alguma corrida marcada por agora? — pergunto a ele.

— Sua moto está pronta, pelo menos? — Ele tosse, soprando uma nuvem de fumaça tão grande quanto a minha cabeça.

Recentemente peguei minhas economias para aprimorar a moto que acabei de comprar. Dane me paga bem para trabalhar no *The K*, ou para fazer qualquer outra coisa que ele precise, e com que outra merda eu poderia gastar?

— Sim, pronta para correr, mais ágil e mais rápida. Aluguei um depósito na pista, até pilotei algumas vezes. Então, quando é a sua próxima corrida? — repito a pergunta, irritado. Estou aqui por um único motivo apenas; me diga a hora da corrida, me inscreva, saia pela esquerda. Chega dessa conversa de maconheiro; se ele não for logo ao que interessa, vou embora daqui, direto para fazer um peeling facial. A casa dele, esse sofá... é tudo suspeito.

CJ remexe nas embalagens, e Deus sabe o que mais há nessa mesa, até encontrar o celular. Ele mexe na porcaria por uns dez minutos antes de finalmente me encarar.

— Sexta à noite, 10 horas. Você tá dentro.

Aceno depressa e me levanto, mais do que pronto para dar o fora daqui.

— Você não está esquecendo de nada? — Seus lábios se curvam, mostrando os dentes amarelos e tortos. — Não faço esse merda de graça. Cinquenta pratas. — E estende a mão.

Pego a carteira e enfio sessenta em sua palma.

— Fique com o troco.

Foi uma longa semana com nada de mais a fazer, e estive apenas seguindo o fluxo. Estou feliz que seja noite de corrida por nenhum outro motivo além dos garantidos cinco minutos de pura adrenalina, uma fuga da rotina. A multidão de hoje é decente, a música *hardcore* soando tão alta quanto os motores, mantendo todo mundo empolgado, prontos para o verdadeiro espetáculo. Assisti a primeira disputa e parece que há uma competição tensa o bastante para as coisas ficarem interessantes.

Estou recostado contra a cerca, já vestindo o macacão quente-demais--para-a-Geórgia e esperando a segunda rodada de quatro começar, quando sinto uma mão pequena e quente no meu braço.

— Você vai competir essa noite?

Viro a cabeça para a voz sensual, envolta em um convite.

— Vou.

Colocando apenas a ponta do dedo indicador na boca e me encarando com aquele clássico olhar inocente, ela pergunta:

— Você já está todo aquecido?

Sei que essa é a parte onde eu deveria me afastar, principalmente depois da minha conversa com Laney sobre ser um cara melhor, mas se elas se esfregam assim na sua cara... é grosseria não aceitar.

— Não, senhora. Você tem alguma sugestão?

— Eu posso te aquecer. — Ela se aproxima de mim, os mamilos intumescidos cutucando meu peito.

— Que tal isso? — Nem tento disfarçar que estou secando seu decote. Falsos.

Eles são bacanas, e a maioria dos caras vive com o lema "se posso esticar a mão e tocá-los, então são verdadeiros o bastante para mim", mas não sou membro desse clube. Gosto de peitos de verdade e não nego. Quanto mais eles balançam enquanto ela me cavalga, melhor. No estilo cachorrinho, os naturais balançam para frente e para trás como pêndulos, quase me hipnotizando. E quando fodo seus peitos, quero a "sensação" de pele de verdade se moldando ao redor do meu pau como uma luva.

— Como você quiser — diz ela, em voz mais sedutora. Ou que acredita ser. — Eu me chamo Mariah, aliás. — Ela passa o dedo pelo meu antebraço. — E você é Sawyer Beckett.

Eu deveria, provavelmente, ficar preocupado com o fato de ela saber disso e o modo como grita alerta de STALKER para mim, mas assim como qualquer outro cara (você sabe, aquelas coisas sem cérebro que têm paus), não fico.

— Bem, senhorita Mariah — baixo o olhar e a ponta do dedo de seu pescoço até o vale em seu decote, erguendo apenas uma sobrancelha, minha cabeça ainda inclinada —, essa é uma oferta muito gentil.

Seduzir

Ela segura a respiração, e a pele exposta que antes estava pálida perto do top decotado cora sob meu toque. Ela dispara o olhar ao redor e a observo me encarar de volta quando decide seguir adiante com seu plano. Segurando minha mão, ela praticamente sai correndo enquanto me leva pelo estacionamento de brita até nos enfiarmos entre dois prédios aleatórios.

Quando estamos longe da vista de qualquer um, ela parte para cima de mim, as mãos sedentas e frenéticas mal conseguindo decidir o que tirar ou levantar primeiro, sua boca desastrada e inexperiente no meu queixo, depois em meu pescoço.

— Ei, ei. — Dou uma risada, segurando seus ombros com um pouquinho mais de força para mantê-la parada. — Você vai machucar alguém, mulher. — Inclino-me, deixando a ponta do meu nariz roçar para cima e para baixo em seu pescoço algumas vezes, em um ritmo relaxante. — Mais calma? — murmuro.

Ela choraminga, quase como se estivesse sentindo dor por estar sendo contida, mas seu toque agora é mais controlado quando desliza uma mão para dentro do meu macacão aberto e da cueca.

— Aaahh... — murmura, como se tivesse encontrado o prêmio sem ter tido de cavoucar até o fundo da caixa de cereal. Em um piscar, ela se ajoelha, uma mão afastando as peças de roupa do caminho, a outra agarrando o meu pau como um torno.

— Calma — tento tranquilizá-la, acariciando seu cabelo. Estou, na verdade, meio apreensivo de ter uma mulher tão empolgada... tão perto do meu pau. Eu gostaria de deixar este esconderijo improvisado ileso. — Devagar, gatinha — sussurro. — Eu quero lento e gostoso.

Isso resolve as coisas. Seus olhos se focam nos meus, buscando aprovação à medida que ela engole o tanto que consegue até a goela.

— É isso aí, desse jeitinho — murmuro.

Estou a seis lambidas de distância de jorrar minha porra, num boquete às escondidas em um beco, quando uma voz suave ressoa ao redor:

— Mariah?

Aaah, caralho. Fecho os olhos com força, bloqueando tudo, a não ser a ordem direta que estou enviando ao meu pau, para explodir com vontade, antes que a dona da voz meiga chame outra vez pela minha – nova amiga – e nos encontre. Assumo o comando agora, mesmo que não seja habituado a forçar alguém a me dar uma mamada, mas, em tempos difíceis... Começo a foder sua boca como um homem que possui apenas uma hora de vida, porque tenho certeza de que vou morrer gozando.

— Quase lá — ofego. — Não pare.

— MARIAH? — Merda, a voz soou bem mais alta dessa vez.

A amiga nos encontrou.

O primeiro jato desce pela garganta da garota, e abro os olhos, virando a cabeça em direção ao ofego chocado. Não! Puta que pariu! Isso só pode ser uma alucinação fruto da ejaculação. Tem que ser isso.

Com uma sorte dessas, ninguém apostaria em mim nas corridas, porque sou um azarado do caralho. Tento puxar meu pau para fora da boca da garota, mas Mariah se agarrou a ele com seus dentes ameaçadores.

— E-eu... — É tudo o que consigo gaguejar, fechando os olhos com força diante da humilhação.

— Ah, faça o favor e termine logo. — Dá uma risada de escárnio.

De forma vergonhosa, é o que faço. Em minha defesa, esse não é o tipo de coisa que você simplesmente consegue parar. Mariah toma tudo, e um estalo audível ecoa ao redor quando ela me solta e se levanta. Eu preferia ter continuado cego, mas abro os olhos e deparo com seu sorriso orgulhoso enquanto limpa a gota de sêmen do canto da boca.

— Ainda bem que eu te trouxe uma bebida, né? — zomba, avançando um passo e oferecendo uma bebida que está segurando para Mariah. Em seguida, ela olha para baixo e recua um passo, dando uma piscadinha. — Nada mau.

Estou chocado, mentalmente tentando obrigar minha mão a parar de tremer ao enfiar meu pau de volta na calça, e subo o zíper do macacão, envergonhado.

Lá está ela, a aparição de cada sonho recente meu ganhando vida no momento mais inoportuno que se pode imaginar. De todas as situações que inventei na cabeça sobre como, quando, e onde, finalmente, nos encontraríamos outra vez, eu te garanto que essa não era uma delas. Ela parece ainda mais incrível do que me lembro, muito mais perfeita ao vivo do que nos meus sonhos. Lembro-me de uma obra de arte: ela é a porra do museu inteiro e eu quero um ingresso.

As mechas roxas em seu cabelo preto sumiram; ela tem madeixas longas e castanhas agora, com as pontas vermelho-escuras. Ela é uma coisinha miúda, talvez 1,60m de altura no máximo, mas seu short jeans, com os bolsos mais compridos, fazem suas pernas bronzeadas parecerem enganosamente mais longas do que são. Em seus pés estão botas pretas de caubói que combinam com um largo cinto preto, atraindo meus olhos para seus malditos quadris arredondados.

Seduzir

Cabelo irado, botas de caubói e o rosto de um anjo... ela é a porra do M&M – um pacote inteiro, com sabores sortidos do caralho!

Quando consigo encarar seus olhos, um verde-escuro quase anormal, como grama verde molhada com o orvalho da manhã, ela me tem em sua mira. Ela inclina a cabeça em um ângulo e levanta as sobrancelhas, dizendo incrédula e silenciosamente: *"Posso te ajudar com alguma coisa?"*, mais alto do que com palavras de verdade.

— Tenho que ir. — Abaixo a cabeça e começo a passar por ela, sentindo mãos me puxando por trás.

— Espere! Você não quer meu número? — Mariah diz, desesperada.

Viro-me, mas continuo andando de costas.

— Eu, humm... A gente se vê por aí depois, okay? — Aponto o polegar pelo meu ombro. — Tenho que ir logo. Hora da corrida.

CAPÍTULO 3

A ESPERANÇA ACABA

Sawyer

Ela está por aí, em algum lugar dessa multidão, assistindo a corrida. Consigo sentir a poeira em meus olhos e entre os dentes, o calor ameno e a vibração do motor percorrendo meu corpo, mas não sinto os olhos dela em mim. Eu sei, tão certo quanto o sol nasce no Leste e se põe no Oeste, que se seu olhar estivesse sobre mim, eu saberia.

Enquanto nos alinhamos, dou uma olhada de relance para a plateia, tentando avistá-la uma última vez – nada. O lugar está lotado de bandos de universitários em busca de adrenalina e ainda mais universitárias em busca desses caras; é um mercado gigante de carne fresca. Têm mais cabeças femininas com cabelo escuro do que o contrário e quantas pessoas exatamente estão vestindo a porra de uma camiseta amarela?

E sabe quem eu vejo? Laney Jo Walker.

Quando você sobe na arquibancada e balança as mãos, as pessoas tendem a te identificar em uma multidão.

Dou um tchauzinho para ela e Dane, que está ao seu lado balançando a cabeça e rindo. Estou surpreso por ele estar aqui. O que aconteceu com todo aquele discurso de "parar com o comportamento destrutivo"?

Volto a concentrar minha atenção na bandeira, a onda familiar de euforia tomando conta. Quando ela se abaixa, dez motos disparam, levantando cascalho e nuvens de poeira. Só preciso de três voltas para ganhar uma vantagem enorme, então a uso a meu favor. Vou chamar a atenção dela.

Estou me divertindo pra caralho, subindo as ladeiras um pouco mais rápido agora que estou longe do grupo e adicionando alguns malabarismos quando estou no ar. Permitindo de propósito algumas derrapadas, voando de lado nas curvas, fico de olho na pista, apesar de precisar conferir as posições. Pensamentos sobre ela percorrem minha mente tão rápido quanto a testosterona nas minhas veias. Ela já está assistindo?

Na última encosta antes da linha de chegada, vou com tudo e dou um mortal... pousando com facilidade e cruzando a linha. A buzina ressoa e tiro o capacete, sentindo o suor escorrendo pelas laterais do meu rosto. Um mortal. Ela deve ter notado isso, certo?

Não sei como ou quando Daney – minha combinação genial dos nomes deles e uma referência à única pessoa que eles se tornaram – atravessam a pista, mas aqui estão eles ao meu lado. Deve ter sido um Crossy Road[2] da vida real, e eu não ficaria surpreso se ele a carregasse pelo tráfego.

— Você ganhou! — Laney grita. — As manobras no final me assustaram um pouco — ela dá um tapa no meu braço —, mas você ganhou! — Ela está em polvorosa, literalmente saltitando. Viu? A eletricidade de uma corrida é contagiosa, porque Laney Jo Walker não saltita.

— Bom trabalho, cara — Dane entra na conversa, erguendo o punho para um soquinho.

— Valeu. — Pisco para ele em reconhecimento, mas lanço uma olhada rápida para a arquibancada. Estabeleça um padrão, uma fileira por vez, esquerda para a direita... É a melhor forma de garantir que não vou perdê-la de vista. Procuro de um lado ao outro, o mais rápido possível, ficando desorientado toda vez que um grupo se mexe. — Cacete! — grito, jogando meu capacete no chão.

Laney ofega.

— O quê? Você está bem?

Suspiro, passando a mão pelo meu rosto.

— Nada. Não é nada. Vem, vamos dar o fora daqui. — Inclino-me para pegar o capacete de volta, ainda incapaz de impedir que meus olhos esperançosos vaguem ao redor.

— Você não vai para a final? — Dane pergunta, arqueando as sobrancelhas com curiosidade.

Ele tem razão, eu avancei para a grande corrida, mas não poderia ligar menos para isso no momento. Acrescente correr à lista; mais uma coisa

---

2   Jogo onde o personagem deve atravessar a rua sem ser atingido.

que tem toda a diversão sugada. *Sugada*. Porra. Balanço a cabeça para o trocadilho irônico que iniciou minha desgraça em primeiro lugar.

— Foda-se a final. De repente, não dou a mínima — murmuro, remexendo nos fechos do capacete.

— Você quer sair ou...

Interrompo Dane, cansado e frustrado:

— Encontro vocês mais tarde em casa. Tenho que fazer umas coisas.

— Tem certeza? Tenho pelo menos uma cerveja comigo — ele oferece.

— Não, cara — puxo Laney para perto de mim e beijo o topo de sua cabeça —, mas valeu por terem vindo. Pensei que você odiasse que eu competisse.

— É, bem, sua colega de quarto sabe ser bem persuasiva. — Ele ri, puxando sua mulher dos meus braços para os dele.

— Saw, o que aconteceu? — Laney pergunta, seu rosto com uma expressão preocupada.

— Nadinha, Gidge. Te vejo mais tarde, okay?

— Okay. — Ela olha para trás enquanto se afastam e dou o melhor sorriso que consigo.

— Sawyer, seu celular está tocando. — *Então atenda, imbecil.*

— Sawyer, é o Dane. Você quer que eu o atenda?

Acho que consigo erguer o polegar.

— Ei, beba isso, Dane está vindo te buscar.

Levanto a cabeça e vejo que estou... Huh. Estou completamente bêbado, sentado no *The K*.

— Quê?

Kasey está atrás do bar, empurrando uma bebida na minha direção.

— Beba, cara. Dane está vindo te buscar.

— Que horas são? Quem ligou pro Dane? — Minha boca tem gosto de bunda, minha voz rouca incomoda como uma lixa esfregando na pele.

— Ele ligou dez vezes e eu finalmente atendi — ele explica. — E são três da manhã.

Pego o copo e o viro, as bolhas fazendo cócegas no meu nariz.

— Que porra é essa que acabei de beber?

— Cura caseira para ressaca. Você vai me agradecer de manhã. — Ele ri, virando-se para repor meu copo.

Talvez seja coisa da minha cabeça embriagada, mas começo mesmo a me sentir menos confuso na metade da segunda dose.

— Você deveria patentear essa merda, cara. Você ficaria rico.

— Alka Seltzer e Aleve talvez não gostem disso. Termine de beber logo, sua carona está aqui. — Ele olha para alguém às minhas costas e dá um sorriso trêmulo. — Oi, chefe!

— Obrigado, Kasey — Dane diz, entredentes. — Eu tranco tudo, pode ir embora.

— Valeu, Kasey — murmuro, virando-me para encarar meu amigo bravo. — O que houve?

— Me diga você. — Ele puxa o banquinho ao meu lado. — Laney e eu oferecemos te levar para uma bebida e você recusou, mas ainda assim você veio e encheu a cara no seu local de trabalho? Seu celular quebrou? São três da manhã, porra; Laney chorou até dormir, ela estava preocupada pra cacete!

— Argh... — solto um grunhido, encostando a testa na bancada. — Estou bem. Vou pedir desculpas a ela.

— Sim, você vai. Logo depois que me contar que porra está acontecendo com você. Eu cansei, Sawyer — ele diz, com firmeza, batendo a mão na bancada. — Comece a falar.

— Você consegue sequer se lembrar de como se sentia antes de conhecer a Laney? — Viro o rosto para ele. — Vazio e inútil e com inveja de todo filho da puta feliz que conhecia?

Ele assente, esperando pacientemente que eu continue.

— Ela estava lá, na corrida. Agora ela pensa que sou um merda antes mesmo de nos conhecermos de verdade.

— Quem é ela?

— *Stripper* Skipper, a garota mais linda da face da Terra. E a voz dela, aaah... — Dou um gemido, inclinando a cabeça para trás e fechando os olhos. — A porra da voz dela, aqueles lábios – meu Deus. E ela é descolada! Eu sabia!

— Por que ela pensaria mal de você?

Passo as mãos furiosamente pela cabeça.

— Talvez ela tenha me pegado no flagra recebendo um boquete.

— Na corrida?

— Na corrida.

— Só você mesmo... — Ele balança a cabeça de um lado ao outro. — Então, estamos falando sobre a garota da festa do Parker, certo?

— Sim.

— Sawyer, isso foi meses atrás. É muito tempo sofrendo, amigão. E se ela não for tudo o que você acha que ela é?

Viro para ele, pensando por um minuto.

— E se ela for?

Ele se levanta, me dando um sorrisinho.

— E se ela for? Levanta daí — ele dá uma batidinha no meu ombro —, vamos para casa.

CAPÍTULO 4

ENTREVISTA SEXY

Sawyer

Estou empilhando copos, ao som de *Hurt*, do Johnny Cash, quando Dane entra no *The K*. Ele estende a mão para o painel e desliga minha trilha sonora.

— Como está a vida? Melhorou?

— Bem, eu demiti o idiota do Brock — murmuro. Ele tem sorte por eu não ter dado uma surra nele na hora. — Então realoquei o Kasey para a segurança, com um aumento, e eu mesmo para trás do bar. Ah — exclamo —, e finalmente descobri o que a porra da raposa diz, então, sim, estou ótimo.

Rindo, ele me entrega alguns papéis.

— É bom saber. Esqueci que eu tinha essa entrevista aqui e Laney está me esperando. Você pode fazer isso pra mim?

Dou uma olhada no currículo que ele entregou.

— Para o que estamos contratando?

— Garçonete durante as noites e atrás do bar na hora do almoço, se ela quiser.

— Beleza, pode deixar — asseguro, sem sentir vontade de olhar para a cara feliz e apaixonada dele. — Dá o fora daqui.

— Até mais, irmão. — Ele bate no balcão e me dá uma piscadinha.

Por que caralhos ele está piscando para mim? Deus, espero que ele durma um pouco... com a MULHER dele.

Começo a subir a escada até o escritório de Dane, nem um pouco a fim de me fingir de bonzinho em uma entrevista, quando Dane me chama, me fazendo parar.

— Sawyer?

— Sim? — Eu me viro. Que porra ele quer agora?

— Você confia em si mesmo?

— O quê? — Desço dois degraus que já havia subido e diminuo a distância entre nós. — Cara, você está piscando para mim, perguntando umas merdas estranhas... alguém deixou uma cola aberta perto de você ou o quê?

— Você. Confia. Em. Si. Mesmo? — ele repete, erguendo uma sobrancelha como faz quando está desafiando alguém.

— É claro que confio. Por quê? Você confia em si mesmo?

— Sem dúvida. — Ele assente. — E é por isso que quando os pessimistas vêm para cima de mim com merda ou tentam plantar uma dúvida, eu não tenho dificuldade em ignorá-los.

Apenas o encaro, tentando discretamente identificar o tamanho de suas pupilas; acho, de verdade, que ele cheirou cola.

Ele coloca uma mão no meu ombro e sorri.

— Você e eu somos o tipo de caras que seguem nossos instintos. Não mude.

Levo um minuto para arquivar toda essa baboseira e sigo para o escritório. Se eu pensasse que ele acabou de me jogar em um *loop* com esse papo estranho, então o que acontece depois é um círculo total ao redor da porra do globo. Quando abro a porta, fico sem palavras.

O nome dela é Emmett L. Young, e finalmente sei disso porque esse é o nome no currículo que estou segurando e ela está sentada no escritório do Dane.

Eu te falei – aquele cara tem modos assustadores de fazer as coisas acontecerem. E ele pode piscar para mim e cheirar cola quando quiser, porque eu meio que o amo nesse momento.

— Oi — consigo dizer, entrando no escritório, então estendo minha mão a ela. — Sawyer Beckett.

Ela se levanta com um sorriso discreto, os olhos arregalados e chocados passando rapidamente por mim.

— Emmett Young — diz, ao me cumprimentar com um aperto de mão. — Bom te ver outra vez, Sr. Beckett. — A voz dela sai como mel quente quando volta a se sentar.

— O L é de quê?

Há um leve tremor em seu rosto – ela está desconcertada com a minha pergunta tanto quanto eu. Apenas saiu.

Seduzir

31

— Louise?

— Tem certeza? — desafio-a em tom de flerte, e me sento atrás da mesa.

— Tenho certeza, uh, foi meio estranho você perguntar. Não era o que eu esperava.

— O meu é Landon, um L também. Por isso que notei. — Não foi bem por isso que notei. Assim como sei que ela mascou um chiclete de canela recentemente, que ela tentou cobrir uma pequena tatuagem de borboleta atrás de sua orelha esquerda com maquiagem, e que ela costumava roer as unhas, mas que está tentando deixá-las crescer de novo... Eu notei.

— Então, hum — ela fica inquieta —, isso é meio estranho. Se você quiser cancelar, eu entenderia.

— Você quer cancelar? — Recuso-me a desviar o olhar, forçando meus olhos a permanecerem nos delas apesar do meu constrangimento e medo mortal de que talvez ela diga sim.

Ela balança a cabeça depressa.

— Não, de jeito nenhum. Eu preciso muito desse emprego. O Sr. Kendrick disse que paga quinze dólares por hora. Isso é inédito para uma garçonete. É mais do que ganho nos meus dois empregos atuais juntos.

— Tudo bem então, Emmett. — Deus, o nome dela é delicioso na minha boca. — Vamos conversar.

Um sorriso tão tímido e fofo quanto um filhote de cervo toma conta de seu lindo rosto e preciso agarrar os braços da cadeira para me manter ali. Caralho, ela é gostosa. Quero saber qual é o gosto dela por toda parte. Seus suspiros são altos ou baixos, silenciosos ou barulhentos? O que se enrola e afunda nos lençóis primeiro, seus dedos das mãos ou dos pés?

— Sr. Beckett?

— Humm? — Ah. — Desculpe. E me chame de Sawyer, por favor.

Ela assente e olha para baixo, suas bochechas corando levemente. Nunca fiquei duro só de olhar para uma garota antes, mas eu poderia levantar essa mesa só com o meu pau agora.

— Vamos resolver isso, okay? Eu administro o *The K*, então você estaria trabalhando mais para mim do que para o Dane. Sr. Kendrick, quero dizer. — Tusso. — Nós dois sabemos o que você viu. Consegue acatar minhas ordens e respeitar minha autoridade depois daquilo?

Ela cruza a perna esquerda sobre a direita e puxa a barra de sua camiseta.

— Sem dúvidas.

Recosto-me contra a cadeira e apoio os dedos no meu queixo.

— Tem certeza? Não quero que fique pensando mal de mim. Como pode dar ouvidos a alguém que não respeita? Você nem consegue olhar para mim agora.

Ela levanta a cabeça depressa, o olhar desafiador fixo ao meu.

— Foi só um boquete. — Ela cobre a boca com a mão, seu corpo inteiro (cada centímetro que consigo ver, pelo menos) enrubescendo furiosamente. Ela abaixa a mão e sussurra: — Quero dizer, não foi grande coisa. Não que não fosse grande, era... ai, meu Deus. — Ela abaixa a cabeça e cobre o rosto com as duas mãos, falando através delas: — Por favor, me mate.

Não consigo segurar o riso e logo ela me acompanha, espiando por entre os dedos.

— Vou tentar isso de novo. — Ela me agracia mais uma vez com seu rosto agora à mostra. — Embora sua escolha de local público tenha sido um pouquinho chocante, o fato de você receber boquetes não foi, principalmente, vindo da Mariah. Está tudo bem e isso não vai afetar minha capacidade de trabalhar com você.

— Ótimo — respondo, com o semblante sério. — E se vale de alguma coisa, peço desculpas por você ter presenciado o que não foi um dos meus melhores momentos.

— Você pode me falar mais sobre esse serviço? — ela pergunta, baixinho, apenas um pouco inquieta.

Ela quis dizer esse serviço, não aquele, certo? Certo. Controle-se, Beckett.

Suspiramos juntos, ambos aliviados por essa conversa ter finalmente acabado. Ainda estou preocupado com o que ela pensa de mim, mas em breve terei bastante tempo para provar a mim mesmo a ela.

Descrevo rapidamente o trabalho, que não é complicado, e faço algumas perguntas.

— Então, me fale sobre o que você está fazendo agora, Emmett. — Percebo que dançarina exótica não está listado em seu currículo.

— Sirvo mesas na *Granny's Kitchen* e no *The Crossbow*.

Interessante... ela está mentindo para mim ou mudou de emprego e eu estava procurando em todos os lugares errados. Garanto a você, nunca fui procurar a minha *stripper* na *Granny's Kitchen*. Talvez eles a tenham demitido por ela ser uma dançarina tão horrível. Não consigo expressar o quanto esse pensamento me deixa feliz.

— Então você tem 21 anos, certo? Você sabe como preparar coquetéis?

Seduzir

33

— Farei 22 em breve, e, sim, posso fazer quase qualquer coisa. Já servi um pouco antes.

— Existe algum horário que você não possa trabalhar?

— Tenho uma aula na Faculdade Comunitária, às quartas, de meio-dia à uma da tarde. Fora isso, sou toda sua.

Ah, querida Emmett, como você me provoca assim...

— Vou querer todas as horas que você estiver disposto a me dar, qualquer trabalho, qualquer turno.

A ansiedade em sua voz, junto com o olhar suplicante, desencadeia um instinto primitivo em mim. Alguma coisa está errada, minha intuição diz que essa garota precisa de mim. Quero que ela precise de mim. Eu já preciso dela, afinal.

— Que bom — respondo. — Manterei isso em mente. Então, quanto tempo de aviso-prévio você precisa dar para seus atuais empregadores?

— Você vai pensar mal de mim se eu disser nenhum? Eu não faria isso aqui, mas preciso que o aumento no meu salário comece assim que possível. Cada um deles só me dá cerca de vinte horas semanais, de qualquer forma. O quanto eles poderiam sentir minha falta?

— Tudo bem, então. — Sorrio, deixando que ela saiba que entendo seu ponto de vista.

— Isso significa que estou contratada?

— Sim — assinto —, eu adoraria tê-la aqui.

— Ah, obrigada! — Ela salta de sua cadeira e corre para me abraçar.

Agradavelmente chocado, já estou de pé quando ela chega até mim, mais do que feliz em devolver o abraço. Ela é tão pequena em meus braços, mal chegando no meio do meu peito, seus braços com dificuldade de me envolver. Cedo demais, ela se afasta e levanta o rosto para me encarar.

— Provavelmente estou passando dos limites — ela começa, a voz suave —, mas você não entende o quanto isso significa para mim. Muito obrigada. Prometo fazer um ótimo serviço para você!

— O prazer é meu, Emmett. — Pigarreio e dou um passo para trás. — Que tal você vir no domingo? Podemos preencher toda a sua documentação e repassar a parte logística quando ninguém estiver aqui para interromper. Acho que seríamos mais produtivos assim, aí você pode ficar por conta própria mais rápido.

— Perfeito. Que horas?

— Nove?

Ela assente, seu sorriso enorme é contagioso.

— Tudo bem, até lá então. Deixe eu te acompanhar até a saída. — Apoio a mão em sua lombar, louco para tocá-la, mas desisto rapidamente, considerando de verdade minhas táticas de flerte pelo que deve ser a primeira vez na vida. — A menos que você esteja com fome? — Até eu consigo ouvir o tom esperançoso na minha voz; eu mataria por mais tempo com ela. — Posso te alimentar?

A risadinha mais fofa irrompe e me dá um soco no peito.

— Não, obrigada, estou bem.

Decepcionado por nosso tempo juntos estar mesmo acabando, por agora, viro-me para levá-la para fora, andando devagar e lutando contra a cara de tristeza que quer despontar no meu rosto. Daney nos encontra no final da escada, a dupla loira observando Emmett com ansiedade, à medida que meu chefe e amiga incrível sorriem timidamente.

— Presumo que você seja nossa nova garçonete? Emmett, não é? — Dane estende a mão.

— Sim, senhor, Sr. Kendrick. Muito obrigada pela oportunidade. Prometo que você não vai se arrepender.

— Tenho certeza disso. Essa é a Laney, minha linda namorada — ele apresenta. — Laney, essa é a Emmett. Sawyer a contratou.

Laney olha para ele como se estivesse vendo um espetáculo de circo, provavelmente imaginando o porquê de ele estar repetindo o que ela já sabe.

— Oi, Emmett, seja bem-vinda. Você vai amar esse lugar. Todo mundo é incrível, até meu namorado esquisito aqui.

— Mal posso esperar para começar. Estou tão animada. — Garota esperta; ignora a parte do namorado esquisito e parte logo para o sorriso para a namorada.

Laney é perspicaz demais para seu próprio bem, seus olhos sorridentes se focam em mim enquanto balança a cabeça para a resposta de Emmett.

— Vejo que está em boas mãos. Sawyer vai cuidar muito bem de você.

Sopro um beijo para ela por cima da cabeça de Emmett e começo a rir quando Dane rosna ao puxar o seu braço.

— Vamos, Emmett — digo para minha mais nova funcionária —, o Sr. Kendrick vai se liberar.

Ai, merda. Escolha ruim de palavras.

Emmett me encara, suprimindo sua diversão.

— Hum, sim, okay. Prazer conhecer vocês dois.

Seduzir

Seguro a porta da frente aberta e ela esbarra em mim quando passa, o leve toque de um cheiro maravilhoso que eu nunca poderia nomear provocando meu nariz.

— Red. É meu favorito.

— O q...

— Você funga muito alto — ela brinca. — Meu perfume se chama Red. Você gosta?

Engulo em seco e tão alto também, que até eu consigo ouvir.

— Desculpe. Cheirar você, provavelmente, parece meio estranho. — Passo a mão pela cabeça e dou de ombros. — Mas, sim, gosto muito.

— Obrigada. Eu também. Te vejo no domingo.

— Até domingo, Emmett.

Faltam dois dias, dois dias até eu ficar sozinho com Emmett Young. Só consigo pensar nisso e estou orgulhoso em admitir que me sinto uma versão novinha em folha de mim mesmo. Nunca desejei tanto algo assim na vida.

Eu meio que me sinto mal, meio, por todas as vezes em que sacaneei Dane ou Tate ou Evan por serem paus mandados, pensando que eles precisavam virar homens. Estou começando a entender uma palavra completamente estranha... expectativa.

— Qual é o motivo desse sorriso? — Com certeza, não é você.

— Oi? — Olho para trás da garota que falou, revirando meu cérebro em busca tanto de seu nome quanto de como diabos ela entrou aqui. — Mariah, o que você está fazendo aqui?

Não deve ser mais de seis horas e nós, claramente, não estamos abertos, então por que ela está parada na frente do meu bar? Ah, e tem toda aquela coisa de como caralhos ela sabe que trabalho aqui, mas solto um riso de escárnio assim que penso nisso - se a garota quer te encontrar, ela vai encontrar.

— Aquele outro cara me deixou entrar. Falei para ele que era muito importante. — Ela sorri e solto um grunhido, fazendo uma nota mental de ter uma conversinha com Kasey. — Entãooooo... — ela apoia os cotovelos na bancada e fica na ponta dos pés —, eu queria te convidar para a minha festa de aniversário amanhã!

Minha boca se abre, "agora, por que diabos eu iria..." está na ponta da minha língua quando um *flash* de brilhantismo me atinge. Mariah é amiga da Emmett.

— Seu aniversário, é? — falo. — Vai fazer uma festa de arromba com todos os seus amigos?

— É claro! — Seus cílios batem freneticamente, o corpo se inclinando ainda mais perto. — Vai ser tão divertido. Você pode ir, por favor?

Não, mas vou comparecer pela chance de ver Emmett. Ou isso é uma má ideia? Ela vai pensar que só estou lá pela Betty Boquete? Eu poderia explicar que não estou... Jesus, sou péssimo nisso. Não faço ideia do que fazer ou do que não fazer – meu único território conhecido é engrenagem de motos. Porém estou decidido a passar um tempo com Emmett. Ela vale a pena.

Eu poderia soar mais como Evan "Romeu" Allen? Caralho.

— É, eu poderia dar uma passada lá. Tenho um amigo que eu poderia levar também. — Concentro-me no pano na minha mão, limpando a bancada de forma indiferente. — E quanto à sua amiga da corrida? Ela vai estar lá? Ele provavelmente iria gostar dela.

— Emmett? — Ela dá uma risada maldosa. — É bem provável, eu a convidei. Mas haverá várias outras garotas lá para ele escolher. Garotas divertidas.

Triste, de verdade; não é possível que ela acredite nisso – que é mais divertido foder um desconhecido e ser esquecida do que ser a única garota procurada por infinitamente mais do que qualquer menina poderia dar.

Tenho que anotar essa merda! Minha mente nunca pensa de forma tão profunda assim e talvez nunca mais o faça.

— É, okay. — Passo um guardanapo para ela e procuro uma caneta no bar. — Escreva o endereço e verei o que posso fazer. Mas depois tenho que voltar ao trabalho.

Tipo, vaza logo daqui, garota.

A música está estridente, bêbados por toda parte no quintal e na rua, e essa casa está lotada como uma lata de sardinha. De jeito nenhum um vizinho não vai chamar os tiras daqui a pouco. Imagino que eu tenha uma hora, no máximo, antes desse show de merda ser interrompido. Preciso encontrar Emmett rápido.

Passo por entre a massa de corpos, parando apenas quando avisto garotas de cabelo escuro para analisar seus rostos. Sem sorte na entrada, então encontro a cozinha e fico parado no canto mais afastado. Esse lugar me fornece uma visão ampla das únicas duas portas para essa casa: a da frente e a de vidro que dá para o quintal. Se ela entrar, eu a verei.

Um vislumbre, um único "oi, engraçado te ver aqui" é tudo o que preciso para me satisfazer até domingo. Consigo sentir o gosto da minha ansiedade.

Meia hora depois, aquele gosto ruim na minha boca se transforma em decepção, rapidamente dando um indício de vômito quando a aniversariante me avista. Fantástico.

— Por que seu traseiro lindo está escondido no canto? — diz, arrastado, soprando um bafo de vodca na minha cara ao fingir perder o equilíbrio e cair contra meu peito.

— Calma aí. — Agarro seus ombros de leve e a coloco em pé direito e longe de mim, afastando minhas mãos na mesma hora. Eu odeio, de verdade, mentir descaradamente, então encaro o chão e me obrigo a dizer a baboseira necessária: — Estou vigiando meu amigo, vamos ter que ir embora daqui a pouco. Eu estava esperando que ele pudesse conhecer sua amiga, Emily, não é? Ela está aqui?

— Emm-ett — ela enuncia. — Não, ela não pôde vir. Mas onde ele está? — Ela olha em volta, mais bêbada do que imaginei ou simplesmente esquecendo do fato de que não faz ideia de quem deveria estar procurando, mesmo se ele estivesse mesmo comigo. — Eu poderia apresentá-lo a qualquer garota aqui, aí eu e você poderíamos...

Seguro o pulso dela, impedindo sua mão de avançar para meu peito. Ouvi tudo o que precisava – Emmett não está aqui e não vai vir. São 47 minutos da minha vida que nunca terei de volta.

— Quer saber? Todo mundo está aqui para te ver. Por que você não vai ser a aniversariante e eu vou procurá-lo. Pode ser? — concluo, como se estivesse conversando com uma criança... o que funciona todas as vezes.

Bem como agora.

— Hmmm... tá bom. — Ela sorri, rebolando os quadris de um lado ao outro. — Mas venha me encontrar mais tarde. Você pode passar a noite comigo.

— Vai lá. — Eu a viro, dando um empurrãozinho para ela seguir em frente. — É a sua festa, vá se divertir.

Ela deu cinco passos antes de eu escapar pela porta dos fundos e correr para a minha moto.

Conte isso como 54 minutos indo pela porra do ralo.

CAPÍTULO 5

TEM ALGO SOBRE A EMMETT

Sawyer

— Onde estão as minhas chaves? Caralho! — Quatro dias intermináveis de espera, o mais longo sendo aquela perda de tempo ridícula na festa em que ela não apareceu, e acabo perdendo a hora? Só pode ser sacanagem!

Minha cabeça vira com o som das chaves balançando, e vejo Laney girando-as na ponta do dedo. Com a outra mão, ela me entrega uma garrafa térmica.

— Tome esse café no caminho ou você vai ficar mal-humorado.

Pego as duas coisas, em choque total ao ver Laney acordada e toda eficiente a essa hora da manhã.

— E masque esse chiclete depois, bafo de café é horrível. — Ela estremece. — Não sei como vocês bebem essa porcaria. — Laney se inclina e beija minha bochecha. — Apenas seja você mesmo, Sawyer. Isso é mais do que o suficiente.

— Se Dane não te adorasse — agarro-a em um abraço —, eu...

— Teria seu traseiro surrado? — Dane resmunga, aparecendo do corredor. — Vá treinar a sua garota e solta a minha.

— Tá, okay, vejo vocês mais tarde.

Ela está parada na entrada quando estaciono, a leve brisa soprando seu cabelo no rosto, e me dá um tchauzinho animado.

Estacionando a moto depressa, corro até ela.

— Desculpe o atraso. Você esperou muito tempo?

— Não, quase nada. Bom dia.

— Bom dia, Emmett.

É mesmo o melhor dia de todos.

— Vamos? — pergunto, destrancando e abrindo a porta para ela. Depois que passa, inspiro minha dose de Red e me viro para trancá-la de novo. — Duvido que você vá abrir um dia, mas só para garantir, as luzes ficam aqui. — Começo a apertar cada interruptor, trazendo o *The K* à vida. — Deixe eu te mostrar a copa. Podemos arranjar um armário pra você para poder guardar sua bolsa.

Ela anda ao meu lado, seus olhos absorvendo cada detalhe do clube.

— Gostei muito do *layout* e da decoração. Passa uma sensação tão moderna e descolada. Há quanto tempo você trabalha aqui?

— Desde o dia em que inaugurou. Eu me mudei para cá com Dane, de Connecticut. Aqui está — abro um dos armários desocupados —, você pode colocar suas coisas aqui agora. Vou pegar um cadeado novo quando subirmos.

— Obrigada. — Ela tira a bolsa do ombro e a coloca dentro. — Você se importa se eu usar o banheiro antes de começarmos?

— É claro que não, vou te mostrar onde fica. Temos banheiros diferentes para clientes e funcionários. Você pode usar qualquer um, e nós os mantemos super limpos, mas sugiro que use o de funcionários mesmo assim.

Lá está a risadinha dela de novo, um som suave e delicado que já adoro.

— Obrigada pela dica.

— Falando em dicas, saiba que não dividimos as gorjetas aqui. O que você ganhar é seu.

— E os quinze dólares por hora? — Ela morde o lábio, seus olhos marejando.

— Sim.

Ela se joga em mim como um puma, me abraçando até tirar meu ar.

— Ai, meu Deus, obrigada! Isso é simplesmente... incrível!

Afago suas costas, aproveitando o cheiro limpo e revigorante de seu cabelo.

— Fico contente por você estar feliz, Emmett. — E estou. Contente nem é a palavra certa. Por algum motivo, fazer o dia desse anjo meigo tornou-se minha prioridade na mesma hora.

— Eu preciso mesmo usar o banheiro agora — ela diz, com uma risada. — Estou tão feliz que poderia fazer xixi na calça!

Seduzir

Eu rio, rio de verdade, ao ouvir isso.

— Bem, nós não iríamos querer isso. Vamos. — Eu a conduzo pelo corredor com uma mão em suas costas.

Depois que ela faz o que tem que fazer, seguimos para o escritório de Dane, para preencher a papelada, e não consigo evitar a pergunta:

— Então, como passou esses últimos dias? Fez alguma coisa divertida? — Porque você perdeu uma certa festa de aniversário.

— Não, nada divertido. Li um livro ou dois, escrevi um artigo. Você sabe. — Ela dá de ombros.

Eu não sei... e não sei onde você estava naquela noite e quero saber. Mas pela primeira vez, seguro a língua antes de deixar toda a verdade escapar. Algo me diz que mencionar que estive na festa daquela garota não é uma boa ideia.

Sua voz me tira do devaneio e foco a atenção de novo nela, do outro lado da mesa, onde está preenchendo formulários com um pedacinho da língua de fora, concentrada.

— Ah, acho que você precisa dos meus documentos. Eles estão na minha bolsa. — Ela abaixa a caneta e começa a se levantar.

— Eu vou buscar. — Fico de pé depressa, tentando ser um cavalheiro. — Você pode continuar preenchendo o restante.

Ela me observa, franzindo o lábio.

— Isso é muito gentil da sua parte? — ela quase pergunta, como se estivesse surpresa.

Por que seria uma surpresa para ela o fato de eu ser um cara simpático? Ah, de volta para o BQT – ela acha que sou um cachorro.

— Emmett — apoio-me no canto da mesa —, eu sou um cara legal. Sou solteiro e ela ofereceu. Você já fez alguma coisa da qual se arrependeu? O tipo de coisa onde simplesmente foi lá e aproveitou a oportunidade?

Ela olha para a esquerda, depois para a direita, e, finalmente, para mim.

— Sim, já fiz.

— Okay, então você entende. Eu não sou pervertido, Emmett, sou jovem e desapegado. Primeiras impressões nem sempre estão certas. Pelo menos não totalmente, de qualquer forma.

Por exemplo, você não parece uma *stripper*.

— Na verdade — continuo —, você pareceu tão segura e confiante naquele dia, mas a violeta doce e tímida que vejo agora parece ser mais quem você realmente é? — Levanto as sobrancelhas em dúvida, desafiando-a.

— Às vezes, você tem que dominar a situação ou ela vai te dominar — ela retruca. — Nunca deixe que vejam seu nervosismo, certo? Eu não queria ir a uma corrida barulhenta, ou flagrar uma cena típica de Mariah, mas aconteceu — ela dá de ombros —, então fui na onda.

Eu também, penso comigo mesmo, mas decido não dizer isso.

— Eu já volto. — Ouço-a começar a falar algo enquanto saio da sala, mas ela parece pensar duas vezes e para. Quero tanto me virar e correr até ela, tirá-la daquela cadeira e fazê-la esquecer tudo menos o agora. Ao invés disso... decido ir pegar sua bolsa.

Ela não volta ao assunto quando retorno e o restante da manhã passa tranquilamente; murmuro instruções entediantes, e ela absorve tudo com perguntas e respostas entusiasmadas. Não tenho dúvidas, a contar pela forma como encarou a etapa do RH com maestria, de que ela fará um trabalho fantástico.

Aqui e ali, através do fluxo natural de conversa, descubro fatos novos sobre ela e ofereço alguns sobre mim mesmo em troca. É fácil estar perto dela, há uma tranquilidade em sua voz que se infiltra em seus poros e acalma a sua alma. Estou extasiado, inundando-a com informações só para ouvi-la rindo ou sussurrando um pequeno suspiro através de seus lábios, as duas coisas tão inebriantes que nem ligo que agora ela saiba que tiro proveito, descaradamente, de barracas de amostras grátis e que estou disposto a usar meias diferentes com as minhas botas. Ela achou que esses dois fatos eram engraçados, não estranhos, e compartilhou que ela se recusa a escrever com caneta vermelha (algo sobre todas as coisas escritas em vermelho serem más notícias) e ainda tem todos os seus álbuns de figurinhas de quando era criança.

Perto de uma da tarde, pergunto se ela está pronta para encerrar por hoje. Sua pele fica pálida e a velocidade de seus passos diminui consideravelmente.

— Você está se sentindo bem?

Ela suspira e se joga na cadeira mais próxima.

— Não como há um tempo, só isso. Podemos fazer uma pausa rápida para o almoço?

Bem, merda, fiquei desfrutando de forma tão egoísta de seus barulhinhos fofos que a fiz passar fome!

— Emmett, você deveria ter dito alguma coisa. Me desculpe. Vou pegar algo pra gente. O que você quer?

— Não, não, tenho uma coisa na minha bolsa. Deixe eu...

Vi sua bolsa minúscula; ela teria sorte se tivesse a porra de um pacote de biscoito lá.

— Então o que eu vou comer? — Sorrio para ela. — Vou lá de qualquer forma. Por favor, deixe-me trazer algo para você. Por minha conta.

— Uma salada seria ótimo, obrigada.

— Salada então. — Dou uma batidinha na ponta de seu nariz por instinto e me arrependo quando ela se contrai. — Me desculpe, eu não pensei antes de...

— Só estou com fome — seu sorriso me acalma —, você não precisa se desculpar. Na verdade — seus olhos curiosos me examinam —, você já pediu desculpas para mim mais vezes do que qualquer outra pessoa. Você é sempre tão educado assim?

— Não sei. — Abaixo a cabeça e esfrego a nuca, voltando a encará-la. — Talvez eu esteja exagerando um pouco. Tipo... como você me agradecendo. — Balanço as sobrancelhas, questionando-a com um sorriso convencido.

Uma ideia brilhante, de como conhecer ainda mais essa garota sem implorar de quatro por qualquer informação que ela queira conceder, se forma na minha mente.

— Vou fazer um trato contigo — falo. — Toda vez que me agradecer, vai ter que me contar alguma coisa sobre você.

Ela franze os lábios ao considerar a proposta.

— Tudo bem, mas vale o mesmo para você toda vez que se desculpar.

Depois surge aquele silêncio confortável onde seus olhos verdes-escuros se arregalam em sinceridade e buscam o mesmo nos meus. Ela seria uma ótima interrogadora; ninguém poderia se esconder daquele olhar ou daquele rosto.

— Tudo bem — concordo com um aceno e pego minhas chaves. — Eu já volto. Você vai ficar bem aqui por um instante?

Ela olha em volta, hesitante.

— Oh, hmm, claro.

— Vou trancar a porta ao sair. A não ser que você queira vir comigo?

— Na sua moto?

— É. — Dou um sorrisinho cúmplice. As gatinhas não resistem a uma moto.

Ela balança a cabeça depressa.

— Não, obrigada. Vou ficar aqui.

O quê? Tento esconder a decepção na minha voz.

— Okay, eu já volto então.

— Eu ronco.

— Hã?

— Eu disse, não, obrigada, então te devo um fato sobre mim. Eu ronco. — Ela dá de ombros. — Não um ronco estilo lenhador ou algo assim, mais como um sonzinho baixo, minúsculo — ela levanta o polegar e o indicador para medir — além da respiração.

É a coisa mais adorável que já ouvi na minha vida. Preciso de uma força que eu não sabia que tinha para apenas rir e continuar andando.

— Bom saber. Já volto.

Emmett

Uma pausa, finalmente. Novo, revigorante, focado. Minha chance de realmente deixar uma marca. Obrigada, estrelas alinhadas; obrigada, raio de luz brilhando sobre mim. Aproveite, garota assustada. Aproveite a chance de fazer coisas grandiosas. Trilhe seu caminho e ande com a cabeça erguida.

— Como é?

— Ah! — grito, espantada e sinceramente, assustada. — Meu Deus, não ouvi você entrando.

— Me desculpe. Eu não quis te assustar. — Seu rosto agora está com uma expressão de remorso.

— É meu diário. Gosto de escrever de forma livre; às vezes, eu me perco e esqueço do mundo à minha volta. — Coloco depressa o pequeno bloco de notas em espiral no meu bolso traseiro. — Você me deve um fato.

— Ele ri, um som profundo e fascinante, e esfrega o queixo.

— Acho que devo. Okay, vamos ver... — ele reflete. — Eu tenho sete tatuagens.

— Sete? — Meus olhos frenéticos buscam toda parte dele que posso ver... nada. — São muitas tatuagens. — Preciso arranjar o máximo de formas possíveis para fazê-lo se desculpar. Esse homem e o mistério que emana dele são meu novo fascínio. Eu poderia inspirá-lo com tanta facilidade e me deixar ser intoxicada. Esse enigma se tornando minha realidade, mas não... sem arrependimentos, Emmett.

— Peguei molho *Ranch* pra você. — Ele me entrega a salada e desembrulha os talheres para mim. — Todo mundo gosta de *Ranch*, certo?

Perdoe-me pela artimanha.

— É, não tem problema. Eu como em volta do molho.

— Ah, merda, me desculpe, você não falou nada, então arrisquei.

— Por que sete?

Ele me encara, confuso em um primeiro momento, mas quando vê o meu sorrisinho tímido, entende tudo e um sorriso, que nunca sonhei existir, cintila em seus olhos de safira.

— Você gosta de *Ranch*, não é?

Assinto, segurando o riso.

— Por que sete?

— Tudo bem, pequena traiçoeira, mas lembre-se que você começou quando eu decidir quais fatos você vai revelar.

— Muito justo. — Dou uma mordida, cheia do molho delicioso. — Mmm, tão bom. — Limpo a boca. — Obrigada.

— Ah, não foi naaada, Senhorita O Que Você Estava Escrevendo Naquele Bloquinho De Notas?

Merda, o professor virou o aluno.

— Escrita livre. Qualquer coisa que sair da cabeça. Coloco a caneta no papel e viajo. Às vezes, nem consigo compreender o que está escrito.

— Você escreve alguma outra coisa? Poesia?

— Eu me aventuro de vez em quando. — Dou outra mordida como desculpa para não dizer mais nada.

Ele deixa minha resposta no ar, assentindo enquanto sua mente assimila a informação.

— Você conhece aquele jogo da escola, *Heads Up Seven Up*?

Nego com um aceno de cabeça, já que nunca ouvi falar, e continuo meu ataque à minha salada.

— Sete pessoas vão para a frente da sala e todo mundo abaixa a cabeça com os olhos fechados e o polegar erguido. A professora diz para começar e os sete escolhidos vão tocar em um polegar. Quando todo mundo termina, a turma levanta a cabeça e se o seu polegar foi tocado, você tenta adivinhar quem foi. Se você estiver certo, pode levantar e ser um dos sete na próxima rodada.

Com a boca cheia, balanço a mão para ele continuar.

— Eu odiava a porra daquele jogo. Ninguém nunca me escolheu. Então, eu gosto de fazer as coisas em sete, é meio que o meu grande "foda-se" para todos eles.

— Ninguém nunca te escolheu? Nem uma vez?

— Não — ele responde, depressa, recusando-se a me encarar.

— Por que não? Você fazia *bullying*, era uma criança má?

— De jeito nenhum. — Ele para apenas por um segundo, aparentemente por instinto. — Eu era uma criança pobre.

Imagino Sawyer como um menininho fofo esperando, ansiosamente, com seu polegar levantado, torcendo para ser a rodada em que alguém, por fim, o escolheria. Crianças são tão cruéis, e, sim, aquela mágoa fica com você para sempre – Sawyer era a prova disso. Nem percebo que lágrimas estão se acumulando nos meus olhos até que Sawyer estende a mão e esfrega meu braço gentilmente com seus dedos tímidos.

Eu não recuei. Estranho.

— Ei, não chore por mim, anjo. Não é nada demais; só besteira de crianças. É idiota, na verdade, um problema que tenho. Shhh. — Ele abaixa a cabeça para ver meus olhos marejados e me pede: — Seque esses olhos. Você está partindo meu coração.

— Eu teria. — Fungo, um pouco constrangida. Quase chorando na frente do chefe no dia do treinamento, legal, Emmett. — Eu teria te escolhido. Juro.

— Você acha, é? E como pode ter tanta certeza?

— Porque meus amigos estavam nos meus livros. Nós teríamos sido o par perfeito. Eu poderia ter tocado no seu polegar pelo menos uma vez por dia e contado histórias maravilhosas das terras onde poderíamos desaparecer e onde todo mundo era gentil com todo mundo. E você... você poderia ter dito que achava que meus óculos e dentes de coelho eram bonitos e poderia ter me ajudado a subir naquela árvore enorme atrás da biblioteca. Aquela coisa era tão grande e alta e forte e tudo o que eu sempre quis fazer era desaparecer lá em cima e ler.

— Emmett?

— E eu não sou chorona, juro. Não sei o que deu em mim, de verdade.

— Emmett?

Encaro seu rosto, nenhuma outra palavra necessária. De uma coisa tenho certeza: essa é a parte em que ele fala e eu escuto. Um certo olhar desse homem, o que ele está me lançando agora, deixa isso muito claro.

Seduzir

— Eu vou beijar esses seus lindos lábios.

Não deixe, Emmett. Diga não, vire a cabeça para o lado. Você precisa desse emprego e as coisas vão ficar complicadas muito rápido se você o beijar.

— Agora? — Dou um gritinho, obviamente esquecendo o sermão que acabei de me dar.

— Nesse momento, porra. — Ele inclina seu rosto para perto do meu e suas palavras roçam meus lábios. — Eu preferiria morrer a esperar mais um segundo. Você vai me matar ou me beijar? — Seus olhos azuis-escuros piscam de forma nervosa, à espera da minha resposta, que nunca chega. — Vou arriscar — ele murmura e então me beija. Não, não me beija. Ele se aproxima e rouba cada grama de força que eu ainda tinha com seus lábios suaves e fortes. É lento e tem o gosto de tudo o que não posso ter, então solto um gemido suave. — Emmett — ele abre os olhos e suspira ao se afastar devagar —, você talvez tenha acabado de me matar.

— Sawyer, eu...

— Você o quê? — diz, com a voz rouca, o rosto ainda muito próximo do meu.

— Eu preciso desse emprego — sussurro, encarando bem no fundo dos seus olhos, esperando que os meus transmitam tudo o que não consigo dizer. — Eu sinto muito e não sinto ao mesmo tempo, mas isso não pode acontecer de novo.

— Por que não?

— O fato de trabalhar para você deveria ser motivo suficiente. A outra coisinha relevante, o fato de que mal te conheço, deveria me dispensar de outras explicações, não que eu esteja dizendo que elas existam.

— Existem. — Ele parece ter certeza; cara esperto.

— Talvez. — Tento de novo suplicar com o meu olhar para ele deixar o assunto de lado.

— Você está doente?

— Não, não estou morrendo, Sawyer.

— Você é casada, está no programa de proteção às testemunhas, e/ou marcou uma cirurgia de mudança de sexo no futuro próximo?

— Não. — Rio, incapaz de me controlar.

— Então estou gostando das minhas chances. — Ele tenta dar outro beijo, mas eu o impeço com um dedo sobre seus lábios.

— Coma o seu almoço, chefe.

CAPÍTULO 6

SENTINDO FALTA DO CHEIRO DE UMA MULHER

Sawyer

— Aonde você está indo? Nós vamos fazer a Noite da Galera aqui. — Laney me alcança antes de eu sair pela porta.

— Tenho que trabalhar hoje à noite.

— Não tem, não. Eu fiz Dane especificamente checar o cronograma antes de planejar nosso encontro. — Ela faz um biquinho, as mãos nos quadris em uma pose clássica de Laney. — David trabalha hoje à noite.

— Quem diabos é David?

— O outro cara — ela afirme. — Tipo, o que não é você.

— David? Você quer dizer Kasey?

— Tudo bem — ela levanta as mãos, as palmas para cima, e balança a cabeça —, o Kasey trabalha.

— Acho que não vai dar. E Kasey é desastrado, o que significa que eu cuido do bar. Dane sabe disso.

— Eu sei do quê?

Onde é que ele se esconde desse jeito, aparecendo do nada de um jeito todo assustador? Esse lugar não é tão grande assim.

— Que eu trabalho até quando Kasey está lá. Gidge está brava porque vou perder a Noite da Galera.

— Amor — ele coloca os braços ao redor dela —, deixa ele. Ele está apaixonado.

— Não! — Ela escancara a boca. — Está mesmo? Você?

— Não, porra. — Rio, zombeteiramente. — É a primeira noite dela lá. Preciso garantir que ela esteja bem. É o meu trabalho. — Verdade seja dita, não pensei em nada além do gosto e da sensação do beijo dela desde que aconteceu e em como posso fazer acontecer de novo. Recontei suas historinhas fofas na minha cabeça milhares de vezes, relembrando a imagem de seus olhos grandes e curiosos se iluminando em fascínio quando contei as minhas.

Que fique registrado – eu sabia, no instante em que a vi, que ela era incrível e eu estava certo. Ah, e com certeza cheguei muito perto de ganhar uma vagina. Não consigo evitar e, para falar a verdade, não quero evitar; eu gosto dela. Muito. Penso em conversar com ela tanto quanto, se não mais, penso em entrar em seu corpo lindo. Até eu sei que isso significa alguma coisa.

Dane bufa no pescoço de Laney, que ele está comendo no momento.

— Está fazendo um ótimo trabalho, cara. Muito minucioso.

— Tudo bem, vá em frente, Saw Saw, seja feliz. Mas na próxima quinta à noite não tem desculpas. — Laney aponta para mim e me encara. — Você vai passar um tempo com a gente.

— Prometo. — Sopro um beijo para ela. — Divirta-se hoje. Você também, Daney.

Ele balança a mão para mim, sem nem levantar a cabeça.

Evan e Whitley estão chegando pela calçada quando estou saindo.

— Ei, sumido! — Evan me dá um abraço de macho, e beijo a bochecha de Whitley. — Por onde esteve?

— No mesmo lugar de sempre; aqui, trabalho ou faculdade. Como vocês estão?

— Muito bem. Você não vai ficar aqui hoje? — Whitley faz um biquinho.

— Não, tenho que trabalhar. Mas estarei aqui na próxima quinta, juro. Esse besta está cuidando de você? — Dou um soco no ombro de Evan quando pergunto a ela.

— Você sabe que ele está — ela se aconchega no namorado —, e eu também estou cuidando dele.

Tudo bem, cansei. Estou começando a ter a porra de uma dor de dente.

— Estou atrasado, então vejo vocês depois. — Começo a andar e aceno por trás da cabeça. — Quinta!

Adoro meus amigos, mas se mais um deles bloquear meu caminho até Emmett, talvez eu perca a cabeça. Se você não é parte da solução, você é parte do problema, pessoal! Eu não a vejo há três dias, e... sinto falta dela? Merda, sinto mesmo. Quero falar com ela, perguntar o que fez, o que precisa, será que ela sentiu minha falta também?

Pelo menos duas leis de trânsito são infringidas até a hora em que estaciono no *The K* bem a tempo de ver Emmett descendo de um táxi. O motorista a observa se afastando e avanço para arrancar a porra dos olhos dele quando Emmett para na minha frente.

— Oi!

Olho feio para o Babaca, memorizando a placa de seu táxi, depois abaixo a cabeça para encará-la.

— Oi, Baixinha, seu carro quebrou?

— Eu não tenho carro. E não sou tão baixinha assim — ela soca meu peito —, você que é muito alto.

Ela é baixinha, sim, mas eu gosto. Ela é pequena e preciosa... e não vai pegar um táxi nunca mais.

— Você não tem um carro? Você deve gastar uma fortuna em táxis. — Abro a porta para ela, colocando uma mão em suas costas para guiá-la. Quando ela passa por mim, dou minha fungada, sentindo falta na mesma hora da minha dose de Red. Ela esqueceu ou acabou?

— Na verdade, não. Os ônibus passam por todos os lugares que eu vou, menos aqui. Mas o aumento no salário faz valer super a pena.

Dou um aceno breve para Kasey ao entrarmos, ainda ouvindo-a.

— Te encontro no bar em um minuto se você quiser guardar as suas coisas.

— Tá. — Ela corre para a copa, virando-se uma vez para me ver observando.

Não tenho vergonha por ter sido pego olhando, mas estou curioso pra caramba sobre o que a fez olhar para trás. Seria possível eu ter causado algum efeito na porra daquela parede em volta dela? Um efeito grande o bastante que possa mostrar a ela como me sinto quanto ao seu meio de transporte?

É, provavelmente cedo demais.

Subindo a escada, respiro fundo e começo a disparar mensagens para Laney. Se ela pegou um táxi até aqui, isso significa que vai voltar para casa em um também. No fim de seu turno. Às duas da manhã. De. Jeito. Nenhum.

> **Sawyer:** Você conhece um spray ou perfume, ou SLA, chamado Red?

Seduzir

> **Sawyer:** Quanto cobra por aquele Accord que você nunca dirige?

Estou andando de um lado para o outro, encarando meu celular como se ele guardasse o sentido da vida. O pensamento daquela criatura angelical em um táxi, às duas da manhã, sendo comida com os olhos por um motorista seboso como o que a deixou aqui me faz querer quebrar alguma coisa.

> **Laney:** Bath & Body Works. Pq?

> **Sawyer:** Onde fica isso?

Ela sabe quem mandou a mensagem para ela, certo? Ela poderia muito bem ter escrito em chinês.

> **Laney:** No shopping.

> **Sawyer:** Vlw G.

> **Laney:** APAIXONADO. Acho que isso é ótimo. Traz ela quinta?

> **Sawyer:** Vamos ver.

> **Dane:** Se você precisa de um carro, é seu.

> **Sawyer:** Eu preciso de um carro. Desconte 300 contos por mês do meu salário.

> **Dane:** Ou você pode pegar o carro sem custo algum. O carro dela é um PDM[3]?

Que porra assustadora. Ele é mais esquisito que aquele cara, o tal de Copperfield, da TV. Ele é muito parecido comigo; quando decidimos que é nosso, que Deus ajude quem quer que fique no nosso caminho ou "nos diga como". Exceto que ele é muito pior e quase louco com isso, então sei que não preciso explicar para ele o porquê da jogada ousada tão cedo no jogo. Na verdade, Dane provavelmente está imaginando por que demorei tanto.

---

3   Tradução de POS – Piece Of Shit, pedaço de merda.

Quase consigo ouvi-lo gritar: "entrelaça toda essa merda aí e conquiste!" pelo seu celular.

Sawyer: Ou não-existente.

Dane: É todo seu. Vou dar a chave para Laney. Não exija favores sexuais em troca por ajudá-la.

Sawyer: Não? Cacete, Plano B então. Um pouco de crédito, palhaço?

Dane: Ele estava brincando. Te amo! Bj Gidge

Sawyer: Mais um favor?

Dane: Qualquer coisa

Sawyer: Você pode ir comprar o Red e talvez uma mochila? Eu te devo uma.

Dane: Claro! Podemos dar a ela na noite de quinta!

Ou não, mulher doida.

Sawyer: Calma, Gidge...veremos.

Dane: Vá conversar com a sua própria mulher. Vou pegar a minha de volta.

Sawyer: Última coisa... Dane?

Dane: Sou eu.

Sawyer: Quando foi a primeira vez em que você se viu sentindo falta da Laney?

> **Dane:** Lembra da noite em que conhecemos ela e B e elas correram para o banheiro para elaborar uma estratégia de fuga?

Tento lembrar... isso foi antes ou depois da Laney ter ameaçado bater na Whit? Balanço a cabeça e rio, sabendo que não importa.

> **Sawyer:** Lembro

> **Dane:** Lá

Sim! O meu foi três dias, o dele três minutos. Então, mesmo que eu seja um cachorrinho pau mandando, com o rabo balançando e a língua de fora, Dane ainda é pior!

— Ei — digo, quando chego por trás dela.
Ela pula e se vira para me encarar.
— Você precisa parar com isso!
— Desculpe. Escute, eu vou te levar para casa hoje à noite, okay?
Ela inclina a cabeça de um jeito que já a vi fazendo antes, tentando me compreender.
— Por que você faria isso?
— Táxis não são seguros, principalmente às duas da manhã.
— Ah, pare com isso. Eu estou bem. Mas obrigada por se importar.
— Por que você não me deixa te levar para casa? Do que você tem medo? E nem sequer pense em não responder, porque você acabou de me agradecer.
— E você pediu desculpa. — Uma sobrancelha se levanta, me desafiando.
— Vou te levar pra casa.
Ela grunhe e segura minha mão, puxando-me para a copa. Olhando em volta e vendo que está deserta, ela começa:

— Eu preciso que você pare de ser tão atencioso e irresistível. Isso — ela balança o dedo entre nós — nunca pode acontecer. Eu adoraria ir até você e me perder, mas... não. Pode. Acontecer. Eu preciso desse emprego, então vá encontrar a Mariah e pare de me fazer sentir especial!

— Opa, Baixinha, se acalma. — Seguro sua camiseta e puxo-a de volta quando ela tenta ter a última palavra e sair correndo. — Olhe para mim.

— Não — ela responde, suavemente, encarando a parede.

— Emmett, por favor, vire-se e olhe para mim.

— Sawyer, eu não sou quem você pensa. Deixe para lá e seja meu amigo. Eu realmente preciso de um. — Ela se afasta e eu deixo, observando-a sair. Seus ombros estão caídos, e não há ânimo em suas passadas.

Não posso esquecer isso assim, além do mais, devo um fato a ela.

— Quando tinha oito anos, eu queria ser um caubói! — grito, às suas costas, esperando.

Ela para em um piscar de olhos, permanecendo completamente quieta, mas não se vira para mim.

— Quando tinha oito anos, eu queria me mudar para Green Gables[4].

Vou me preocupar em descobrir onde diabos fica Green Gables mais tarde; agora, tenho uma pergunta mais urgente.

— Acho que você é fascinante e linda e está tão desacostumada com seja lá o que isso for quanto eu. Isso é o que acho que você é. Diga que estou errado.

Espero enquanto ela permanece parada no mesmo lugar. Não há um mínimo movimento por longos segundos, antes de, finalmente, se afastar sem responder.

Não é essa a minha opinião? Ela pensa que eu ligo que ela é, ou foi, ou qualquer outra merda, uma *stripper*?

Temos cerca de trinta minutos antes de abrir e eu diria que uma música para animar é exatamente o que precisamos. Saio da copa e sigo para o painel de som, aumento o volume antes de começar a canção. Quero ver o rosto dela ao primeiro refrão inconfundível.

Shook Me All Night Long sai dos alto-falantes em cada sala, já que não sei para onde ela correu e se escondeu. Angus já está cantando sobre coxas americanas antes de ela aparecer do canto, os olhos arregalados.

Quando ela me vê do outro lado da sala, nossos olhares se encontram e movo a boca, dizendo: "Eu não ligo", e curvo o dedo para ela vir até mim.

---

4   Referência ao livro Anne de Green Gables.

Ela balança a cabeça, violentamente, e desaparece outra vez, a todo vapor. Cacete! Não é nem um pouco a reação que eu esperava.

Do nada, Kasey aparece e desliga a música.

— Sabe — ele coloca uma mão sobre meu ombro —, você pode perseguir sem parar uma borboleta e nunca a pegar. Mas se você ficar parado, ela pode decidir pousar bem em você. — Ele se afasta, assoviando a trilha do *AC/DC*, parecendo satisfeito com sua própria sabedoria filosófica.

Borboleta? Se ele chegou perto o bastante para ver atrás da orelha dela, isso é perto demais e eu vou amassá-lo como um tapete. A tatuagem secreta dela... que ela nem mencionou quando discutimos sobre as minhas. Pergunto-me se ela está escondendo mais alguma... e quando posso descobri-las.

Decido deixá-la em paz por um tempo, considerando de verdade o conselho de Kasey. Abrimos uma fila e fico ocupado, mas não o bastante para não ter plena consciência de sua ausência. Ela só sai de seu esconderijo depois que a multidão realmente começa a aumentar, pensando que provavelmente todos os corpos iriam encobri-la. Mas ela precisa fazer o pedido para mim, no bar, então logo estamos compartilhando silêncios constrangedores, bem mais altos do que a batida pulsante, enquanto ela espera que eu preencha sua bandeja a cada visita.

Quanto tempo demora para uma borboleta pousar? Ela nem está falando comigo agora e isso está me enlouquecendo! Tempos desesperados exigem medidas desesperadas, então inicio o plano 'É Bom Você Falar Comigo, Mulher' e espero os efeitos da minha brilhante genialidade entrarem em vigor.

Ela empurra o copo na minha direção alguns minutos depois.

— Isso foi devolvido.

Olhe só – eu fiz o perfeito Alabama Slammer[5], onde você não está... com suco de uva.

— Sério? Hmm. Okay. Desculpe, vou consertar. — Ela encara as unhas, meiga demais para a fachada "depressa, tenho que ir" que está tentando passar. — Emmett, você me ouviu? Eu pedi desculpa, vou consertar.

Peça o seu fato, Anjo, não me deixe esperando.

— Se você mexer com as minhas bebidas, vai prejudicar minhas gorjetas, Sawyer.

— Eu. Pedi. Desculpa.

— Eu. Te. Ouvi.

---

5   Coquetel feito com amaretto, Southern Comfort, gin e suco de laranja.

Bato as duas mãos na bancada e me inclino, bem perto de seu rosto.

— Você concordou com o jogo. Jogue comigo, Baixinha, por favor.

Ela suspira, em derrota, e revira os olhos.

— Onde você me viu dançando?

Aí está. Aliviado, me inclino para mais perto, descansando a testa contra a dela – e ela permite.

— Na despedida de solteiro de um amigo. Você era horrível nisso.

Ela dá uma risada suave.

— Obrigada, vou considerar isso um elogio. Não é muito o meu lance, obviamente.

— De nada e foi um elogio. Você ainda faz?

Ela balança a cabeça em negativa, aqueles olhos verdes cativantes me encarando.

— Preciso dos meus pedidos.

— Vou te levar para casa.

— Imaginei.

Sorrio, feliz por estarmos conversando de novo, ainda mais feliz por ela deixar eu lhe dar uma carona para casa e extasiado que ela e eu temos uma coerência toda nossa; é só uma questão de encontrar o momento e algumas palavras para nos deixar de boa outra vez. Termino de preencher sua bandeja, o coquetel feito do jeito certo agora, e depois pego meu celular. Envio uma rápida mensagem para Dane, alegando que realmente preciso do carro hoje à noite, e coloco o celular de volta no bolso. Não tenho que esperar por uma resposta; eu sei que ele virá até mim.

O restante do turno passa de forma mais amistosa do que começou – Emmett me presenteando com algumas frases ou um sorriso sempre que ela volta para o bar. Por último, ela parece morta de cansaço, mas ainda de tirar o fôlego, e mal posso esperar para ficar sozinho com ela. Nós todos ajudamos a limpar as mesas e empilhar as cadeiras, depois digo que o pessoal pode ir embora, o que deixa Emmett e eu sozinhos enquanto finalizo as contas do caixa.

Ela se joga em um banquinho na minha frente e tira os sapatos.

— Acho que nunca estive tão cansada na vida — ela grunhe, levantando uma perna e começando a massagear o próprio pé. — Mas valeu totalmente a pena. Ganhei mais de cem dólares hoje.

— Emmett, você quer ir embora com a gente? — Jessica para e pergunta, prestes a sair com Kasey e Darby.

Seduzir

— Não, estou bem, mas obrigada. Tenho que esperar Sawyer terminar de fechar o caixa para ele me dar uma carona para casa.

Darby faz uma careta.

— Por que ele faria isso? Eu te dou uma carona para casa. Onde você mora?

Aah, isso não é legal? Porra nenhuma! O ato de boa samaritana de Darby não me engana. Se ela acha que ficar empatando Emmett vai me fazer fodê-la de novo, ela vai ganhar outra coisa, ou não, presumo. Desisti quase antes de chegar lá, um arrependimento que tenho a cada turno em que ela trabalha.

— Apartamentos Briarwood, bem ao lado de Daline — Emmett responde.

Ah, caralho, ela mora no prédio do CJ? Aquele lugar é... bem, dizer que é nojento seria como dizer que a Miley Cyrus meio que enlouqueceu. Isso só fica pior; ela iria pegar um táxi às duas da manhã para Briarwood. Minha borboletazinha atraente tem uma vida e tanto.

— É caminho para mim. — Darby inclina a cabeça. — Vamos.

Emmett se vira para mim e dá um sorriso cheio de sarcasmo ou rebeldia, qual desses, não tenho certeza.

— Parece que tenho uma carona. Boa noite, Sawyer.

— Boa noite — resmungo, entredentes, olhando torto para Darby.

Quando todos saem, fecho o caixa, com o meu humor azedando a cada minuto. É bom a Darby não abrir a boca sobre nós, foi há mais de um maldito ano... Tomara que apenas a leve para casa em segurança, e fique vigiando até ela chegar à porta. E se ela não fizer isso? Aquela vizinhança, a esta hora da madrugada... Estou no andar de cima antes mesmo de perceber, pegando a pasta de arquivo com o nome dela. A beleza da administração – acesso a fichas pessoais.

Gravo o celular dela no meu, escolhendo um toque perfeito, depois ligo.

— Alô?

— Emmett? Oi, é o Sawyer.

— Oi?

— Oi. — Você já disse isso, idiota. Jesus, por que não colocar uma faixa na casa dela que diz "eu nunca ligo para garotas"?

Ela preenche o espaço dolorosamente constrangedor em uma conversa divertida com uma risadinha.

— Sawyer, você precisa de alguma coisa?

— Eu, ah, queria garantir se você chegou bem em casa. Está tarde e tal, então você chegou bem? Do lado de dentro?

— Estou colocando minha chave na fechadura agora mesmo. Você é muito gentil, obrigada.

— Vá em frente e entre, ligue a luz. Tudo parece em ordem? Nada fora do lugar, certo?

— Não, parece igual a quando saí. Estou bem.

Suspiro, alívio me inundando de uma vez. O pensamento de algo acontecendo com Emmett dificulta minha respiração, o instinto protetor queimando meu peito ao contrário de tudo que já senti antes, com certeza diferente da proteção que sinto em relação às minhas amigas. Eu amo Laney e as garotas, e levaria um tiro por elas, mas com elas parece instinto, e com Emmett... parece vontade.

— Okay, queria ter certeza. Eu posso te deixar em paz agora.

E acabei de mentir para ela – não acho que eu poderia deixá-la em paz nem se tentasse.

— Boa noite, Sawyer — ela sussurra.

— Bons sonhos, Baixinha.

Seduzir

CAPÍTULO 7

CONDUZINDO A SENHORITA EMMETT

Emmett

Trinta e quatro graus! Reviro os olhos para o termostato na parede e tento ligar para o proprietário pela décima vez; caixa postal de novo.

Abrir as janelas pode ter, na verdade, piorado as coisas já que é o final do verão na Geórgia. Estou esgotada, tonta e nauseada por causa do calor sufocante e da falta de corrente de ar no meu apartamento minúsculo. Isso não pode ser bom para mim, mas não tenho ninguém a quem ligar, nenhum lugar para ir... não que eu tenha energia sobrando para andar até o ponto de ônibus, de qualquer forma.

A batida à porta soa como anjos cantando – talvez seja o proprietário! Abro na mesma hora, pronta para surrar a bunda dele ou desmaiar, o que vier primeiro. Desmaiar, com certeza, desmaiar se torna a escolha óbvia ao deparar com a visão de um Sawyer Beckett muito grande e *sexy* apoiado no batente da porta.

— Bom dia, gloriosa — ele diz, com um sorrisinho, acabando com a minha determinação com aqueles profundos olhos azuis provocantes e dentes brancos perfeitos à mostra em um sorriso radiante.

— Hmm, bom dia? — Tenho certeza de que meu rosto expressa confusão com a presença dele.

— Posso entrar?

Faço uma verificação mental, catalogando em minha cabeça. A menos que ele se esgueire por aí e vá remexer no meu armário, estamos bem.

— Fique à vontade. — Estendo o braço e me afasto. — Espero que goste de saunas.

Ele entra e sente o calor na mesma hora, virando-se para mim com uma expressão irritada.

— Parece o inferno aqui, Emmett. Tenho certeza de que minhas sobrancelhas estão chamuscadas. Mas que porra?

— O ar-condicionado quebrou e meu proprietário não atende. — Sopro uma mecha de cabelo em cima dos olhos, um desperdício total de esforço já que está grudada na minha testa por causa do suor. — Não! — Levanto a mão quando ele abre a boca. — Me despir não vai ajudar. De qualquer forma, o que você está fazendo aqui? Como você sabia qual era o meu apartamento?

— Te trouxe um carro, verifiquei seu currículo, pegue suas coisas. — Ele anda até a janela, fechando-a e tentando trancá-la, descobrindo logo depois que o trinco está quebrado. Ele vira a cabeça de leve, um olho me encarando. — Seu ar-condicionado não funciona e sua janela não tranca. Deixe eu adivinhar, você precisar andar até um poço para buscar água?

Lanço um olhar furioso.

— Não está ajudando. — Okay, não é o Hilton, mas é meu.

Ele está andando pelo apartamento como um urso enfurecido, ligando e desligando interruptores, murmurando algo sobre "senhorio preguiçoso" quando me posto à sua frente.

— Pare. Você está me fazendo sentir pior do que já estou.

— Não estou tentando fazer isso, mas que merda, mulher, não tem lava-louças, não tem micro-ondas. — Ele suspira, batendo uma mão na nuca. — Onde você lava suas roupas?

Dou de ombros.

— Na lavanderia.

— Emmett, eu realmente não quero perder a calma na sua frente, mas que Deus me ajude, mulher, se você não pegar o que quer que precise nos próximos cinco segundos e ir para a porta, eu vou fazer isso por você.

É oficial, estou sofrendo de insolação. Estou obviamente alucinando com ele falando desse jeito comigo. Quem ele pensa que é?

Ainda estou tentando entender, grudada no lugar, boquiaberta, quando meu braço quase é arrancado.

— Pegue sua bolsa e o celular, é só isso? — ele pergunta e me puxa na direção da porta.

Seduzir

Por mais que eu não queira deixá-lo mandar em mim e ter qualquer ideia brilhante de que eu talvez seja o tipo de garota que deixa um homem lhe dizer o que fazer, não quero mesmo ficar nessa caixa quente por nem mais um segundo.

— Só isso — admito, ainda em conflito com minha própria cooperatividade.

Ele me leva até a porta com sua mão nas minhas costas, tão grande que cobre quase toda a pele.

— Há quanto tempo você estava aí desse jeito?

Dou de ombros de novo, complacente e irritada.

— Desde que acordei. Tenho certeza de que o proprietário vai retornar minha ligação em breve. Eu teria ficado bem.

Ele afasta a mão das minhas costas e levanta todo o meu cabelo pesado no meu pescoço, o ar fresco revigorante resfria um pouco a minha pele superaquecida. Quando ele se inclina e assopra, já não estou mais quente, mas coberta de calafrios, com arrepios percorrendo meu corpo.

— Você precisa fazer alguma coisa hoje? — pergunta, assoprando o pescoço e ombros.

— Não — murmuro, envolvida em cada sensação maravilhosa que seu sopro está causando.

— Okay, vamos. — Ele me guia escada abaixo até um carro vermelho-brilhante de quatro portas que parece novinho em folha.

— Você comprou um carro novo? — pergunto, grata por ele não estar prestes a tentar me fazer andar em sua moto.

— Na verdade — ele sorri, pegando as chaves do bolso e balançando o chaveiro na minha frente —, é seu. Você me dá uma carona?

— Não, não, não. — Balanço a cabeça, afastando-me das chaves como se fossem uma cobra viva. — Não vou aceitar um carro de você! É demais e não sou um caso de caridade. Falei pra você não se aproximar demais, Sawyer! Você compraria um carro para seus outros amigos?

— Acalme-se, Baixinha, você não confiaria nos seus outros amigos? Tenho que dizer, você não parece confiar em mim mais do que no dia em que nos conhecemos. Eu não comprei o carro para você. É do Dane, alugado, até você ter economizado o bastante para comprar um. — A essa altura, ele me prendeu contra a lateral do carro, minhas costas contra o metal aquecido enquanto ergo o rosto e encaro seus olhos.

— Alugado? Não posso pagar o aluguel de um carro, Sawyer. Você precisa parar. Você não... — Frustrada demais até mesmo para concluir o pensamento, abaixo o cabeça, as lágrimas se acumulando nos meus olhos.

Em outra vida, eu poderia ter um ótimo amigo que, por acaso, me faz sentir coisas engraçadas por toda parte do meu corpo com seu jeito cativante, atraente pra caramba e *sexy*... mas é essa vida. Não sou idiota. Homens não te arranjam um emprego, um carro, ou verificam se você chegou bem em casa se não quisessem algo mais.

E não tenho mais nada para dar. Pelo menos nada que alguém em sã consciência fosse querer. Preciso dizer a ele, para parar com essa loucura antes que eu magoe um homem inocente que não merece a aflição que minha vida pode trazer.

— Sawyer, eu agradeço, de verdade, mas...

Ele se inclina sobre o carro, usando seu tamanho considerável para me fazer atender ao seu desejo.

— Okay, não entre em pânico, Baixinha. Vamos conversar sobre o carro mais tarde. Agora, vamos sair do calor, te levar para tomar um ar, e resolver todo o resto depois. Parece aceitável?

Seu nariz roça contra a ponta do meu, seus braços enormes e torneados me rodeando em conforto. Sawyer não deixa passar nada, e pela primeira vez, detecto um dos sentimentos novos que tem se agitado desde que o conheci – eu me sinto segura.

— Tudo bem, mas não é meu carro. Você dirige.

— O prazer é meu — ele sussurra no meu ouvido, antes de se endireitar para me liberar, então segura minha mão para me ajudar a entrar no carro.

— Aonde estamos indo? — pergunto, ao ver que pegamos a rodovia.

Esse carro é muito bom, melhor do que qualquer coisa que eu poderia desejar ter, e Sawyer parece meu cavaleiro em armadura brilhante atrás do volante. Por trás daqueles óculos escuros, sei que seus olhos estão cheios de piedade, transbordando de simpatia pela mulher destroçada que ele enxerga quando olha para mim.

Ele se vira na minha direção, seus lábios carnudos curvados em um sorriso enviesado. Ele precisa parar de fazer isso. E deixar crescer um cabelo longo e nojento, ao invés de me tentar com aquele corte curto e estiloso. E tirar aquele maldito *piercing* na sobrancelha, seu homem perverso. E qual é o nome daquele perfume que você não consegue parar de usar – Tentar Emmett Até Ela Ficar Sem Rumo?

— Minha casa, pode ser?

— Não, não pode ser. Sawyer, eu não posso ir para a sua casa.

Ele ri... ele precisa parar de fazer isso também! É um som hipnotizante, como se meus ouvidos tivessem sido abençoados pelos deuses, minhas terminações nervosas conectadas à eletricidade.

— E por que não, Tampinha?

Apelidos – o instrumento do diabo, criado para ajudar homens a fazer as mulheres se sentirem especiais. Uma palavra ou frase sagaz que eles criaram só para você, por sua causa, gerando efeitos devastadores na sua habilidade de andar, falar ou respirar normalmente. Preciso sair desse carro, para longe dele, pois minha força de vontade está minguando e minha mente se encontra em disparada, sucumbindo à sua artimanha.

— Porque... — grunho, beliscando a ponte do meu nariz, tentando manter as lágrimas no lugar.

— Por que, o quê?

— Porque você... — Respire fundo, Emmett. — Você... eu... nós não podemos. Me leve para o *The K*. Vou fazer o inventário ou algo assim. Ou para o shopping. Vou observar as pessoas andando, curtindo o ar condicionado.

— De jeito nenhum.

— Sim, Sawyer! — grito, cansada do calor, sobrecarregada por meus pensamentos, e simplesmente arrasada pela vida. — Por favor, não faça isso! Não seja tão maravilhoso assim, lembrando-me toda vez que você sorri, e me resgata, e faz algo incrível por mim, que não posso ter você!

Ele estende o braço, segurando minha mão pequena na sua grande, engolindo tudo de uma vez como todo o resto sobre ele, engolindo-me inteira, dominando, assumindo o controle, tornando minha pequena estatura e fraqueza como se fossem um atributo, um complemento às suas diferenças.

— Você pode ter a mim — ele sussurra, contra o dorso da minha mão, dando um beijo logo após. — Tudo o que você tem que fazer é me pegar.

— Você não pode estar falando sério. — Suspiro, soltando a mão. — Você nem me conhece. E eu tenho que te contar uma coisa, Sawyer, e então você vai me entender.

— Nunca falei tão sério. — O carro para na frente do que imagino ser a casa dele, bem, é um *duplex*, mas adorável, e um castelo comparado ao meu apartamento surrado.

— Sawyer — viro-me no banco para encará-lo —, eu...

Batidas altas no teto do carro me interrompem e olho para trás de Sawyer, vendo um rosto bonito.

— Espere aí. — Ele dá uma batidinha no meu nariz e abaixa a janela. — Oi, Bennett.

— Oi, sumido, saia daí e me abrace! — A garota bonita se afasta da porta para ele poder abri-la.

Ele a envolve em um abraço, girando-a e depois a soltando.

— Bennett, essa é...

— Emmett? — ela interrompe, me dando um aceno amigável. — Prazer em te conhecer. Eu sou Bennett Cole. Meu namorado, Tate, e eu moramos do lado do Sawyer.

Desço do carro e sigo até ela, estendendo a mão, que felizmente não está mais tremendo.

— É um prazer te conhecer. Sou a Emmett.

— Tate está no trabalho, mas acho que o resto da Galera vai dar um mergulho, talvez assar uns hamburgueres. Vocês querem se juntar a nós?

Sawyer olha para mim, gostando disso totalmente, esperando que eu responda por nós.

— Eu não tenho roupa para isso — digo —, e só ficarei aqui por um tempinho.

— Psshh — ela balança a mão para mim —, Laney ou eu podemos te emprestar uma roupa. Vamos, fique. Você vai se divertir, prometo.

Não posso usar uma roupa de banho na frente de desconhecidos, na frente dele. Lanço uma olhada para Sawyer, suplicando a ele para nos livrar dessa, mas ele não o faz. Em vez disso, ele me encara de cima a baixo, depois lambe os lábios.

— É, Em, pegue uma roupa com a Ben aqui. Dar uma nadada parece muito bom para mim.

Escondendo minha irritação, dou um sorriso forçado e me viro para a ruiva simpática.

— Parece ótimo, obrigada.

— Eba! — Ela segura minha mão e começa a me puxar na direção do outro lado do *duplex* de Sawyer, flores e bandeiras de todas as cores decorando a calçada e a varanda. — Venha, vou arranjar alguma coisa para você. Voltamos em um segundo, Saw.

— Mal posso esperar — diz ele, com uma risada. — Escolha um biquíni — sussurra no meu ouvido, dando um beijo suave logo abaixo.

Seduzir

65

CAPÍTULO 8

MAIS UM DIA INCRÍVEL

Emmett

Essas são as melhores pessoas do mundo inteiro, é quase surreal. Cada um dos amigos do Sawyer é mais gentil, acolhedor e pé no chão do que o outro. As garotas não são megeras, fofoqueiras e resmunguentas, mas, sim, fascinantes, interessantes e engraçadas. Estou me divertindo muito, mas não posso evitar me sentir um pouco triste, sabendo que não me tornarei um membro permanente dessa "Galera" como eles chamam; o que será, de verdade, azar meu.

Sawyer vem na minha direção, passando uma perna sobre a espreguiçadeira na qual estou sentada e se coloca atrás de mim, rodeando-me de ambos os lados.

— Se divertindo? — sussurra no meu ouvido.

— Demais — respondo, com sinceridade, virando levemente meu corpo na direção dele. — E você?

— Eu sempre me divirto com eles — ele balança a cabeça para os amigos —, e com você aqui? Em um biquíni? É, estou me sentindo bem.

Tento não olhar para seu peito nu, principalmente para a trilha escura que segue para seu traje de banho ou mais além.

— WXYZ... — Ouço um gemido ofegante dentro do meu cérebro induzido por hormônios.

— Agora você conhece o seus ABCs? — Ele ri, fazendo todo o seu peito glorioso agitar.

Merda, eu deveria ter parado no V dele e, com certeza, não ter falado meu devaneio em voz alta.

O brilho do sol forte em seu abdômen bronzeado e trincado e em seu peitoral faz minha cabeça girar em círculos. Nunca vi nada como ele, nem de longe. Espero que ele não perceba que notei os orifícios minúsculos que me dizem que seus mamilos são perfurados, ou seus bíceps duros como pedras, ou minha análise que é tudo-menos-ambígua de suas tatuagens.

De verdade, as tattoos dele são incríveis, a tela de seu corpo uma obra de arte por si só. Seu bíceps direito exibe orgulhosamente uma compilação de tatuagens coloridas e mescladas que quase dançam perante meus olhos, começando na curva do ombro e terminando logo abaixo de seu cotovelo. O ponto focal principal é uma cruz gótica com asas pálidas por trás, grossas linhas tribais ramificando-se pelo seu braço. À esquerda, as linhas se transformam suavemente em raízes de árvores. À direita, a linha mais fina acaba em um escrito que diz *"Semper Fidelis"*, que já sei que significa *"Sempre Fiel"*. Combina perfeitamente com ele.

Em seu bíceps esquerdo, tão grande e intimidante quanto o direito, há um solitário 7, rodeado em grandes chamas do tipo 'foda-se'.

E então tem seu tórax. O lado direito tem escrito "Beckett", e o esquerdo, "Coragem". Não consigo entender bem o quê, mas tem algo...

— São ambigramas. Olhe só. — Ele toma cuidado ao tirar uma das pernas que está em volta de mim para se levantar e ficar na minha frente. Ele vira e se contorce, curvando-se e colocando uma mão na espreguiçadeira, e o seu "Beckett", de cabeça para baixo, se torna "Sawyer".

— Puta merda... — Ofego, fascinada.

— E... — Ele se levanta e gira, curvando-se de novo para me mostrar que o "Coragem" é agora "Força".

É a coisa mais legal que já vi na minha vida. Decido naquele momento que uma tatuagem em ambigrama vai entrar na minha lista de desejos. Estendo a mão, erguendo o rosto e esperando aprovação, que ele prontamente concede com os olhos, antes de passar meus dedos sobre as palavras. Ouço-o segurando o fôlego quando entro em contato, seus músculos enrijecendo sob meu toque.

— Eu amei — sussurro.

— Então, agora você viu todas. — Ele volta a se sentar atrás de mim e viro-me para encará-lo. — Cruz, asas, raízes — aponta, listando as tatuagens, meus olhos sedentos para acompanhar —, o sete, chamas, e dois ambigramas.

Seduzir

Não sei se alguma vez já pensei, conscientemente, se tatuagens são sensuais, ou se sequer pensei, mas tenho uma posição oficial agora. *Sexy*. Pra. Cacete. É, tentei não notar nada disso, ou pelo menos convencer a mim mesma, sem parar, que isso é simplesmente uma reação química, mas acho que o fato de que ainda estou encarando cada desenho e pedacinho de seu corpo, talvez ofegando, pode ter estragado meu disfarce.

Hora de se recompor. Fecho os olhos e balanço a cabeça. Estaca zero, Emmett, pare com isso. Sobre o que estávamos falando mesmo? Ah, é, ele perguntou se eu estava me divertindo e talvez eu o tenha respondido.

— O dia está lindo hoje, e todo mundo é ótimo. Obrigada por me trazer aqui.

— De nada, Baixinha. E com esse agradecimento — ele ergue um dedo até meu rosto e traça lentamente minha mandíbula —, eu gostaria de saber, por que uma tatuagem de borboleta?

Ah, parece que não sou a única com olhos perambulantes... e voltamos às tatuagens.

Então ele viu; nem pensei em usar maquiagem hoje.

— Borboletas têm vidas muito curtas. No minuto em que chegam ao seu potencial máximo, tornando-se o que foram feitas para ser, seu tempo começa a contar — explico. — Se elas nunca tivessem surgido, nunca tivessem voado, elas teriam adiado seu fim. Então, tecnicamente, a missão de sua vida as mata.

— Emmett. — Ele observa meus olhos, seu polegar segurando meu queixo agora para manter meu olhar no lugar. — Se você estiver doente, eu vou te ajudar — sussurra. — Por favor, me deixe te ajudar com o que você precisar. Sei lá, quem for necessário, o melhor do mundo, eu vou encontrá-lo.

Seguro seu rosto, as palavras presas na garganta, meus pensamentos momentaneamente perdidos ao contemplar sua beleza.

— Eu já te falei que não estou morrendo, Sawyer, juro. Mas meu destino foi escolhido e aceitei isso como meu caminho e felicidade.

— O que isso significa? Apenas me diga, Emmett. Onde quer que você esteja indo — seus lábios roçam nos meus, com gosto de desejo e esperança —, eu quero ir com você.

— Ah, é mesmo? — Meus olhos verdes brilham em travessura quando uso suas palavras contra ele. — Como você pode ter tanta certeza?

— Porque desde o dia em que te vi pela primeira vez até o dia em que te vi de novo, não gostei de onde eu estava. Agora você está aqui e eu gosto. Então faz sentido que ficar com você, onde quer que nós formos, é o meu melhor caminho.

— Você tem alguma ideia? — Toco em seu braço. — Porque estou um pouco perdida.

Estou ficando perdida, cada minuto que passo com ele torna mais difícil me lembrar o porquê não posso aproveitar, desejar, precisar disso como meu próximo fôlego. Talvez eu comece a deixar *post-its* ou colocar um elástico no meu pulso como um lembrete do porquê é simplesmente uma péssima ideia achar que ele é uma boa ideia.

Um respingo de água gelada atinge minhas costas e me faz saltar com um gritinho alto.

— Caramba, que gelado! — Rio, virando-me para ver quem foi.

Evan está apontando para Zach, que está apontando para Laney. Acho que os três se empurraram na piscina em uma confusão gigante.

— Desculpe. — Evan sorri para mim. — Vocês querem brincar de Briga de Galo? Beija-flor, entra aqui, mulher, vamos acabar com esses fedelhos.

Sinto que caí no Planeta dos Caras Gostosos... nenhum deles é nada além de perfeição fisicamente, e todos tratam essas mulheres como rainhas. Eu quero ficar nesse mundo, construir um pequeno chalé e me mudar para sempre... por que não posso ficar?

Sou salva de ter que me convencer a não brincar quando Laney diz:

— Fedelhos, é? Ah, vamos te pegar, venha, Dane!

Inclino-me contra Sawyer, suas mãos esfregando meus braços para cima e para baixo, enquanto assistimos as equipes darem tudo de si de forma impiedosa em um jogo de Briga de Galo. O deslizar metódico de suas mãos na minha pele, associado ao seu corpo sólido, o travesseiro perfeito, e o sol quente, é demais, e logo estou lutando para manter os olhos abertos, mesmo em meio a todo o alvoroço.

— Ei — ele se inclina sobre mim, sua voz quente e suave em meu ouvido: —, deixe eu te levar para a minha cama para tirar um cochilo.

— Estou bem, de verdade. Só mais um pouquinho. — Viro de lado e me aconchego a ele sem nenhuma vergonha. Não posso evitar, a pele dele está quente, e há espaço o bastante em seu corpo enorme para esquentar cada parte de mim. — Me conte outra coisa, sem ser por causa do nosso jogo, mas porque quer.

— Tipo o quê? Tenho que te dizer, isso é muito mais fácil quando você

Seduzir

69

me faz a pergunta. Eu sou um cara; não guardo fatos aleatórios e lembranças.

— Guarda, sim; você já provou que isso é uma mentira várias vezes. Mas vou deixar passar dessa vez. Me fale sobre seus pais.

— Não, escolha outra coisa.

Essa negativa foi categórica e quero saber o motivo, então levanto a cabeça.

— Você não precisa me dizer — passo a mão pouco a pouco em seu peito, quente, escorregadio com o óleo bronzeador e duro como pedra —, mas você pode me contar por que não quer me falar?

— Feio demais. Não quero que me olhe do mesmo jeito que as pessoas que sabem olham. Tipo, nunca. — Ele respira fundo algumas vezes, tão fundo em um corpo tão grande, e sinto meu corpo se erguer e abaixar junto com seus pulmões. — E quanto aos seus pais?

— Muito feio. — Volto a repousar a cabeça, mas deixo minha mão ao lado. — Cara, nós precisamos de algumas perguntas mais felizes. — Rio, e ele faz o mesmo.

— Em, você está quase dormindo. Está pronta para me deixar te carregar agora?

Exausta, assinto e coloco meus braços em volta de seu pescoço. Ele me levanta com um braço atrás das minhas costas e o outro debaixo dos meus joelhos e não posso evitar me sentir querida.

— Tchau! — uma infinidade de vozes grita da piscina enquanto saímos.

— Não se esqueça, quinta à noite é Noite da Galera! — Laney anuncia, da água. — É bom você vir também, Emmett!

— Mhm — respondo, com um murmúrio, contra o pescoço do Sawyer, onde minha cabeça descansa em seu ombro.

Ele nos leva por um corredor e então me deita, como se eu fosse feita de vidro, na cama mais macia que já senti na vida. Meu corpo se afunda no colchão e viro de lado, aconchegando meu rosto em um travesseiro que está impregnado com o cheiro de Sawyer.

Se não posso tê-lo, pelo menos posso vê-lo nos meus sonhos, e sentir seu cheiro agora também.

Ouço o ruído do ventilador que ele deve ter ligado, depois sinto cobertas sendo aninhadas em volta de mim.

— Descanse um pouco, Baixinha — ele sussurra, beijando o topo da minha cabeça —, e quando você acordar, vamos descobrir como te fazer minha.

Fingindo já estar dormindo profundamente, regulo o ritmo da minha respiração, disfarçando o pânico que suas palavras quase irresistíveis causam em mim. As luzes se apagam e ele fecha a porta em silêncio, sussurrando mais uma vez, antes de se virar:

— Bons sonhos, Emmett.

Quando finalmente me obrigo a abrir os olhos, o quarto está completamente escuro, sem nenhuma luz vindo da janela. Não estou surpresa em ter dormido até de noite; eu não só estava exausta, mas mergulhar nessa cama gloriosa foi inebriante.

Tento me sentar, porém sou impedida por um grande braço em volta da minha cintura apertando seu agarre, me implorando para ficar por perto. Empurro a bunda para trás, devagar, buscando confirmar o contato com um corpo real, provando que isso não é um sonho maravilhoso do qual nunca quero acordar. Minha nossa!

— Continue fazendo isso e nós vamos conversar sobre um outro jogo de bolas, mulher — ele murmura, em uma voz sonolenta.

Viro-me e ofego, chocada.

— Sawyer, por que você está nessa cama?

— Bem, Baixinha, essa é fácil. É a minha cama.

— E a pequena surpresa me cutucando?

— Se por pequena você quer dizer colossal, então é o meu pau. Ele também gosta de você.

Sentando-me, de repente, cruzo os braços, soltando uma bufada.

— Você tem um abajur ou algo assim? Não consigo enxergar nada.

— Você pode ir tateando — ele sugere, com uma risada, se atrapalhando e derrubando as coisas antes de, finalmente, acender uma luz. — Bom cochilo?

Ai, Deus. Sawyer Sonolento é ainda mais tentador do que o Sawyer de sempre. Ele está deitado de lado, olhando para mim com um braço estendido sobre os travesseiros e o outro sobre a cama. Já há uma leve barba por fazer escura em sua mandíbula e seus olhos azuis são absolutamente pecaminosos.

— Maravilhoso, obrigada. — Afasto o olhar, desviando-o para o lençol. — Por me carregar e me deixar dormir, quero dizer. Mas... mas não achei que você se deitaria aqui comigo.

— Por que não? — Ele se aproxima, passando os dois braços pela minha cintura e beijando o exterior da minha coxa. — Eu nunca dormi com uma garota antes — ele beija meu joelho —, embora, definitivamente, entenda o fascínio agora.

Coloco uma das mãos sobre a dele, que está na minha cintura, e faço círculos com meu polegar. Não tenho certeza se quero diminuir o impacto para ele ou manter o sentimento para mim mesma.

— Sawyer, eu te falei várias vezes que isso não pode acontecer. Nós mal conhecemos um ao outro e as coisas que você não sabe... são demais para lidar.

— Então me conte. — Ele se levanta, beijando meu ombro, depois deixando sua língua traçando pequenos círculos perto da minha clavícula. — Não acho que exista qualquer coisa que você possa dizer e que me faça te querer menos.

— É mesmo? — Viro o rosto para ele. — Você me quer? Então se eu dormir com você, você vai me dar ouvidos e será feliz? Tudo bem. — Deito-me de novo no colchão, abrindo os braços, e digo, em voz monótona: — Ah. É. Me. Pegue. Agora.

Ele rola e coloca seu corpo em cima do meu, mantendo a maior parte do peso nos antebraços, que estão deliciosamente enquadrando minha cabeça.

— Não me insulte, Emmett, eu não mereço isso. Sim, eu fodi muitas mulheres. Sim, eu adoraria me perder dentro do seu corpinho doce, mas não assim. Eu quero te conhecer, tudo sobre você. Eu quero fazer amor contigo, o que nunca fiz antes. Nunca. Quando eu te tomar, será porque você não pode esperar mais um maldito segundo, e você estará me implorando para te levar a um lugar onde só nós dois existimos, um lugar onde somente eu posso te mostrar que amo seu coração tanto quanto seu corpo, sua mente e todo o resto que te torna você. — Ele está bem perto do meu rosto agora, nossos narizes roçando um no outro, seu lábio inferior carnudo tocando no meu. — E você nunca irá querer deixar aquele lugar. Você vai me sentir aqui — esfrega uma mão sobre meu coração —, vai ansiar por mim aqui — traça um círculo ao redor de um mamilo, intumescendo-o de forma dolorosa —, e vai implorar por mim aqui. — Então toca descaradamente entre as minhas pernas e eu solto um gemido, mordendo meu lábio inferior em uma tentativa inútil de impedir meu ofego. — Você me sentirá em cada parte sua, todo dia, até estarmos juntos no nosso lugar de novo.

Balanço a cabeça de um lado ao outro, encolhendo-me no colchão.

— Não vou. Não posso.

— Por. Que. Não? — ele grunhe, sua voz áspera, mas seus olhos ainda gentis.

É isso – é aqui onde conto a ele... e o perco. Minha boca está entreaberta, meus olhos fechados com força, pronta para, finalmente, contar tudo, até que ele sussurra:

— Emmett, olhe para mim. Não me deixe de fora. Eu vou abrir esse cadeado que te fecha, *baby*.

Contra qualquer bom senso, abro lentamente os olhos, estremecendo com uma verdadeira dor física com o que vejo. Seu rosto paira acima do meu, repleto de agonia, pedindo-me para saltar com ele.

— Ei, você está tremendo. Deixa pra lá. Ssshh... novo plano. Não me diga ainda. Se você ainda não confia completamente em mim, eu não mereci os seus segredos. Quando você confiar em mim, confiar que falo sério quando digo que não vou fugir, não importa o motivo, então você me conta. — Ele coloca um dedo sobre meus lábios. — É isso, não se fala mais nisso, então pare de se preocupar. Me conte outras coisas.

— T-tipo o quê? — Estou atordoada; nada mais é cima ou baixo, redondo ou quadrado. Ele está me pedindo para não dizer a ele e estou repreendendo a mim mesma por considerar a solução covarde. — Eu acho mesmo que devo te contar, Sawyer. Apenas me deixe dizer, depois eu vou embora.

— Não. — Ele ri, rolando de costas. Ele me leva junto, encaixando meu corpo ao lado do seu. — Com certeza, você consegue pensar em outra coisa para conversar. Estimule minha mente, mulher — caçoa, rindo baixinho.

Nossa amizade, ou seja lá o que temos, é desconcertante e confusa, mas não quero que acabe. Então, por enquanto, contenho a culpa persistente e desfruto da companhia de Sawyer.

Fascinada, levo um dedo até seu mamilo, examinando-o.

— Por que furá-los se você não vai usar um *piercing* aí?

— Você tem TDAH? Esse é o seu segredo? — Ele sorri com sua própria esperteza, beijando minha cabeça, o que parece estar se tornando um hábito. — Estou completamente preparado para ter minha mente desafiada e você toca no meu mamilo? Está brincando com fogo, Baixinha.

Sinto o rosto corar, mas não consigo de jeito nenhum afastar o olhar de seu peito.

Seduzir

Basta dizer, o físico dele desperta meu interesse.

— Se você quiser que eu use, eu uso. Vou usar todos eles, é só falar.

— Todos eles? — Levanto a cabeça, encarando-o, boquiaberta. — Quantos *piercings* você tem? Não, espere, aposto que consigo adivinhar. — Lembro-me do que ele me disse antes, e a sensação de... não faço ideia de como chamar, me invade. Eu sei, sem dúvidas, a resposta, e de alguma forma sinto-me mais próxima dele, especial, por saber. — Sete, certo?

Ele assente, seus olhos azuis-escuros cravados nos meus.

— Muito perspicaz, Srta. Young. Agora, você pode me dizer ondes todos eles estão?

— Dois nas suas orelhas, dois nos seus mamilos, sua sobrancelha; já foram cinco. — Observo-o pouco a pouco, deixando meus olhos varrerem descaradamente seu corpo grande e rígido, cada linha definida como uma obra prima. Ele põe a língua para fora da boca e balança-a para mim. Inclino-me, olhando mais de perto, e, com certeza, tem um buraquinho ali. — Okay, foram seis. Mais um. — Bato no meu queixo, pensando, encarando seu umbigo.

Ele ri alto, os músculos de seu abdômen contraindo por conta do meu olhar.

— Eu não furei meu umbigo, Emmett. — Ainda encarando sua barriga, sua mão segue pelo tanquinho, traçando a trilha do pecado. — Mais embaixo — provoca, com uma voz intensa e irresistível, sem conseguir conter o indício de uma risada.

Eu nem reconheço meu próprio corpo, tremendo e ardendo ao mesmo tempo ao pensar nele. E meus olhos vagam mais abaixo, seguindo o caminho de seu dedo, observando o contorno de um pênis muito grande e muito duro através de seu short de basquete azul-claro. Como uma sem-vergonha atrevida, entrecerro o olhar, buscando a pista de qualquer joia.

— Eu não uso aí. Geralmente, não uso. — Seu comentário rouco me assusta, e ergo o rosto para ele. Seus olhos estão flamejando, repletos do mesmo desejo que sinto entre as pernas.

— Por que não? — sussurro, lambendo os lábios.

— Ninguém entende isso, Emmett, ninguém. — Ele se senta, colocando o rosto a centímetros do meu. — Eu fiz por causa de uma aposta, e doeu pra caralho, então resolvi manter a perfuração. Mas é todo seu se você quiser, Anjo.

— Por quê? Por que posso exigir querer isso e receber?

— Porque eu disse que você pode. Escuta — ele segura meu rosto em suas mãos, o polegar delineando minha mandíbula —, não faço ideia do porquê alguns levam anos para se apaixonar e outros apenas um dia, ou se algum deles sequer sabe. Mas sei que gosto de você, demais. Eu quero te conhecer, e acho que você quer a mesma coisa.

Isso passou da conversa mais pervertida que já tive na vida – minha imaginação evocando imagens fantásticas –, para a mais adorável. Meu coração está martelando contra suas próprias paredes e o formigamento que começou na barriga agora se tornou pontadas agudas e esporádicas bem abaixo.

Nossa Senhora, eu o quero. Digo, eu o quero como quero o ar para respirar.

Não, não, Emmett. Lágrimas se acumulam nos meus olhos e viro a cabeça depressa, começando a descer da cama.

— Tenho que ir — balbucio, tentando me desenroscar dos lençóis, mas só ficando ainda mais presa. Lutando, girando membros e lençóis na maior confusão, finalmente me liberto e cambaleio para a porta do quarto, constrangida por ainda estar usando roupa de banho e descalça. Não sei como, mas preciso dar o fora daqui e me afastar para bem longe dele. Não posso me torturar tanto assim.

Um braço surge sobre a minha cabeça, fechando a porta. Sinto cada centímetro rígido dele contra minhas costas enquanto sua outra mão afasta meu cabelo para o lado.

— Não vá embora, por favor. Serei bonzinho. — Ele passa o nariz pela lateral do meu pescoço, sussurrando contra minha pele: — É que você é tão linda, Emmett, e na minha cama, hmm... ainda em um maldito biquíni. Eu não seria um homem se não quisesse você.

Inclino-me para frente, recostando a testa à porta, mas não há esca-patória quando ele se inclina ainda mais, pressionando a extensão de seu corpo firme contra o meu.

— Vou pegar um short e uma camiseta para você se trocar se isso te fizer sentir melhor — ele diz. — Volte para a cama, está tarde. Podemos conversar sobre Astrofísica ou vovós, contanto que eu possa te abraçar.

Não consigo evitar uma risada, o desespero em sua voz ao me convi-dar para conversar sobre vovós com ele é tão fofo, e encantador.

— Eu não quero ir embora, mas não podemos ter as duas coisas. Você me diz para não te contar, que seremos amigos, mas então me faz sentir...

Seduzir

— Eu sei, eu sei, culpa minha. — Ele esfrega meu ombro e beija o caminho. — Não me afaste, Baixinha. Eu entendo.

Não, ele não entende, mas é bom o bastante por enquanto. Está tarde, estou cansada, e ele é quente e convidativo.

— Okay, eu gostaria de algumas roupas — admito. — Talvez eu possa tomar uma ducha rapidinho?

— Uuh — ele grunhe, atrás de mim, pressionando seu corpo contra o meu com mais firmeza. — Não me diga que vai tomar banho, mulher. Diz que você vai fazer cocô ou assoar o nariz.

E o momento passou, oficialmente... morro de rir, e me viro para encará-lo.

— Que nojo! — Bato no peito dele, ainda rindo. — Vá pegar as roupas, seu nojento!

Demoro um tempo no chuveiro, torcendo para ele adormecer antes de eu sair. A coisa da água gelada não funciona comigo. Lavo o cabelo duas vezes, me arrependendo quando percebo que ele não tem condicionador aqui, e passo sabonete mais de uma vez antes de, finalmente, desligar a água. Eu me seco e visto as roupas enormes que ele me entregou, enxugando o cabelo com a toalha até ficar aceitável para dormir; só então volto para o quarto dele, na ponta dos pés.

— Você está dormindo? — sussurro, para suas costas, subindo na cama.

— Não. — Ele rola, me dando um sorriso enorme. — Mas boa tentativa com a maratona no chuveiro. Por que você está me evitando? Eu te falei que seria bonzinho.

— Não estou... — rebato, de forma exagerada, me enfiando debaixo dos cobertores. — Só não estou acostumada a passar a noite na cama de um homem, eu acho.

— Você nunca fez isso?

— Deus, não!

— Ah, Em... você me torna mais feliz toda vez que deixa algo escapar.

— Fico muito contente em poder ajudar. — Dou um peteleco em seu peito. — Vá dormir. Estou esgotada.

— Boa noite, Baixinha.

— Boa noite, Sete.

CAPÍTULO 9

ENTÃO ELE ME ENCONTROU

Emmett

O relógio digital marca 9:24h quando acordo de novo, agora sozinha na cama. Ou não sozinha... já que há um bilhete no travesseiro dele com meu nome.

> Em,
> Talvez não como um lenhador, mas, com certeza, um ronco. Bom dia, linda.
> -S

Dobro de novo o bilhete, procurando a esmo um lugar para guardar. Não tenho nada comigo, nem mesmo minhas próprias roupas, então escondo outra vez debaixo do travesseiro onde dormi ontem à noite, torcendo secretamente estar de volta logo para pegar. Verifico o banheiro dele, usando depressa sua escova de dente, e então me sento de novo na beirada da cama. Não posso ficar aqui o dia inteiro, mas o pensamento de sair vagando, nas roupas dele, me deixa morta de vergonha. Recuso-me a fazer a caminhada da vergonha quando a coisa mais suja que fizemos foi falar sobre cocô.

Dez minutos mais tarde, não consigo mais ficar de braços cruzados. Tenho coisas demais para fazer hoje. Fico de pé, apertando o cordão do short que bate nos meus joelhos, apesar dos meus esforços, e sigo para o corredor. Faço uma careta quando uma das tábuas range sob meu pé gelado e descalço, mas sigo em frente.

— Bom dia, Raio de sol — Laney me cumprimenta na cozinha.

— Oi, Laney. — Abaixo a cabeça, cruzando os braços sobre meus seios cobertos apenas pela camiseta. — C-como você está?

— Bem, levando em conta que é de manhã. Eu detesto manhãs.

— Uh, cadê o Sawyer? — murmuro, ainda encarando o chão.

— Ele teve uma aula, mas me disse para te avisar que vai voltar às dez. E — ela se aproxima, segurando minhas roupas e a bolsa —, ele foi pegar isso para você com a Bennett, caso você acordasse.

— Ah, obrigada. — Suspiro, aliviada, e as pego. — Eu, ah, vou me trocar.

— Emmett — ela coloca a mão sobre meu ombro —, não fique constrangida. Eu conheço Sawyer, portanto, sei que você não tem nada do que se envergonhar.

— Como assim?

— Você dormiu a noite inteira na cama dele, e ele deixou. E você ainda está aqui de manhã. Você é diferente para ele. Não estou tentando ser intrometida, só quero que saiba que não precisa se sentir estranha. Ninguém vai pensar menos de você, okay?

Engulo a repulsa que sinto com o pensamento da catraca de ônibus do Sawyer, e *flashbacks* dele e Mariah no beco se passam na minha mente.

— Okay, obrigada. — Dou um sorriso falso e corro de volta para o quarto, as roupas dele agora queimando minha pele.

Fechando a porta, e me trocando o mais rápido possível, não tenho certeza do que me incomoda mais, o pensamento de todas as conquistas dele ou o fato de que não sou uma delas. Eu sou insuficiente? Ele consegue sentir a bagagem que tenho?

Espere, que diabos, Emmett? Você disse a ele que isso não era uma opção e agora se sente rejeitada? Viu, é isso o que acontece quando você se aproxima demais do fogo... você enlouquece completamente por causa da inalação de fumaça. Eu tenho um plano, um caminho claramente definido onde devo ficar, e ninguém vai me desviar dele.

Pego meu celular, ligando para a companhia de táxi. Percebo que não sei o endereço daqui assim que eles perguntam.

— Espere — murmuro para o homem, voltando para a cozinha. — Laney, qual é o seu endereço?

Ela diz rapidamente ao longe, e o atendente informa que o tempo de espera é de quinze minutos antes de desligar.

— Por quê? — pergunta, ao se virar para me encarar.

— Eu precisava para o táxi.

— O quê? Por quê? Não, por favor, não vá embora! — ela grita, agitando os braços freneticamente..

Afasto-me, um pouco preocupada com sua sanidade. Acho que ela pode estar lacrimejando de verdade agora, e estou mais do que um pouco apavorada.

— É por causa do que eu disse? Eu quis dizer como um elogio, Emmett, tipo que você não precisa abaixar a cabeça, com medo de todos nós pensarmos que você dormiu com ele. Não que seja ruim se tiver, mas, Deus! — Ela fecha as mãos, colocando-as nas laterais de sua cabeça. — Eu não quis ofender. Sinto muito mesmo. É que você parecia tão constrangida. Merda, ele vai me matar!

E ela parecia tão normal ontem.

— Laney, eu tenho que ir porque tenho muitas coisas para fazer. Não estou chateada. Sei o que você está tentando dizer e agradeço, de verdade.

— Sawyer vai voltar a qualquer momento. Por que você não espera e deixa ele te levar? Ele vai ficar tão chateado se voltar e não estiver aqui. Você não viu o rosto dele essa manhã, Emmett. Eu não o vejo sorrindo assim há meses.

— Eu gosto dele também. — Sorrio a contragosto, pensando na forma como ele me faz sorrir, a sensação dele me abraçando apertado a noite toda. — Ele é um bom amigo. Vai ficar tudo bem, eu o verei no trabalho.

Ela abaixa a cabeça e a balança de um lado ao outro.

— Você irá destruí-lo.

— Não vou — asseguro. — Ele sabe que nós só podemos ser amigos. Eu juro, ele vai ficar bem. A cabeceira dele estará balançando de novo antes que perceba. — Dou uma risada irônica, tentando convencer a mim mesma tanto quanto a ela, de que tudo está ótimo.

Uma buzina soa do lado de fora. Felizmente, o táxi chegou mais cedo.

— É a minha carona, tenho que ir. Está tudo bem, Laney. Prometo.

— É. — Ela passa a mão sob o nariz, fungando. — Então, te vejo na quinta à noite? Você prometeu vir para a Noite da Galera.

Seduzir

— Estarei lá. — Assinto e viro para sair pela porta o mais rápido que minhas pernas conseguem andar.

Ela sabe tanto quanto eu que Sawyer e eu já chegamos ao fim, e que o dano colateral é inevitável.

Só torço para que eu possa aguentar o peso da dor e que ele seja poupado.

É óbvio que ele não ficou feliz por eu ter ido embora antes de ele chegar em casa, já que está se recusando a arredar o pé da minha porta agora.

> Sawyer: Estou aqui embaixo, venha pegar as chaves do carro, por favor.

Se isso o faz se sentir melhor, como se estivesse me punindo, vou deixar. Enquanto desço a escada, me aproximando dele, perco o fôlego. Ele está apoiando um lado do quadril na lateral do carro, óculos aviadores cobrindo seus olhos, no entanto, consigo sentir seu olhar focado em mim. Usando um jeans escuro desbotado, uma regata branca e boné branco virado para trás, só posso dizer que ele é, absolutamente, o homem mais *sexy* que já vi.

— Oi — murmuro, remexendo na barra do meu short. Dói olhar para ele por mais tempo, meu coração chega a contrair, mais do que literalmente, é doloroso demais.

Ele me assusta ao enfiar a mão por baixo do meu cabelo, na base do meu crânio.

— Seu cabelo está molhado. Quão quente está lá em cima?

— Não muito, eu só tenho o cabelo grosso... demora a secar. — Puxo o elástico do pulso e faço um rabo de cavalo depressa. — Obrigada por me deixar usar o carro. Eu não deveria aceitar, é demais — olho para ele com um pequeno sorriso —, mas vou aceitar mesmo assim.

— Por que você me deixou hoje de manhã? — Seu agarre no meu pescoço se aperta e ele puxa minha cabeça até a sua, descansando a testa contra a minha.

— Na verdade, você me deixou — rio —, mas eu tinha que ir. Eu trabalho hoje à noite, então precisava lavar roupa e tentar encontrar o proprietário, coisas assim. Eu não quis te deixar bravo.

— Eu não estava bravo. — Ele suspira, seus dedos na lateral do meu pescoço agora, massageando os músculos tensionados.

— Mentiroso — dou um sorrisinho —, é por isso que você me fez descer aqui. Só para distribuir sua grande punição. — Cutuco-o na barriga de brincadeira.

— Venha comigo, por favor. — Ele pressiona os lábios contra os meus, movendo-os de um lado ao outro. — Pelo menos até seu ar-condicionado ser consertado. Podemos ir para o trabalho juntos, comer primeiro. Deixei-me cuidar de você, Emmett.

Tenho dificuldade de respirar de forma normal, consumida pela sensação dos nossos lábios roçando um no outro.

— Não podemos continuar andando em círculos, Sawyer. Sou forte só até certo ponto. Eu não aguento isso — sussurro, minha voz estridente me traindo e entregando o anseio em me render.

Ele me solta, se afastando e erguendo os braços no ar.

— Tudo o que vejo é você, porra! Tudo o que estou pedindo é uma chance, Emmett! Eu não ligo para o seu passado, toda porra de pessoa tem um, mulher!

— Não grite comigo! — Engulo o choro, mas não consigo impedir o fluxo de lágrimas. — Você disse que não queria saber, então vai apenas ter que confiar em mim, Sawyer. Eu não valho a pena! — Viro-me e subo a escada correndo, fechando a porta com força e me jogando de bruços na cama. Quão rápido as coisas mudaram, sua boca macia e hálito quente me acariciavam em um momento, descontando uma rispidez dolorosa no outro.

Posso ouvi-lo se aproximando, um homem do tamanho dele não pode pegar ninguém de surpresa, então nem estremeço com o som de sua voz, deixando o rosto ainda enfiado no travesseiro.

— Aqui está a chave, dirija o carro.

Sinto a chave quicar na cama ao meu lado logo antes de ele fechar a porta com um baque surdo, e escuto seus passos pesados e raivosos escada abaixo.

Ótimo – espero que ele continue com raiva de mim. Prefiro que fique bravo do que magoado.

Sawyer

Eu estou mesmo numa maré de azar hoje… deixei Emmett chorando, fui um babaca total com o motorista do táxi (provavelmente deveria ter planejado como iria para casa depois de deixar o carro com ela) e agora estou assustando Laney. Irrompo pela porta da frente, chocando a maçaneta na parede, quase matando Laney de susto, a contar pelo salto no sofá.

— Merda, Sawyer! — Ela põe a mão no peito, me analisando com seu olhar mordaz. — O que está pegando fogo?

— Desculpe. — Puxo a porta da parede, fechando-a com força. — Eu não quis te assustar. Aquela mulher está me enlouquecendo!

— Ela está com medo. — Seu rosto agora assume uma expressão compreensiva. — Eu não sei do quê, mas ela está apavorada. Detesto dizer, mas talvez você precise se afastar.

— Ah, eu me afastei. Acabei de gritar com ela e fui embora enquanto ela estava chorando. Caralho! — Seguro a cabeça com as duas mãos, esfregando furiosamente para frente e para trás. — Por que caralhos não tenho o cabelo mais longo! Merda!

— Okaaaay. — Laney vem até mim e me faz abaixar os braços. — Venha se sentar antes de arrebentar uma veia. — Ela me leva para o sofá. — Aliás, você precisa melhorar suas palavras raivosas. A bomba C só se torna poderosa se você não a usar a cada duas palavras.

Não consigo evitar o franzir dos meus lábios, sorrindo para a minha garota; ela sempre sabe a coisa certa a se dizer. Sua perspicácia me surpreende toda vez.

— Você estava morrendo de medo quando eu te conheci. Me diga o que fazer, Gidge.

— Eu te disse, acho, de verdade, que você deveria se afastar. Deixe ela vir até você.

— Como uma borboleta, tenho que deixar ela pousar em mim — murmuro para mim mesmo, pensando no conselho de Kasey.

— Essa pode ser a coisa mais legal que você já disse. — Ela me encara com espanto. — Você andou acampando no corredor dos cartões comemorativos?

— Algo assim. — Dou de ombros. Estamos falando de mim aqui, não do Kasey, então dane-se dar o crédito a ele.

— Ela prometeu que virá na quinta à noite. Fique longe dela até então, e POW! — Ela bate um punho na outra mão. — Quando ela chegar aqui, mostre o que ela esteve perdendo durante a semana toda. Seja indiferente, mas sedutor, vista-se para matar e deixe a sua Gidge cuidar do resto. — Ela dá uma piscadinha.

— Falei recentemente que eu te amo?

— Sério, fique longe do Hallmark[6]. Você está me assustando. — Ela me empurra com o ombro. — E eu também te amo.

---

6   Empresa americana que fabrica cartões para todos os tipos de situações.

CAPÍTULO 10

VOCÊ, EU E A GALERA

Sawyer

Segunda à noite, eu fui para a academia e malhei até mal conseguir levantar os braços. Tomei três cervejas enquanto assistia um episódio de Miami Ink, CJ ligou para falar sobre uma corrida esse fim de semana e desliguei na cara dele, e depois fui dormir. Na verdade, depois eu me deitei na minha cama e fiquei me remexendo no colchão, digitei e deletei cerca de quatro mensagens para Emmett, e então dormi.

Na terça, fui para o *The K* antes do turno do almoço, cuidei de todas as minhas coisas na velocidade da luz, e dei o fora dali. Esperei Zach do lado do ginásio coberto, e o forcei a andar de moto comigo por umas duas horas. Comi no meu quarto e me masturbei duas vezes no banho. Três palpites, e os dois primeiros não contam, sobre quem imaginei na cabeça enquanto fazia isso.

Na quarta, faltei as aulas porque, sinceramente, agora temo pela segurança de qualquer pessoa que cruze meu caminho. Não me lembro de estar tão nervoso assim na minha vida, nem quando eu não conseguia encontrá-la. Estou exausto pra caralho, porque não consigo dormir; estou morrendo de fome, porque mal me alimentei, e dolorido pra cacete por causa da maratona de idas à academia. Sem contar que nunca fiquei tanto tempo sem sexo na vida e estou um pouco preocupado que o sêmen acumulado possa começar a escorrer das minhas bolas a qualquer momento.

Não posso ir ao trabalho por motivos óbvios, e Dane, provavelmente, está prestes a chutar meu traseiro por toda a hora extra que ele deve ter que pagar ao Kasey. Preocupo-me com ela sem parar, principalmente por não estar no bar para vigiá-la, mas confio no conselho de Laney, e já fui longe demais para ferrar ainda mais as coisas. O único motivo de eu conseguir dormir e descansar na noite de quarta-feira, é porque sei que ela só trabalhou até as nove, tem um carro agora, e amanhã é quinta, Noite da Galera, e ela estará lá.

Quando entro na sala, quinta de manhã, Dane está arrumando sua gravata no espelho ao lado da porta.

— Você poderia ser mais óbvio? — ele pergunta, sem me encarar.

— Sobre o quê?

— Por que, de repente, depois de três dias, você está funcionando e enérgico? Onde está a sua atitude "não estou nem aí"?

— Se estivesse na sua bunda, você saberia.

— Rabugento. — Ele ri. — Está pronto para hoje à noite?

Lanço um olhar irritado, diante da audácia do desgraçado metido. Eu ensinei o jogo a ele.

— Tenho certeza de que dou conta, mas obrigado por se preocupar.

— Não me entenda mal, Sawyer. — Ele se vira, o rosto agora sério. — Eu estou preocupado. Se você está chateado, Laney está chateada. Se Laney está chateada, eu contrato a porra de palhaços. Agora o que quer que esteja te incomodando... resolva. — Ele segue para a porta, pegando sua maleta. — Eu a vi no *The K* outro dia — comenta, como quem não quer nada. — Ela perguntou sobre você. Te mandou um "oi" já que você não retornou as ligações e mensagens dela.

— Humm — respondo, fingindo desinteresse.

— E se vale de alguma coisa, acho que ela seria louca por não ver o cara incrível que você é.

— Valeu, Daney — brinco com ele —, você cuidou daquela outra coisa para mim?

— Deve estar pronto em algum momento esta tarde.

— Meu amigão. — Ando até ele e nos cumprimentamos com um soquinho. — E o lugar?

— Mandei o pessoal da limpeza hoje; é todo seu.

— Eu queria perguntar, não que não esteja feliz pra caramba por ter comprado, mas porque você comprou aquele *duplex* também?

Seduzir

85

Ele se vira e me encara como se eu fosse uma única cerveja em um pacote de seis.

— Essa pergunta é de verdade? Estou controlando o perímetro. Tenho que garantir que caras não morem na vizinhança de Laney.

— Tate mora bem ali — aponto —, e tenho certeza de que ele é um cara.

— Ele é meu irmão.

— Tucker, também portador de um pênis, mora bem ali — aponto para o outro lado da sala. — Pensou muito nesse plano — zombo. — Bom trabalho.

— Você tem razão, ele é portador de um pênis. Assim como o namorado dele.

— Como você poderia saber disso?

— Se você mora com, ao lado, ou em qualquer lugar nos arredores de Laney, eu sei.

— Sequer te incomoda que você é psicótico?

— Você diz psicótico, eu digo cuidadoso... e Laney diz que me ama. — Ele dá uma piscadinha. — Estou dormindo muito bem à noite. — Bate no meu ombro e aperta. — A chave está em cima da bancada.

Balanço a cabeça, rindo sozinho do idiota. Não consigo evitar amar o garoto, porém. Presumo que Laney já tenha saído ou ela o teria abordado no caminho para a porta, então com a casa só para mim, coloco alto a música da minha Emmett – *In Luv Wit a Stripper*, do Somo. Lavo a louça e limpo meu quarto como um bom garoto. Quando termino tudo, vou para a loja, seguindo a lista que Laney deixou para mim com bastante ajuda... do cara da loja, que também não fazia ideia do que era metade das merdas que ela escreveu. Cacete, eu comprei e ainda não tenho certeza do que caralho é húmus.

A Noite da Galera começa às sete, então às seis, corro para o chuveiro, querendo não apenas me limpar, mas também ficar tão relaxado quanto possível. Um homem com uma arma carregada seria uma coisa muito assustadora e não posso me dar ao luxo de "assustar" Emmett hoje à noite. Saltar sobre ela, assim que passar pela porta, e encoxar sua perna, provavelmente, não seria propício para todo o fato "Eu sou um cara sensível, Emmett, juro" que preciso desesperadamente que ela entenda. Então, agora limpo dos pés à cabeça, coloco mais shampoo na mão e envolvo meu pau. Fecho os olhos e inclino a cabeça contra a parede, como fiz tantas vezes essa semana, e a imagino. Na maioria das vezes, uso sua imagem estática na mente, ela usando aquele minúsculo biquíni vermelho, mas hoje... hoje visualizo seus grandes olhos verdes me encarando, abaixo de mim, na minha cama. Ela morde o lábio inferior e lentamente abre suas pernas.

— Me tome, Sawyer — ela sussurra, usando as mãos para se abrir ainda mais para mim. Ah, cacete, assim, minha mão se movendo para cima e para baixo no meu comprimento, apertando com mais força ao redor.

— O que você quer? — Ofego em voz alta, totalmente dedicado a essa fantasia.

— Você, dentro de mim — a garota dos meus sonhos implora, com a voz suave. — Por favor, Sawyer.

Meu gozo jorra de mim e solto um grunhido, puxando e apertando meu pau sem misericórdia. Quase consigo senti-la absorvendo tudo o que tenho para dar a ela, e permaneço curvado contra a parede, meu peito arfando bem depois que já terminei.

Agora estou pronto para vê-la esta noite. Com essa pressão aliviada, com certeza consigo ficar pelo menos cinco minutos no mesmo cômodo que ela, sem me imaginar enterrado em seu corpo. Visto-me como Laney orientou, uma camisa branca de botões com as mangas dobradas até os cotovelos e uma calça jeans de cintura baixa. Coloco brincos de diamantes nas orelhas, meu *piercing* na sobrancelha, e escovo os dentes três vezes, finalizando com um toque do perfume Usher.

Estou enchendo a pia da cozinha com gelo e bebidas quando a primeira parte da multidão começa a chegar. Porque eles só precisam dar dez passo aqui, é claro que só posso estar falando de Tate e Bennett.

— O que posso fazer para ajudar? — Bennett pergunta, e eu me viro, com as mãos cheias, depositando um beijo em sua bochecha.

— Todas as coisas que Laney me pediu para comprar estão na geladeira. Talvez você saiba o que fazer com elas.

Tate se adianta e pega uma cerveja.

— Ela disse, especificamente, que queria que eu fizesse uma degustação da cerveja. O dever chamar — comenta, entornando uma *Dos Equis*. — Então, soube que temos uma convidada hoje. — Ele ergue uma sobrancelha na minha direção. — Eu estaria mentindo se dissesse que não estou morrendo de vontade de conhecer a garota que arregaçou o Excelentíssimo Sawyer Beckett.

— Não fale merdas assim quando ela estiver aqui. — Viro e aponto

Seduzir

para ele, minhas bochechas começando a esquentar. — Estou falando sério, bundão.

— Não vou falar nada, relaxa — ele sorri —, mas pense nisso. Se você tem que ser outra pessoa perto dela, então não está deixando que ela te conheça de verdade. Por que você iria querer ser outra pessoa? Se ela se apaixonar pela versão errada, ela não está realmente se apaixonando por você.

— Faz sentido — reflito por um minuto —, mas não estou fazendo de propósito, apenas é assim. A pessoa que sou perto da Emmett, é quem eu quero ser. Parece natural.

— Ahhhh. — Bennett se empolga. — Essa resposta foi perfeita, Sawyer.

— Acredito nisso. — Tate assente. — Bom para você, cara.

Dane surge do canto e entra na cozinha como sempre. Juro por Deus, vou prender um sino ao redor do pescoço sorrateiro dele.

— Se vocês já acabaram com os tapas e beijos, Laney precisa de você no seu quarto, Sawyer.

— E agora é oficial — Tate ri —, o mundo está acabando. Sawyer é profético e Dane está dizendo para outro homem entrar em um quarto com Laney. Bebam, crianças, estamos no meio do apocalipse.

— Tate só está animado que você está todo sentimental agora, então é ele quem faz os comentários espertinhos. E eu vou com você, é claro. — Dane passa um braço ao redor do meu ombro. — Vamos, Romeu.

Laney está esperando no meu quarto, com o sorriso parecido com o de um gato que comeu um pássaro.

— Aqui está! — Ela me entrega uma sacola rosa com todos os tipos de coisas transbordando por cima. Mesmo se eu não soubesse o que há dentro, eu saberia. A fragrância da Emmett está por toda a sacola, presenteando meu nariz com tudo o que perdi por dias demais.

— Obrigado, Gidge — beijo sua bochecha —, você é a melhor.

— Entregue a ela quando estiverem sozinhos, no momento perfeito — aconselha.

— Que é...?

— Você saberá. — Ela dá uma piscadinha. — Você, provavelmente, é melhor nisso do que imagina.

Fico ali parado, segurando a sacola como um idiota por muito tempo depois que eles saíram. Se eu abrir e borrifar no meu travesseiro, terei que deixar minhas bolas em uma bancada em algum lugar? A porta range atrás de mim e eu me viro, deixando a sacola cair como se a tivesse roubado.

— Ela está aqui — Laney sussurra. — Lembre-se, indiferente, mas sedutor.

Assinto, secando as mãos no jeans e a seguindo. Emmett está sentada em uma banqueta, na bancada da cozinha, rindo com Tate e Bennett. Suas perninhas curtas parecem gloriosas, descobertas por causa do vestido cinza que está usando. Seu cabelo escuro está solto sobre os ombros e noto na mesma hora que as pontas vermelhas sumiram, já que cerca de cinco centímetros foram cortados. Todas as cabeças se voltam para mim quando entro, mas os olhos dela se desviam depressa, escolhendo focar na Laney.

— Emmett! — Laney exclama. — Estou tão feliz que você veio.

— Obrigada por me receber, Laney. Oi, Sawyer — ela diz, baixinho, sem me encarar.

Correr até ela e envolver meus braços ao seu redor, provavelmente, não é uma atitude indiferente, então forço meus pés a permanecerem parados.

— Oi, Emmett, como você está?

— Bem. — Agora ela inclina a cabeça e dá uma espiada na minha direção por baixo de suas mechas escuras.

— Oi, oi, oi — Zach aparece —, o que temos de bom? — O seu *timing* não, com toda certeza.

Notando Emmett sentada no cômodo, Zach vai até ela com os braços abertos.

— Oi, Emmett, é bom te ver de novo.

Ela se levanta e aceita o abraço.

— Oi. — Ora, não somos todos filhos da puta amigáveis?

Viro ao ouvir uma risada atrás de mim e vejo que Evan e Whitley se juntaram a nós. Evan sorri para mim e balança a cabeça.

— Foi só um abraço, matador, se acalme — ele diz. — Não a deixe ouvir seu rosnado assim também. Pode assustá-la.

O cômodo fica lotado demais para mim, então sigo para a sala e me jogo no sofá como um enteado esquentadinho, sentindo-me miseravelmente deslocado na minha própria casa, com a minha própria galera. Verdade seja dita, é apenas sobre ela. Ficar tão perto assim com tanta coisa entre nós, merdas que eu nem entendo... nunca me senti tão sozinho na vida.

Dane se senta ao meu lado, perto demais para o conforto masculino, me entregando uma cerveja.

— Pare de fazer bico, Nancy, você não vai atrair uma garota hétero agindo como uma.

Seduzir

— Mas funcionou com você, né? Que tal chegar pra lá, boiola?

Ele inclina a cabeça para trás e solta uma gargalhada, afastando-se de mim.

— Boa. Bem-vindo de volta. — Então aumenta o tom de voz para sobressair acima do barulho. — Então, Emmett, está gostando do *The K*?

Como tenho certeza de que aquilo era o que ele havia planejado, ela se aproxima e se junta a nós, se sentando em uma cadeira.

— Estou amando, muito obrigada, mais uma vez.

— E esse cara? — Ele inclina a cabeça para mim. — Ele ainda não te assustou?

Seus olhos verdes se fixam nos meus à medida que responde:

— Eu nunca teria medo de Sawyer. Ele tem sido maravilhoso. Devo tanto a ele.

— Você não me deve nada — respondo, entrando na conversa.

— Ai, Senhor... lá vem — Dane murmura ao nosso lado, segundos antes de Laney começar a bater as mãos para chamar nossa atenção.

— Okay, hora de *Pictionary*! Formem times!

Todos os casais formam um par, deixando somente eu, Emmett e Zach como os idiotas solitários.

— Nós três podemos ser um time — Zach sugere.

Achei essa uma solução razoável. Laney?

Não muito.

— Não, não vai dar, aí seria três contra dois. Hmm... — Ela olha em volta, como se olhasse por tempo o bastante, outra pessoa fosse aparecer.

— Laney... — começo a dizer, mas sou, repentinamente, interrompido pela pessoa mais competitiva do mundo.

— De jeito nenhum, okay, então podemos...

— Amor — Dane, a voz da razão, intervém —, não são os Jogos Vorazes; somos só amigos jogando *Pictionary*. Pode ter um time de três.

— Mas... — ela começa, seu beicinho hilário para todos, menos para ela.

— Mas nada, sua coisinha competitiva — ele estende a mão —, vem cá.

Nós todos assistimos maravilhados enquanto ele literalmente a hipnotiza. Ela morde o lábio inferior, olhando para cada um em busca de ajuda, fazendo um buraco no tapete com o dedo do pé. Depois olha para Dane de novo e ele assente, balançando os dedos de sua mão estendida... e uma calmaria toma conta do rosto dela quando cede, andando até ele e sentando em seu colo.

Arrisco um olhar para Emmett e, sim, ela sentiu também... aquela "conexão" que duas pessoas têm, um empurrar e um puxar até que se encontrem no meio. É com isso que venho lidando há meses, a força dos relacionamentos ao meu redor. Eu também quero, e quero com a Emmett. Ela está me encarando de volta, um entendimento em seu olhar. *Sim, Baixinha, nós temos as características para sermos bons assim.*

— Sinto muito — murmuro, apenas com o movimento da boca.

— Eu também — seus brilhantes lábios rosados respondem.

Pictionary – um jogo antigo onde todo mundo ri e se diverte com os amigos e a família.

Rá! Você precisa virar a caixa e ler a outra descrição... as instruções para quando a Galera joga. Evan e Whitley, Sr. e Sra. Não Suportam Qualquer Conflito, já foram embora. Tate e Dane agora são um time, por vingança, já que irritaram suas mulheres e Laney decretou uma troca. Basicamente, o Time Trio está detonando e causando colapsos entre os outros. E Laney é engraçada pra caralho quando está perdendo; ela fica tão nervosa que nem consegue falar frases inteiras e razoáveis.

A melhor coisa? Emmett não parou de rir a noite toda, indo para o "banheiro feminino" pelos menos quatro vezes. Eu amo observar seu rosto se iluminando e ouvir os sons suaves de sua diversão. Ou meu favorito, quando seus olhos se arregalam para alguns dos comentários grosseiros disparados. A confortável sensação de que isso é certo se torna maior ainda, ciente de que ela vai se integrar com a Galera como se sempre tivesse estado aqui.

Zach se levanta devagar do chão.

— Por maior que seja a diversão que vocês falharam, miseravelmente, em proporcionar, preciso acordar cedo. Tentem não se matar — ele brinca, pegando seu capacete e seguindo para a porta.

E então sobraram seis...

— Certo! — Laney grita, toda aquela adrenalina que percorre seu corpo a transforma ainda mais na Laney Louca do Jogo. — Agora que os times estão iguais, vamos zerar o placar.

— Não, senhora — Dane se levanta —, eu cansei. Vamos limpar as coisas e ir para a cama, amor.

— Eu limpo — Emmett oferece, usando minha coxa como apoio para se levantar. — Vocês nos receberam; é o mínimo que posso fazer.

Estou logo atrás dela, meu queixo apoiado no topo de sua cabeça e minhas mãos em seus ombros. Tenho ansiado por qualquer tipo de contato a noite toda e sei que ela não vai me castigar na frente deles. Provavelmente é uma jogada suja, mas estou pouco me fodendo. Eu preciso senti-la.

— Eu vou ajudá-la. Vocês podem ir para a cama.

— Obrigado, vocês dois. — Dane estende a mão e engancha a cintura de Laney. — Cama, mulher. Agora.

Bennett e Tate se despedem, e quando a porta se fecha, Laney e Dane, obviamente, "fazem as pazes" por todo o corredor até o quarto dela. Emmett e eu estamos sozinhos agora e nenhum de nós moveu um músculo, ambos parados como estátuas e em silêncio. Eu falo primeiro, as palavras que estava morrendo de vontade de dizer a noite toda extravasando pela minha boca:

— Eu senti sua falta.

— Eu também — ela consegue dizer. — Você é meio que, eu não sei, meu melhor amigo.

Eu a giro para me encarar.

— Eu sou seu melhor amigo?

Entre as lágrimas acumuladas, ela assente.

— Você é meu único amigo, na verdade. Mas não é por isso... você ainda seria o melhor mesmo se eu tivesse um milhão. Você é legal assim — ela zomba, empurrando meu peito.

— Ah, Em. — Puxo seu corpo miúdo contra o meu, disparando beijos em sua cabeça como um homem faminto. — Eu sinto muito mesmo por ter gritado com você e te pressionado demais. Vamos recomeçar, okay? — Inclino-me para trás e observo seus lindos olhos, convidando-a com os meus a me deixar entrar de novo.

— Okay — ela concorda, fungando.

— Venha. — Eu a guio para o sofá e a faço se sentar. — Espere bem aqui. Não se mexa. — Corro para o meu quarto, pegando a sacola de presente e escondendo às minhas costas ao voltar. — Comprei uma coisa para você.

— Comprou? — Primeiro, surpresa surge em seu rosto, depois, espanto, e, finalmente, o sorriso iluminado. — O quê? Por quê?

— Só uma coisinha. Na verdade, eu gosto tanto quanto você, acho. —
Puxo a sacola e entrego a ela.

Ela olha para a embalagem elegante, depois para mim, depois de volta
para a sacola.

— Posso abrir agora?

— Bem, sim. — Rio. Ela é tão fofa.

Suas mãozinhas minúsculas não conseguem abrir rápido o bastante e
quando ela passa por todos os papéis, ouço seu arquejo.

— Red — murmura, sem fôlego, tirando a tampa e borrifando em um
dos pulsos, esfregando-o no outro.

Pigarreio e me sento ao seu lado.

— Você estava sem?

Ela vira a cabeça, lindos olhos verdes cheios de lágrimas não derrama-
das, e assente.

— Imaginei. Também senti falta. — Levanto seu pulso com gentileza,
levando-o até meu nariz e inspirando profundamente. — Aqui está a minha Emmett.

— Sawyer, eu, você é tão...

— Ssshh... — dou uma piscadinha —, não é nada demais, Baixinha.
Agora vem cá. — Eu a puxo até colocá-la no meu colo. — Me atualiza, o
que aconteceu com você esses dias?

— Argh. — Ela solta seu presente e abaixa os ombros. — Você não
quer saber. Eles denunciaram meu prédio hoje e nós não podemos voltar até
consertarem o ar, e o aquecedor, e as trancas, e cerca de vinte outras coisas.

Finjo surpresa.

— Onde você vai ficar?

— Não faço ideia. Tudo aconteceu hoje de tarde. Eu estava pensando
em pedir abrigo à sua namorada... — ela me provoca, com um sorriso
sarcástico.

— E quem seria ela?

— Mariah — retruca.

— Namorada — bufo —, muito engraçado. Por que você não fica
aqui? Laney não vai se importar nem um pouco.

Ela sai do meu colo, boquiaberta.

— Sawyer, não posso vir morar com você, não seja ridículo!

— Okay — seguro-a, descaradamente, e a coloco de volta no meu colo,
enlaçando sua cintura —, mas você pode dormir aqui até encontrarmos

Seduzir

93

outro lugar para você alugar. Não precisa voltar para aquele apartamento, mesmo se consertarem tudo. Vamos encontrar algo melhor para você.

— Você me cansa — ela apoia a cabeça no meu ombro, suspirando alto —, mas eu, secretamente, amo saber que tenho você. Quão egoísta isso é?

— Não é nada egoísta, Baixinha. Você não está pegando. Eu estou dando, de boa vontade.

— Posso — sussurra, virando a cabeça para me encarar — dormir na sua cama hoje, com você?

Se eu não estivesse sentado, essa única frase teria me colocado sobre os meus malditos joelhos.

— Deus, sim. — Solto um gemido, levantando-me e erguendo-a em meus braços.

— Só dormir, Sawyer — ela murmura contra minha camisa, onde seu rosto pequeno e angelical está aconchegado.

— Será minha primeira vez em quatro noites. Confie em mim, sou completamente a favor de dormir.

CAPÍTULO 11

UMA CONVERSA PARA RECORDAR

Emmett

— Para onde você está me levando? — pergunto, em meio a uma risada.

Sawyer está atrás de mim, as mãos cobrindo meus olhos, me fazendo andar para frente de forma nada graciosa.

— Quase lá, continue — sussurra no meu ouvido. Uma mão continua sobre meus olhos, e a outra faz alguma coisa que causa um ruído que não consigo identificar. — Abra. — Abaixa a mão para me deixar ver.

Olho em volta para o cômodo vazio, um pouquinho confusa.

— O que estou olhando?

— Sua nova casa. — Ele se curva e beija minha bochecha. — Dane é dono desse *duplex* também, já que fica perto da Laney e ele é louco e tal... não pergunte. Enfim, esse lado é seu pelos mesmos 450 dólares que você estava pagando naquele outro apê.

Viro-me e entrecerro o olhar para ele. Que sorrateiro.

— De jeito nenhum o aluguel desse lugar é esse preço, Sawyer. O que você fez? Eu te falei...

Ele me interrompe em um tom apaziguador:

— Baixinha... acalme-se e apenas aproveite, por favor. E, você só está duas portas abaixo da minha, então, se precisar de alguma coisa... — Dá de ombros, sem fazer isso parecer nem um pouco casual.

— Eu te falei. — Balanço a cabeça. — Eu te avisei, Sawyer, não me dê o seu coração.

Ele ergue meu queixo com gentileza, me fascinando com o confronto em seu olhar.

— Eu sei disso, e não estou te pressionando, mas em algumas coisas você não pode mandar. Não tenho certeza se te dei meu coração ou se você o roubou, mas de qualquer forma, eu não o quero de volta.

Seus lábios chocam-se contra os meus antes que eu possa impedi-lo, sua língua procurando entrar. Eu tento, Deus sabe que tento resistir, mas os mortais não possuem esse tipo de força. Minha boca se abre para ele, assim como meu coração, e fico na ponta dos pés para enlaçar seu pescoço. Mãos grandes seguram minha bunda, erguendo-me como se eu não pesasse nada, e envolvo sua cintura com as pernas, sem a menor vergonha. Eu não ligo, não penso, tudo o que posso fazer nesse momento é tentar continuar respirando.

Nossos lábios se enfrentam, os dele cheios e dominantes, os meus inchados e gratos. O grunhido grave que ele solta na minha boca me enlouquece, então seguro sua cabeça entre as mãos, roçando minha virilha contra qualquer parte de seu corpo rígido que estou em contato.

— Não consigo evitar — solto um gemido, depois o beijo de novo —, você é tão incrivelmente *sexy*, e maravilhoso, e...

— Porra, me beija, mulher. — Ele me silencia, consumindo por inteiro a minha boca com a sua.

Não sei quanto tempo ficamos ali, ambos alheios a qualquer coisa a não ser o gosto um do outro, ele me segurando o tempo inteiro. Mas quando nos separamos para recuperar o fôlego, a realidade me atinge com força. Preciso dizer a ele. Não posso mais lutar contra essa atração, e nem posso "ir" até ele com a consciência limpa.

— Vamos dar uma volta — sugiro.

A expressão martirizada em seu rosto é quase engraçada, tadinho, ele pensou mesmo que estávamos prestes a transar como animais no cio bem aqui no chão. O que eu adoraria fazer mais do que qualquer coisa, depois que eu contar a ele... quando não for mais uma opção que ele me concede.

— Se você quer dar uma volta, vamos dar uma volta. — Ele me coloca de pé e entrelaça nossos dedos. — O show é seu, Baixinha, vá na frente.

Sawyer

— Sawyer, essa é a minha avó, Katherine Louise Young. Vó, esse é o Sawyer.

Não tenho certeza do que devo dizer para uma lápide. "Prazer em te conhecer" não parece muito certo, então permaneço em silêncio, olhando para o meu anjo com o que espero que não seja uma pena descarada.

— Sente-se. — Ela segura minha mão e me leva para o banco de pedra logo atrás do túmulo da avó. — Minha vó era tudo o que eu tinha no mundo inteiro. Meu doador de esperma continua um mistério e minha mãe desapareceu praticamente no minuto em que me pariu. — Dá uma risada forçada e revira os olhos. — Ela era a tiete suprema de bandas. Infelizmente, ela nunca raciocinou que os membros da *Irmã Distorcida* e afins agora são avôs distorcidos, e que ninguém acha que homens que usam laquê são descolados, então tenho certeza de que ela está vivendo seu sonho em quartos de hotéis e reencontros em ônibus de turismo. — Ela dá de ombros. — Quem sabe? Não é importante, na verdade. Então, quando ela morreu há alguns anos — gesticula para a lápide de sua avó —, eu estava sozinha.

— Em...

— Não — ela me interrompe, colocando uma mão tensa sobre meu peito —, deixe-me dizer tudo de uma vez ou nunca vou conseguir.

Assinto, afastando-me alguns centímetros. Ela respira fundo antes de continuar:

— Então quando descobri que estava grávida, decidi encarar isso como uma benção e seguir em frente. Terei alguém a quem dar cada gota do meu amor e ele me amará de volta, certo? Nenhum de nós jamais ficará sozinho.

Existem alguns momentos na vida onde você nunca esquecerá onde estava quando você ouviu uma informação. O que estava vestindo, como estava o cabelo dela, se estava frio ou quente do lado de fora... e eu sei que agora é um desses momentos para mim.

A garota por quem eu muito possivelmente estou me apaixonando, uma paixão que começou desde a primeira vez em que a vi, está grávida. E não de um filho meu.

— Você está grávida? — consigo dizer, meu tom o mais neutro e calmo possível, esperando que meu rosto esteja demonstrando o mesmo.

— Eu te vi de biquíni... você não parecia grávida.

Seduzir

97

Ela revira os olhos, dando uma risadinha exasperada.

— Estou com cerca de quinze semanas, até onde sei. Vai demorar um pouco, acho, antes de a barriga realmente aparecer.

Meu rosto deve ter falhado em permanecer estoico, mostrando exatamente o quão confuso estou, porque sinto que ela me dá uma abertura.

— Pode me perguntar o que quiser, Sawyer.

— Quem é o pai? — disparo. — Você o ama?

— E então chegamos nessa parte. — Ela passa a mão pelo cabelo e se vira para olhar o túmulo da avó sobre o ombro. — É bom você ouvir também, Vó. Vocês dois vão pirar, então deixe-me começar com — outro longo suspiro —, estou bem. Eu aceitei e tomei minha decisão, então, por favor, não pense que sou louca ou tente me convencer do contrário.

Uma sensação estranha me percorre e sei que não vou gostar do que ela está prestes a dizer.

— Eu não sei quem é o pai. Calma, Vó. — Sua risadinha forçada é claramente uma tentativa falsa de mostrar coragem, e isso parte meu coração; eu quero segurá-la e fazer isso desaparecer. Quero silenciá-la com um beijo para não ouvir o que suspeito que será o desejo de morte de algum cara. Mas em vez disso, eu me obrigo a permanecer calado e só escuto, deixando-a desabafar tanto para mim quanto para sua avó; uma espécie de purificação. — Eu era virgem, bem longe de ser uma vadia — ela continua, voltando-se para mim. — Fui para uma festa uma noite e bebi demais. Eu admito e sei disso... foi burrice. A última coisa da qual me lembro é de assistir uma garota com um top verde brilhante ficar de ponta-cabeça em um barril de cerveja, depois acordei no chão do quarto de um dormitório com mais umas dez pessoas. Fiquei devastada quando me dei conta de quão burra eu fui, e tão humilhada... — Lágrimas estão escorrendo por suas bochechas e ela está fungando para conseguir respirar, mas ainda assim, eu não me movo para tocá-la.

Estou congelado; pelo choque, raiva, admiração... estou congelado, porra.

— Vasculhei ao redor, procurando meus sapatos, e saí escondida, andando o mais rápido possível até a parada de ônibus. Eu tinha ido com uma garota que conhecia da faculdade, mas não queria procurar por ela ou falar com ela nunca mais, então apenas andei e andei até que vi uma placa.

Faça parar, não consigo mais ouvir.

— Quando cheguei à plataforma, finalmente respirei fundo e calcei os sapatos. Quando eu... — Seu corpo treme com os soluços violentos e não consigo mais evitar, então eu me aproximo e a puxo para o calor dos meus braços. — Quando levantei o pé para calçar... para calçar o sapato, eu senti.

Não consigo perguntar; não quero saber. Ao invés disso, eu a abraço mais apertado, beijando freneticamente sua cabeça enquanto a afago. Carícia, beijo, carícia, beijo... é tudo o que consigo fazer com eficiência agora.

— Doeu, como um puxão dentro de mim, e o jorro de alguma coisa saiu. — Ela limpa o nariz e me encara, se desculpando. — Me desculpe, talvez isso seja demais. Quero dizer, eu sabia, eu apenas sabia, que tinha estado com alguém.

— Você foi estuprada. — As palavras queimam minha boca, a ardência do veneno ainda fresca na língua.

— Não! — Ela é rápida em responder, mas depois franze o cenho quando se dá conta de alguma coisa. — Eu não sei, talvez. Lembro-me de dançar com um cara, então talvez eu tenha flertado demais. Eu estava fora de mim o bastante para não lembrar, então talvez estivesse fora de mim o bastante para consentir. Eu nunca saberei com certeza.

Outro momento que lembrarei para sempre – nunca estive com tanta raiva e consumido por puro ódio na vida. A pessoa que agora mais odeio no mundo inteiro é um estranho; um homem sem nome ou rosto conhecido, que vai morrer no instante – caso aconteça –, em que nos conhecermos.

— Nunca mais diga isso! — Espero que meu agarre em seu queixo seja gentil ao segurá-la para manter seu olhar em mim. — Isso não foi culpa sua. Você não pode consentir com nada quando está drogada, o que parece que você pode ter estado, ou até mesmo desmaiada. E qualquer pessoa sã o bastante para fazer o que ele fez, teria sido capaz de ver que você não estava em perfeito juízo.

— Eu sei — ela afasta o rosto da minha mão e o enfia no meu peito —, mas a minha versão torna tudo isso mais tolerável. Talvez eu apenas tenha bebido demais. Às vezes, não com muita frequência, tenho sonhos e vejo lampejos de uma cena que não entendo. Não tenho certeza se é algo sobre onde estive ou se é um pesadelo que inventei depois... daquilo.

— Você foi para o pronto-socorro quando aconteceu, Emmett?

— Não — ela ergue a cabeça —, e por favor, não grite comigo por causa disso. Pensei que se eu não conseguia me lembrar, de fato, de ter dito não, então não poderia acusar alguém, ainda mais um desconhecido sem rosto, de ser um estuprador.

Seduzir

— Você está preocupada que ele te conheça? — pergunto, porque seja lá quem for, é melhor ele torcer para que eu nunca descubra. Eu vou matá-lo, sem fazer perguntas, sem chance para uma explicação. Eu me conheço, o que posso e não posso suportar racionalmente – seria o "fim de jogo" tanto para ele quanto para mim – ele para debaixo da terra, eu, para a cadeia.

— Não — ela murmura. — Eu me mudei, vendi meu carro, troquei de faculdade e empregos, tudo, ainda que eu duvidasse totalmente que ele sequer soubesse meu nome, ou se importava. Sinto muito, Vó — ela cai aos prantos, o som mais agonizante que escutarei —, mas vou ter esse bebê. Não ligo se é egoísmo, mas vou ter esse bebê! Não tenho medo do ônibus ou do trabalho duro! — Ela para e soluça. — Tenho... tenho medo de um dia olhar nos olhos de outro filho que terei com meu marido e saber que não fiz tudo o que pude para amar o meu primeiro.

— Sshhh... — Eu a abraço o mais apertado que consigo. — Ninguém acha que você é egoísta, querida. Querer doar todo o seu amor a outra pessoa jamais poderia ser visto como um ato egoísta.

— Mas eu me preocupo se serei capaz de lhe dar uma vida boa. Tipo, se eu der o bebê para a adoção, talvez ele ganhe uma família com uma casa grande e um quintal, talvez alguns cachorros. — Ela se descontrola de novo, seu corpo tremendo e soluçando convulsivamente.

Garota doce, seus pensamentos estão embaralhados, mas são adoráveis.

— Nós podemos comprar um cachorro, meu bem — asseguro-a. — Eu amo cachorros.

— Então, agora você sabe tudo. É por isso que nunca poderemos ser mais do que amigos. Mas gostando ou não, eu sinto uma ligação com você. Confio em você e não aguento o pensamento de não ter você na minha vida. Você pode, por favor, continuar sendo meu amigo? — Seu lábio inferior está tremendo, e os olhos verdes marejados imploram por uma resposta minha.

E eu sou um caso perdido – embrulhe-me e coloque uma etiqueta, estou acabado.

— Sim, doce, linda e altruísta Emmett. Eu serei seu melhor amigo.

CAPÍTULO 12

SEM SEGUNDAS INTENÇÕES

Emmett

Estou com uma perspectiva completamente diferente da vida. Meus passos têm mais alegria, há uma leveza em meus ombros que não sentia há meses, e as páginas do meu diário têm pequenos rabiscos felizes nos cantos. Agora que Sawyer sabe de tudo e me deixou manter meu emprego e sua amizade, pela primeira vez, em muito tempo, tenho esperança de que tudo vai mesmo ficar bem.

Contra minha vontade, eu me mudei para o *duplex* perto do dele. Na verdade, parei de reclamar e sorri enquanto ele colocava minhas coisas para o lado de dentro, então lhe fiz um sanduíche. Depois, quando ele olhou em volta e suspirou, eu fiz outro.

Eu ainda o desejo cada vez que olho para ele, mas mantivemos as coisas estritamente platônicas nas duas últimas semanas. Tenho certeza de que não é uma dificuldade para ele, com as novas informações que forneci, mas está ficando cada vez mais difícil para mim. Meus hormônios afloram mais e mais a cada dia e estamos sempre juntos, e na maioria das vezes ele está sem camisa, ou sendo atrevido, ou *sexy*... ou respirando.

Ele sempre está comigo quando adormeço, contando coisas sobre si mesmo ou sobre seu dia. Constantemente, depois que meus olhos se fecham, ele me cutuca quando a "parte boa" do filme está chegando. E quando nos arrastamos do trabalho juntos, tarde da noite, meu banho está sendo preparado antes mesmo de eu tirar os dois sapatos. E ele, ou um bilhete fofo, está sempre lá quando acordo.

Então dói bastante e parece que um balão de esperança que andei carregando por aí acabou de estourar quando chego no trabalho na sexta à noite e vejo Mariah praticamente deitada no balcão na frente dele. Paro, de repente, e observo de longe, a adaga cortando mais fundo quando ele olha para ela e dá aquele sorriso *sexy* que eu amo tanto. Ela arrasta uma mão sobre seu braço e ele inclina a cabeça para ela sussurrar em seu ouvido, depois ri e assente quando se afasta.

Eu sei que nunca serei dele, ou ele será meu; estou grávida e sou um caso constante de caridade para ele resgatar, mas Sawyer merece alguém melhor do que Mariah. Ela não é esperta o bastante para acompanhar sua sagacidade veloz ou cumprir a parte dela em uma conversa na cama, tarde da noite e regado a petiscos para matar a fome. Ela não poderia valorizar sua gentileza, uma vez que você passa do autoritarismo rosnado e murmurado, e se ela não disser "obrigada", então ele não vai lhe perguntar as coisas e eles nunca construirão um relacionamento real. E suas corridas, que ele quase parou completamente por algum motivo... mas se ele voltar de novo e levá-la, de jeito nenhum ela vai se concentrar e torcer por ele ao invés de dar uma de vadia nas arquibancadas em busca de uma nova presa. E, ai, meu Deus, ele vai reprovar em Cálculo II! Ele acha que é bom, mas é horrível, então você tem que voltar e apagar suas respostas e falsificar as certas com uma escrita desleixada. Ela provavelmente nem sabe somar!

Eu deveria ir até lá agora mesmo e arrancá-la do bar por aquele cabelo mal descolorido, pelo bem do Sawyer e tal, mas não posso. Seria mais egoísmo da minha parte impedi-lo de agir como um cara solteiro, jovem e despreocupado, mantendo-o sufocado com meu drama.

Esfrego minha barriga e sussurro:

— Eu não quis dizer que você é um drama. Eu te amo e estou feliz que você esteja vindo.

Como se sentisse meu olhar, ele desvia sua atenção da Piranha, cuja palavra se assemelha em muito ao nome Mariah, e isso não pode ser uma simples coincidência, e me encara de volta. Como uma idiota patética, levanto a mão e dou um tchauzinho com um sorriso forçado.

— Você está bem? — ele move os lábios, formando as palavras.

Assinto bruscamente e me viro, sem querer que ele veja a minha agonia. Preciso parar com isso, parar de querer uma vida com ele... uma vida que não me inclui. Preciso parar de imaginar na minha cabeça o quão perfeitos poderíamos ser. Preciso parar de pensar em um menininho montado em seus ombros, rindo e batendo palmas.

Procuro Kasey entre a massa de corpos, quase não aguentando o calor e o cheiro de suor. Sempre tento passar pelos cantos, nunca suportei o epicentro do clube, mas tenho que falar com ele, então atravesso por ali mesmo.

— Ei! — berro, tocando-o nas costas.

— E aí? — ele grita, colocado a mão ao redor da orelha.

Movo meu dedo e ele se inclina para mim.

— Tenho que sair daqui; não estou mesmo me sentindo bem. Você pode avisar o Sawyer? Dê as minhas mesas para Darby ou deixe os clientes pedirem no bar. Tenho que ir.

— Sim, tudo bem. — Ele me guia com cuidado em meio à multidão. — Vá pegar as suas coisas e eu te acompanho para fora.

Devo admirar a persistência dele. Quando desligo meu celular depois de cerca de quarenta ligações e mensagens, ele decidiu bater à porta. E depois que ignorei isso e ouvi Tucker, o morador da outra metade desse *duplex*, sair e pedir educadamente para ele parar de bater, agora consigo escutá-lo tentando tirar a tela da janela do meu quarto.

Sinistro? Sim, mas sei que é ele e não um ladrão enlouquecido, apenas um Sawyer maluco. Mesmo quando ele tira a tela, não acho que vá quebrar a janela, então vou ficar deitada aqui e tentar o meu máximo para bloqueá-lo.

— Emmett Louise Young, vou espancar a porra da sua bunda quando eu entrar aí! — Ouço-o sibilar do lado de fora da janela.

— Vá embora, Sawyer!

— Você quer que eu quebre o vidro? Eu não quero que os estilhaços voem pelo quarto e te machuquem, então só venha abrir a maldita coisa! Ou tive uma ideia, vá abrir a porra da porta!

— Vá para casa, Sawyer!

— Não vai rolar, mulher — debocha, cantarolando. — Vou contar até três, então se você não vai abrir, pelo menos se afaste. Não quero você machucada.

Ele não faria isso.

— Um!

Não acredito que ele faria...

— Dois!

Merda, okay!

— Estou indo! Acalme-se, seu maluco! — Afasto as cortinas e olho para o homem que pareço não conseguir esquecer, a luz da lua servindo como um pano de fundo melódico para sua glória enraivecida, musculosa e adorável.

No segundo em que destravo a tranca da janela, ele a abre e já se joga para dentro.

— Você está com sérios problemas, Baixinha.

— E você está assustadoramente perto de precisar de remédios. Em que diabos você estava pensando ao rastejar pela minha janela no meio da noite? Você deixou todos os seus neurônios dentro da Mariah?

Foi a coisa mais cruel que eu já disse para alguém em toda a minha vida e já me arrependo.

— Então é por causa disso? Você acha que transei com a Mariah?

— Vocês pareciam estar quase lá, no bar!

Ele caminha na minha direção até que minhas costas se chocam contra a parede, iluminados apenas pelo brilho inigualável da lua.

— Eu estava tentando ser indiferente, mas educado. Eu não queria causar a porra de uma cena. Além disso, por que você se importa?

— Eu não me importo! Você que veio aqui!

Ele segura o dedo com o qual estou cutucando seu peito e me puxa para frente, encostando nossos narizes um no outro.

— Você sai do trabalho sem me dizer. Não atende seu celular, ou responde as mensagens ou a porta. Que porra eu deveria fazer?

Gosto mais quando ele grita; essa voz baixa e áspera está desviando um pouco minha atenção.

— Nada! Você fez o bastante! Meu carro, minha casa, meu emprego, tudo é por sua causa! Eu não posso mais te usar. Sou tão sanguessuga que nem consigo mais me encarar no espelho! Pare de se preocupar comigo, Sawyer, vá ser feliz. Transe com a Mariah se for preciso, mas me deixe em paz!

— Ótimo!

— Ótimo!

Não tenho certeza do que meu vizinho, Tucker, vai gostar mais, do nosso volume ou do nosso vocabulário extenso.

Para minha surpresa, não choro dessa vez. Não, estou tensa demais por ouvir gritos e ser 'pseudo-invadida'. Sei que a náusea, que você esperaria ser da gravidez, é por imaginar ele e a Mariah juntos, não pelos hormônios. Volto para a cama e fico em posição fetal, virada para a parede. Não é a ausência de passadas altas ou a falta de uma porta se abrindo e fechando que me alertam... não, é o clima carregado, o formigamento que começa na base da minha coluna e vai subindo até arrepiar os pelinhos na nuca. Eu sei que ele ainda está aqui, olhando para mim.

— Eu não toquei na Mariah esta noite, e nunca mais voltarei a tocá-la. — A voz dele, agora calma e baixa, ressoa pela escuridão.

— Não é da minha conta — murmuro para a parede. — Desculpe pelo que eu disse.

O colchão range e afunda com seu peso, mas mantenho a posição e não me viro para ver o que ele está fazendo.

— Me apavora quando fico sabendo que você está doente e depois não consigo te encontrar.

— Eu simplesmente não podia ver as mãos dela em você, Sawyer. Ela não é boa o bastante para você.

— Você acha mesmo isso? — Ele se deita atrás de mim, envolvendo minhas costas e passando um braço sobre a minha cintura.

— Sim. Você é a loteria e ela é um caça-níqueis de centavos... todo mundo pode ganhar alguma coisa. Encontre alguém que valorize todas as coisas extraordinárias que você tem a oferecer, Sawyer.

— Como o quê? — Sua barba despontando arranha meu ombro e ele se aconchega mais.

— Você não precisa mesmo que eu infle o seu ego, precisa?

— Sim — ele faz cócegas na lateral do meu corpo —, preciso. Eu quero saber... o que alguém tão impressionante quanto você acharia de especial em mim. Me divirta, por favor.

— Hmm — suspiro, incapaz de resistir a entrelaçar meus dedos aos dele sobre a minha barriga. — Vamos ver. Primeiro de tudo, você é gostoso pra caramba, e sabe disso, mas a parte *sexy* vem dos seus trejeitos... o sorriso presunçoso, os olhos azuis-escuros que tudo veem, o sorrisinho

Seduzir

105

sarcástico, isso tudo é *sexy* e é você todinho. É muito mais, porém, a sua aura ou algo assim. Não sei. Eu apostaria uma boa quantidade de dinheiro que você poderia até mesmo atrair uma garota surda-muda a quarenta e cinco metros de distância.

De repente, ele me vira, insatisfeito por ter uma conversa com as minhas costas.

— Minha vez?

— Não. — Eu o silencio ao colocar um dedo sobre seus lábios. — Eu não perguntei, foi você. Quer que eu pare?

Espero que ele diga não. Ele precisa saber o quanto é incrível, e estou feliz de ser eu a dizer a ele.

— Acho que não. — Ele finge indiferença e eu bufo uma risada, porque sei que ele está morrendo de vontade de ouvir o resto.

— Você é gentil, talvez a pessoa mais gentil que já conheci. Você é generoso até demais e um amigo ferozmente leal. Você é protetor, mas não de um jeito sufocante, e respeita as mulheres por completo. Você é hilário e inteligente, e bastante tranquilo na maior parte das vezes. E você se importa e ama com tudo de si.

— Por que você não foi ao pronto-socorro e denunciou?

— Quem tem TDAH agora? De onde veio isso?

— Não consigo parar de pensar nisso. A ideia de você lidando com tudo sozinha me deixa furioso por não ter estado lá por você. — Ele beija minha testa. — Me desculpe por não ter estado lá.

— Você nem me conhecia naquela época, então, com certeza, não tem que se desculpar por nada.

— Por que você não foi? — repete a pergunta, o olhar travado com o meu, à medida que a conversa se tornava mais séria.

— E dizer o quê? Enchi a cara e fui irresponsável em uma festa e posso ou não ter rejeitado sexo com um dos quinze caras da referida festa?

— Ou, eu fui à uma festa, o que todos deveriam poder fazer com segurança, e alguém me drogou e depois me atacou? Por favor, garanta que eu esteja bem e verifique o DNA para eu poder prestar queixa.

— Eu não queria que ninguém soubesse. Eu me senti estúpida e envergonhada por ter sequer me colocado naquela situação.

— Se uma garota usa uma saia muito curta e dança em uma mesa de um bar, ela está "pedindo"?

— Não, é claro que não.

— Exatamente! Aquilo não aconteceu porque você foi a uma festa ou por causa do que estava vestindo ou até mesmo por ter bebido. Aconteceu porque um babaca pensou que estivesse tudo bem em abusar de uma garota alcoolizada. Sempre será culpa dele, só dele, e não sua.

— Viu? Por isso que você merece alguém melhor do que a Mariah — comento, arrastando a mão pelo seu peito. — Você é um homem único. Corpo duro, coração mole.

— Posso te abraçar essa noite? Eu estava tão preocupado. Só quero ser capaz de dormir, sabendo que você está bem ao meu lado, segura.

— Eu deveria dizer não, porque a linha está tão tênue, mas também durmo melhor com você — admito. — Então, sim, por favor, fique.

— Vem cá. — Ele me puxa para mais perto, oferecendo seu braço como travesseiro. — Boa noite, Baixinha. Nunca mais me assuste desse jeito.

— Boa noite, Sawyer, bons sonhos.

— Agora eles serão.

CAPÍTULO 13

RETRATO PERFEITO

Sawyer

Terça à noite, nós todos recebemos uma mensagem no grupo, com o qual estou chocado, mas imensamente satisfeito por ver que Emmett agora está incluída.

A parte satisfeita morre de forma rápida quando leio de fato.

> Laney: Festa de aniversário de 20 anos da Laney sábado à noite agora, no The K, 8 horas. Baile a fantasia – venham como Príncipes e Princesas da Disney!

> Whitley: OMG, eba! Tão divertido!

> Tate: PQP. Não estamos velhos demais para isso?

> Dane: Com certeza, você não está falando mal da ideia de festa da minha linda garota com a qual ela está muito animada. Estou imaginando isso, certo?

> Whitley: Eu vou ser a Sininho!

Bennett: Bolinho, seja legal. Eu vou ser a Ariel!

Evan: De novo, COMO você se retira de um grupo?

Emmett: Muito obrigada por pensarem em mim. Eu adoraria ir, mas trabalho nessa noite.

Sawyer: Não trabalha, não, Baixinha. Nós vamos fechar para a aniversariante. Você pode, por favor, ir como minha princesa?

Laney: Ahh... beijos.

Emmett: Qual princesa você tinha em mente?

Sawyer: Aquela seminua com o longo cabelo preto.

Emmett: Pocahontas?

Sawyer: Sim, Picahontas.

Zach: Essa foi boa, lol

Emmett: Que tal a Bela? Você pode ser a Fera.

Sawyer: Eu nem preciso de fantasia para ser uma Fera.

Emmett: Bem, então pronto, será a Bela.

Zach: Quem %!#*@$& eu devo levar?

Emmett: Zach, Sawyer poderia pedir para a amiga dele, Mariah, se juntar a você.

Seduzir

> **Sawyer: EMMETT.**

> **Laney: Zach, tire a sua camisa e ande até a lavanderia do dormitório. Você terá várias escolhas em minutos.**

> **Dane: LANEY.**

> **Laney: Estou tão empolgada! Mal posso esperar p ver todo mundo!**

Emmett chega na porta da frente do *The K* cerca de vinte minutos mais tarde, se desculpando o caminho todo por ter chegado atrasada.

— Tudo bem? — pergunto a ela.

— Sim, Fera. Eu só não conseguia encontrar minhas chaves. Está animado para a festa?

— Acho que sim. — Dou de ombros. — Se deixa a Laney feliz e você está animada, então estou disposto a fazer praticamente tudo.

— Obrigada por me pedir para ir com você. Nunca fiz nada assim antes, nenhum baile de formatura, danças, então será a minha estreia. — Ela faz uma reverência e quando se levanta, sorri para mim.

— Não tem nenhuma outra princesa que eu preferiria levar. E você me agradeceu. — Dou uma piscadinha. — Você sabe o que isso significa.

— Ainda estamos jogando esse jogo? Não estive prestando atenção. Tudo bem — ela bufa —, manda.

— Por que você nunca vai no médico? Você deveria saber exatamente de quanto tempo está, a data do parto, e todo tipo de coisa. Cuidado pré-natal é essencial, Emmett, e não vi nenhuma pista que você está recebendo algum.

— Eu tomo uma vitamina pré-natal todo santo dia. Eu não bebo — ela está agitada, contando nos dedos —, pesquisei no Google a dieta mais saudável, cortei quase toda a cafeína. E fui fazer exames para checar doenças, caso ele... — Ela engasga, aparentemente com o ar, depois respira fundo algumas vezes. — Ele não me passou nada. Não estou sendo negligente.

— Ei — saio de trás do balcão do bar —, você não ouviu nenhum julgamento na pergunta. Se ouviu, você que colocou lá. Eu mencionei, porque o livro diz que você deveria ir ao médico uma vez por mês.

— O livro?

Estendo a mão e pego-o debaixo da bancada.

110   **S. E. HALL**

— 'O Que Esperar Quando A Emmett Está Esperando'. O primeiro passo é ir a um médico.

— Por que você está com esse livro? E no trabalho? — Ela vira a cabeça de um lado ao outro, garantindo que ninguém tenha nos escutado.

— Eu quero poder te ajudar.

Essa é a parte em que ela me lembra que não é um caso de caridade e que não posso me aproximar demais e continuar resgatando-a. Preparo-me para isso, dez respostas plausíveis já ensaiadas.

— Sério? Você quer me ajudar?

Ah, li sobre isso também. É totalmente normal ela chorar muito... e fazer xixi. Dois mistérios resolvidos até o capítulo cinco.

— Mais do que qualquer coisa, mamãe Baixinha. Isso é o que amigos fazem, certo? — digo, com um sorriso. — Então você não está brava?

— Não — ela ri —, não estou brava. Estou mais uma vez impressionada e comovida. Então, acho que vou começar a procurar um médico agora que recebo um bom dinheiro. Eu não podia pagar antes, mas tomei precauções, sim.

Essa é a minha deixa – pego um cartão no meu bolso traseiro e entrego a ela.

— Doutora Gravidez ao seu dispor. Ela aceita o convênio do *The K* e nós temos uma consulta à uma da tarde, na quinta.

Ela lentamente ergue o olhar do cartão para mim, os olhos marejados, mas felizes.

— Não tenho certeza de como consegui viver antes de te conhecer, mas agradeço a Deus todos os dias por ter você agora. Obrigada, Sawyer.

Abro meus braços e ela se aconchega, absorvendo meu abraço tanto quanto aprecio a sensação de seu corpo.

— Mas vamos chamá-la pelo seu nome verdadeiro, okay? É Dra. Greer.

— Fique contente, mulher. Foi Doutora InspecionaBoceta por um tempo.

— Eu vou te matar. — Ela entrecerra os olhos e me alerta; ela vai me matar de verdade.

— Eu sei, eu sei. Caramba, aqueles malditos hormônios da gravidez estão sufocando o seu senso de humor. — Eu a solto e observo dos pés à cabeça. — Está pronta para trabalhar? Se ficar cansada demais servindo, me fala e nós te trocamos. Mas seu nível de energia deve voltar a subir em uma ou duas semanas.

Seduzir

111

— Estou ótima e preciso do dinheiro das gorjetas. Não fique me mimando, Sawyer. Eu posso fazer isso.

— Tudo bem então. — Bato em sua bunda, rindo quando ela pula e se vira para me dar uma bronca com o olhar surpreso.

Talvez seja a forma graciosa com que ela desliza ao invés de andar, ou seu sorriso doce e o jeito que parece que cada cliente é tão importante quanto o último, ou talvez eu esteja apenas hipnotizado pela maneira como seu top decotado parece estar tentando expulsar seus seios dali, mas o expediente não é o bastante agora — eu quero um momento só meu e dela, um momento nosso, e quero agora mesmo nessa porra de minuto. As noites de quarta-feira são sempre sossegadas de qualquer forma, então coloco Kasey atrás do bar e levo Emmett para casa mais cedo. É claro que ela hesita, desesperada pelo dinheiro, mas quando mostro seu único cliente e ofereço uma comédia romântica e comida chinesa, sem glutamato monossódico, por minha conta, ela cede.

Seguro sua mão enquanto saímos e abro a porta para ela, rindo baixinho. A coitada da minha moto está parada na garagem, acumulando poeira na maioria dos dias. Eu uso esse carro, com sua pequena passageira gostosa, para todo lugar quase sempre.

Quando me sento atrás do volante, me sentindo como o homem assustadoramente grande no carro do circo, ela já ligou o rádio. É uma merda, Top 40 das porcarias que derretem o cérebro, então pego meu celular e o conecto.

— Achei uma música para você — digo, dando uma piscadinha.

Ela inclina a cabeça e me analisa de canto de olho como sempre faz, os olhos ficando tristes e a boca fofa se curvando assim que percebe qual é a música – *Savin' Me*, do Nickelback.

— Você não precisa que eu te salve, Sawyer — ela murmura, com o cenho franzido.

— Você tem razão. Não preciso. Você já me salvou. E eu adoraria nada além da chance de te mostrar o que posso ser.

— Você já me salvou — retruca, como a danadinha esperta que é.

— Ah, Em, você não faz ideia. Quero te mostrar tantas outras coisas.

Ela não responde a isso, e se vira para encarar a janela em vez de mim. Escutamos o restante do álbum, passando pelo *drive-thru*, a espera demorando mais do que o normal para eles retirarem todo o tempero à base de glutamato monossódico, o que suspeito muito ser apenas uma artimanha. Você pode mesmo tirar toda aquela merda e ainda ter comida chinesa? Imagino que deva ser meio que como tirar a vaca do leite.

De volta para casa, os ruídos vindos do banco do passageiro soam como um time de futebol americano atacando um *buffet*.

— Vai deixar alguma coisa pra mim aí, mulher?

— É *zó* um rolinho *pimavera* — ela murmura, quase incompreensivelmente, com a mão abaixo da boca para segurar qualquer comida que caia enquanto dá essa desculpa.

— Uh huh, tem certeza de que foi o certo, sem MSG[7]?

— *Zim*, eu *veribiguei* o *popel*.

— Ora, então, por favor, continue, minha porquinha.

Ela levanta um dedo para dizer que precisa de mais um segundo para mastigar, depois engole e me dá um sorriso enorme.

— Podemos comprar sorvete também, por minha conta?

Ela parece tão feliz essa noite, uma expressão renovada, e isso está me deixando excitado pra cacete.

— Parece bom, mas eu vou comprar. Ah ah... — levanto a mão —, fala com a minha mão, mulher.

Ela inclina a cabeça para trás com uma risadinha fofa e me mexo de leve no banco, meu jeans ficando, de repente, um pouco apertado.

— Ei, *Mão*, podemos ir para Coldstone[8]?

— Seu pedido, senhora, é uma ordem. Bolo de aniversário com *cookie* e blá blá blá, então.

— Quase isso. — Ela ri. — Já esteve lá?

— Não. A Laney, sim. Às vezes, ela me faz dar uma mordida no dela. Aquela coisa é tão doce que chega a ser nojento.

---

7 MSG: Glutamato monossódico: aditivo muito comum na culinária chinesa, e que tem por finalidade realçar o sabor dos alimentos.

8 Coldstone Creamery é uma rede americana de sorveterias. Com sede em Scottsdale, Arizona, a empresa pertence e é operada pela Kahala Brands. O principal produto da empresa é o sorvete premium, feito com aproximadamente 12-14% de gordura de manteiga, produzido no local e personalizado para os clientes no momentosdo pedido.

Seduzir

— Do que você gosta?

— Passeios na praia à luz da lua. — Olho para ela e sorrio. — Ah, você quis dizer o sabor de sorvete? O bom e velho chocolate.

— Sem graça — ela caçoa, com um bocejo.

— Sem graça coisa nenhuma, está mais para... clássico. Quando você sabe exatamente do que gosta, o que quer, você continua com isso.

Mantenho o olhar adiante, mas a observo de canto de olho. Ela está encarando meu perfil, as respirações curtas detendo-se entre seus lábios entreabertos.

— Certo — ela sussurra —, faz sentido.

— Chegamos! — Viro para ela com minha declaração, e um sorriso de parar o trânsito ilumina seu rosto. Você pensaria que eu fui ao Jared[9].

— Uhulll! — Ela sai correndo do carro. Saltitando, ah, como eu queria ver aqueles pulinhos de novo, até a porta e abrindo de uma só vez. — Ai, meu Deus, está sentindo esse cheiro? Esse é o cheiro do Paraíso, tenho certeza.

Comprem estoque na Coldstone, pessoal – planejo tornar um hábito vê-la tão feliz. Ela viveu sem tanta coisa, como uma guerreira, nem sinal de amargura ou autopiedade, por tanto tempo... só precisa de sorvete para alegrá-la. Estou maravilhado com essa garota.

Ela pede algo com a palavra *cookie* (chamou assim) e eu peço uma bola de chocolate em um copo. Quando ela pega o dinheiro, seguro sua mão com gentileza e entro na sua frente, para o divertimento do caixa.

— Podemos tomar no carro? — ela pergunta, entre as lambidas em sua casquinha ao seguirmos até a porta.

Ah. Não. Mesmo. Eu sou apenas um homem, afinal.

— Espere — resmungo, voltando para o balcão. Pego uma colher no pote ao lado da caixa registradora e volto pisando duro até Emmett, enfiando a colher em sua casquinha, como se fosse uma vela em um bolo. — Coma com isso.

— Por quê? Se não podemos comer no carro, tudo bem. Vamos apenas pegar uma mesa.

Bufo uma risada, mantendo a porta aberta.

— Não estou preocupado com o carro, mulher. Eu falei alguma coisa quando você comeu a comida chinesa no carro? Venha. — Quando ela passa por mim, eu me inclino e sussurro em seu ouvido: — Apenas mantenha essa linguinha rosa nessa sua boca fofa, okay?

---

9   Rede de Joalherias na Geórgia.

Ela se vira para me encarar por cima do ombro, os olhos verdes tomados pelo choque... e por algo que não parece nadinha com rejeição.

Não estamos longe de casa, então ela ainda está comendo quando estacionamos na sua garagem.

— Sua casa hoje à noite, presumo? — pergunto, desligando o carro.

— Laney vai achar que eu te sequestrei. Você nunca mais fica por lá.

— É — abro a porta —, mas Dane vai me amar por isso. Ele não consegue convencê-la a ir morar com ele, então ele está ficando lá.

Dou a volta no carro e abro a porta para ela, pegando as sacolas de comida chinesa em seu colo. Testo o peso delas, verificando se não preciso pedir uma pizza, porque o sorvete não vai saciar a minha fome.

Ela dá um tapa na minha barriga.

— Eu não comi tudo, seu bebezão.

— O que você fazia antes de me conhecer? — ela pergunta, enquanto preparo o DVD.

— Como assim? A mesma coisa que faço agora: trabalho, faculdade, essas coisas.

— Quero dizer em todas as noites que você está comigo. Se não estivesse, o que estaria fazendo?

— Além de estar sofrendo? — Viro a cabeça em volta da TV e dou uma piscadinha. — Eu não sei, talvez uma corrida, ou...

— Pare! Deixa pra lá, eu não preciso de um lembrete sobre as suas atividades da bandeira quadriculada. — Ela levanta a mão e então finge uma ânsia de vômito. — Mais alguma coisa? Sexo leva o quê, cinco minutos? Você deve ter feito outras coisas... filmes, encontros, boliche?

Levanto-me bem devagar, andando até onde ela está deitada em sua cama.

— Eu não vou a encontros, Baixinha. Posso assistir filmes em casa e sexo nunca deveria, digo nunca mesmo, levar apenas cinco minutos. Demora mais do que isso para se despir.

— Ah, você entendeu o que quero dizer.

— Na verdade, não entendi. — Eu me deito de costas ao seu lado. — Acho que sou um cara entediante.

— Não acho você nem um pouco entediante. — Ela pega o controle ao lado do meu quadril. — Que filme você colocou?

— Inimigo do Estado. — Levanto de um pulo e desligo a luz antes de voltar para a cama. — Já viu?

— Não, eu...

— Em que caverna alguém deve morar para não ter visto Inimigo do Estado? — choramingo, escandalizado. — É o melhor filme do mundo.

— Então você gosta? — Espertinha.

Emmett

— Sawyer!

— Argh, cedo demais.

— Sawyer, tenho que fazer xixi. Você pode levantar o braço?

Vou molhar o colchão, tipo fazer xixi na cama mesmo. Eu tentei segurar, sem querer acordar o gigante adormecido, mas minha bexiga chegou ao limite... e ele está com seus braços enormes me segurando tão apertado que não consigo escapar.

Ele aconchega seu rosto ainda mais no meu cabelo.

— Volte a dormir, Baixinha.

— Sawyer — uso minha única linha de defesa e puxo com força os pelos de seu braço —, eu vou explodir. Você tem que me deixar levantar — choramingo.

Finalmente, ele desperta, soltando uma risada sonolenta e erguendo o braço.

— Volta logo.

Corro para o banheiro, abaixando a calça no caminho; foi mesmo por um triz. Sento-me lá, balançando a cabeça. Quem imaginaria que eu acabaria assim – minha bexiga grávida me acordando de um doce sono nos braços de Sawyer Beckett. Toda a nossa dinâmica me confunde. Ele é meu melhor amigo, ficamos juntos o tempo todo, dormimos na mesma cama na maioria das vezes... mas nunca ficaremos juntos *juntos*.

— Você caiu aí? — A voz dele, do outro lado da porta, me assusta; fiquei sentada aqui, imersa em pensamentos por tanto tempo que fiquei completamente seca.

— Não, estou bem, vou sair em um segundo.

É claro que ele está parado bem na frente da porta quando saio, o semblante demonstrando preocupação.

— Tudo bem?

— Sim — suspiro —, acho que me distraí. Venha. — Seguro sua mão, voltando para a cama. — Sawyer, você não acha que é meio estranho, nós sempre dormirmos juntos?

— Bem que eu queria que estivéssemos dormindo juntos. — Ele se aconchega às minhas costas e puxa as cobertas sobre nós. — Mas dormir na mesma cama? Não, não é estranho — ele me abraça apertado —, mas é confortável.

— Torradeira. — Cutuco sua perna, nosso código para ele esquentar meus pés colocando-os entre os seus. Ele é como uma torradeira pessoal para meus pés sempre frios.

— Vá dormir, Mamãe, nós temos nossa primeira consulta com a médica amanhã — murmura, beijando minha cabeça.

Nossa primeira consulta?

CAPÍTULO 14

UM HOMEM QUASE PERFEITO

Sawyer

A perna esquerda dela não parou de balançar desde que nos sentamos nessas cadeiras de plástico minúsculas.

— Aqui, deixe que eu faço. — Pego a prancheta em seu colo; ela só preencheu a primeira linha... em quinze minutos. — Você está nervosa?

Nenhuma resposta, apenas a perna balançando. É, ela está pirando.

Talvez se eu a distrair com uma conversa à toa?

— Qual é o dia do seu aniversário, Em?

— O quê? — Ela se vira para mim, de repente, o rosto pálido, envolto em medo. — Ah, hmm, dez de outubro.

É mesmo, ela mencionou que estava perto de fazer aniversário durante a entrevista; preciso me ocupar com o planejamento de uma festa.

— Okay, eu sei seu endereço e número de celular. — Analiso o formulário rapidamente. — Quem é o seu contato de emergência?

— Uh... — Ela pensa, mordendo o canto da boca, seu cenho franzindo em concentração. — Você — ela sussurra —, se não tiver problema?

— Não tem problema nenhum, Baixinha. — Eu me inclino um pouquinho e dou um selinho naquela boca rosada e trêmula. — Relaxe um pouco, okay? Estou bem aqui. Está tudo bem, prometo.

Ela está um pouco mais calma quando terminamos de preencher todos os cinco mil formulários. Continuo esperando por "quando foi a última vez que você soltou um pum e qual foi o cheiro?" ou "a sua última meleca saiu da sua narina esquerda ou direita?" – quero dizer, porra, eles fazem muitas perguntas.

Devolvo a prancheta para a loira atrás da divisória que está me comendo com os olhos, como se eu não estivesse sentado em uma clínica de gestantes com uma morena linda. Revirando os olhos, coloco a papelada no balcão e retorno para Emmett, segurando sua mão e depositando um beijo no dorso.

— Uma vez, mas não em um acampamento de bandas, tentei raspar traços nas minhas sobrancelhas. Todos os caras tinham, então pensei, por que não? — Dou uma olhada de soslaio em sua direção, vendo que a técnica está funcionando ao avistar um sorrisinho surgindo no canto de seus lábios. — Enfim, quanto mais eu tentava igualar as duas, pior ficava, até que, por fim, passei três meses da sétima série sem a sobrancelha esquerda.

Um pequeno suspiro precede sua risada, depois ela cobre a boca depressa quando ronca.

— Ai, meu Deus, que horror. Então você andou por aí com uma sobrancelha?

— Sim, com muito orgulho. As pessoas aprenderam muito rápido a não me encher o saco.

— Emmett Young? — Nós dois nos viramos quando seu nome é chamado.

Ela se levanta, cambaleando um pouco, então rapidamente fico de pé e coloco a mão em suas costas. Seus meigos olhos verdes encontram os meus e dou um sorriso reconfortante.

— Vamos fazer isso, Mamãe.

— Ele pode vir comigo? — Emmett pergunta para a enfermeira à nossa espera.

— É claro que pode! Esse é o Papai?

— Eu mesmo — digo no automático, me gabando.

O corpo inteiro da Emmett retesa, depois estremece, sob a minha mão.

Encosto a boca em sua orelha e sussurro baixinho:

— Não é da conta deles, amor, apenas vá na onda.

Ela assente, atordoada, e eu a empurro gentilmente para frente.

Raios me partam se eles a virem como alguém nova demais, abandonada pelo pai, julgando-a com pena ou censura em seus olhares.

Seduzir

Ninguém nunca vai olhar para a minha Emmett assim. E, infelizmente, ela não pode fornecer o histórico médico do verdadeiro pai ou nada de qualquer maneira, então... não, não vou pensar nisso. Ela, provavelmente, ficaria muito brava se eu esmurrasse a porra da parede agora.

— Por aqui. — A enfermeira sorri, gesticulando. Do lado de dentro da porta, ela aponta na direção de uma balança. — Vamos te pesar.

— Ah, hmm. — Emmett morde o lábio, olhando para mim. — Você pode se virar ou talvez cobrir os ouvidos?

— De jeito nenhum. — Sorrio e então me viro para a Enfermeira Betty. — Meu palpite é 56. Ela ganhou cerca de dois quilos nas últimas duas semanas, tudo nos peitos. — Balanço a sobrancelha. — Muito feliz com o ganho de peso na comissão de frente.

Emmett esconde o rosto nas mãos e balança a cabeça, mas a Enfermeira Betty acha que sou hilário, gargalhando alto.

— Bem, vamos ver se você é bom. Por favor, suba aqui, Emmett.

Ah, recebo um olhar desagradável dela enquanto sobe na balança.

— Você nunca nem viu meus seios, e como...

— 55! Muito bom! — a enfermeira exclama, interrompendo a bronca que eu estava prestes a levar.

Dou uma piscadinha para a silenciosa e impressionada Emmett, estendendo minha mão.

— O quê? E daí se eu presto atenção?

— Venha, querida, por aqui.

A enfermeira nos leva à uma sala, rindo baixinho o caminho todo enquanto Emmett tenta quebrar minha mão.

— Não me envergonhe — ela sibila, baixinho.

Quando a porta é fechada e ficamos apenas nós dois esperando a médica, começo a assoviar Savin' Me, folheando casualmente uma revista revigorante de Pais. Puta merda!

Você sabia que o maior bebê já nascido e que sobreviveu pesava 10 quilos? Santo Deus. Não vamos compartilhar essa pequena informação com a já apavorada Emmett.

Consigo sentir seu olhar irritado fazendo um buraco na minha cabeça, mas continuo lendo, segurando o riso. Por que essa versão irritada dela faz meu coração dar uma cambalhota no peito?

— Você tem sorte que não consigo assoviar, ou eu escolheria algumas músicas para você agora — ela adverte.

Ora, micro-ondas não apresentam risco para o feto, apesar dos boatos. Fascinante.

— Eu sei que você está me ouvindo — diz, e sei que ela está fervendo de raiva.

Adivinhe o que ela não está fazendo agora? Surtando, balançando a perna, ou remexendo nas mãos. Vale a pena. Continue, Baixinha. Posso te distrair com meu poder de atração irritante o dia inteiro.

— Você anuncia o aumento do meu peito em voz alta, mas eu estou sendo ignorada? Inacreditável — ela zomba, balançando a cabeça e tentando me chutar desesperadamente de seu lugar na maca de exame.

Sim, claro, com suas perninhas curtas? De jeito nenhum. Ah, mas dinamite vem em barrinhas curtas, e ela está descendo da maca para vir até mim e me atacar quando sou salvo pela batida.

— Toc, toc. — A médica enfia a cabeça pela porta. — Emmett? Eu sou a Dra. Greer. — A médica (pode apostar que pedi por uma mulher) aperta a mão da Emmett, depois a minha. — E você é?

— Sawyer Beckett, o amor da vida da Emmett.

— Ah, sim, me contaram que você tem uma personalidade e tanto. — Ela pigarreia. — E como você está, Emmett?

Em um primeiro momento, ela murmura suas respostas, sem nunca erguer o olhar do colo, mas depois de uns dez minutos, ela começa a se sentir mais confortável e as coisas seguem mais tranquilamente. Estou surpreso ao descobrir que Emmett teve muitas cólicas abdominais e dor lombar. Nada disso parece bom para mim, mas a médica diz que é seu corpo se esticando, criando espaço para o bebezinho, e que é bem normal.

— Okay, vamos te colocar em uma camisola e depois te examinar. Vou sair e te dar um tempinho para se trocar.

— Eu, hmm, vou sair também. Boa sorte — beijo sua bochecha —, você está indo muito bem.

— Sawyer.

Ela agarra minha camiseta e me puxa de volta.

— Sim?

— Obrigada. — Seus olhos demonstram sua emoção, assim como sua voz trêmula.

— O prazer é meu. — Dessa vez, abaixo a cabeça e beijo seus lábios. — Diga para me chamarem quando você quiser que eu volte para cá. Não tenha medo de falar.

Seduzir

121

Ela assente, seu sorriso agora muito mais confiante do que esteve o dia inteiro.

— Sr. Beckett? — Ergo o olhar do meu celular quando meu nome é chamado. — Emmett está pronta para você voltar.

Eu a sigo, uma sensação estranha no peito. Saber que ela realmente me quer lá, que ela mandou me chamar, está seriamente ferrando meu coração. Quando entro na sala, Emmett está deitada na maca e estende a mão na mesma hora para eu segurar.

— Dez de março — ela diz, com um sorriso. — Estamos prestes a ouvir o batimento cardíaco. Você quer ouvir?

— Sim, querida — beijo sua testa várias vezes —, eu adoraria.

— Okay, Emmett, isso vai ser gelado — a moça em um banquinho avisa, logo antes de esguichar uma coisa por toda a sua barriga.

— Mas o quê...

— Sawyer — Emmett aperta minha mão, exigindo que meus olhos permaneçam focados aos dela —, sem comentários.

— Eu não ia...

— Eu te conheço, você ia, sim.

Meu argumento é interrompido na minha garganta assim que um ruído alto preenche a sala.

— Bom e forte — a enfermeira afirma. — 146 batidas por minuto. Perfeito.

— PERFEITO? PARA A PORRA DE UM INFARTO! — grito.

— Senhor — ela ri, com um largo sorriso.

Não tenho certeza do que pode ser tão engraçado, porra.

— Isso é absolutamente normal para um feto. Está na faixa ideal.

— Nós gostaríamos de uma segunda opinião. Você pode chamar a Doutora Partes Inferiores, por favor?

— Meu Deus — ouço Emmett murmurar. Ela se senta, cobrindo o rosto com as mãos por um segundo. — Eu sinto muito, muito mesmo. Vamos levá-lo ao médico para ver se ele tem Tourette.

— Acho adorável ele ser tão protetor com seu bebê. Acredite em mim, as histórias de papais que poderíamos contar — ela ri —, fariam seu homem aqui parecer calmo.

— Vocês, senhoras, sabem que posso ouvir quando conversam em voz alta, certo? — intrometo-me. — Eu não estava brincando. Quero ouvir outra pessoa me dizer que esse é o ritmo normal.

— É claro. — A enfermeira se levanta. — Aqui está uma toalha para você se limpar, Senhorita Young.

Emmett a agradece, tirando o lubrificante da barriga, às cegas, porque ela está me encarando.

— Você é louco e brusco, e constrangedor — ela sibila.

— Em, eu...

— Ah, me deixe terminar. E eu amo tudo. Não há ninguém mais que eu preferiria ter aqui comigo hoje. Vem cá. — Ela abre os braços e beija minha bochecha, me abraçando com força. — Te amo.

Não é a mesma coisa que "eu te amo", mas vou aceitar.

Seduzir

123

CAPÍTULO 15

MELHOR AINDA É IMPOSSÍVEL

Emmett

— Ele roubou a Disneylândia? — pergunto a Sawyer, só para ele ouvir. O *The K* se parece com... bem, a Disneylândia.

— Laney quer, Laney ganha. — Ele ri como se não fosse nada demais. Pelo visto, o fato de Dane trazer à vida as fantasias da Laney é normal.

— Oi! — Laney flutua pelo ambiente em um vestido branco, competindo com a Cinderela. — Emmett, você é uma Bela ainda mais atraente do que a real!

Abro a boca para dizer que não existe uma Bela de verdade, mas Sawyer balança a cabeça depressa e aperta minha mão.

— Sawyer Landon Beckett, que diabos você está vestindo?

— Eu sou a Fera.

— Esse é o seu jeans de sempre — Laney aponta —, e um boné? Sério? E u-uma camiseta?

— Baixinha, diga a ela. Eu sou uma fera em qualquer roupa, certo? Feliz aniversário, Gidge. — Ele a levanta e a gira.

— Ah, aqui — interrompo, entregando a ela o presente. — Sawyer e eu compramos uma coisa para você, juntos. Esperamos que goste.

— Obrigada! — Ela pega a sacola e me dá um abraço apertado. — Então, resumindo, Sawyer te deu dinheiro e mandou você ir comprar? — ela brinca, cutucando-o com o cotovelo.

— Na verdade, não. Nós fomos comprar juntos e ele ajudou a escolher.

— Toma, aniversariante! — Sawyer caçoa, beliscando o nariz dela. — Mas chega de falar o quanto eu sou incrível, cadê o Príncipe Frutinha? Ele não deveria estar carregando a cauda do seu vestido ou algo assim? Ele está usando meia-calça? Por favor, me diga que ele está usando meia-calça.

— Não, ele também não é divertido. Vá encontrá-lo, você vai ver. — Ela faz um biquinho.

— Eu não sou divertido mesmo, amor? — Dane surge atrás dela, envolvendo os braços ao redor de sua cintura. — Emmett, diga a verdade, não dá para saber como estou vestido?

Ele sai de trás dela, usando jeans e uma camiseta que está escrito "Príncipe Encantado" no meio. Não consigo evitar uma risadinha, lançando a Laney um olhar que diz "me desculpe por quebrar o código feminino".

— Príncipe Encantado?

— A porra do Príncipe Encantado. — Ele aponta para mim e dá uma piscadinha. — Viu, amor, todos eles sabem quem eu sou.

Laney dá uma risada irônica e agarra minha mão, me arrastando até a mesa do bolo.

— Estamos, oficialmente, bancando as difíceis. Não olhe para eles.

— Okay. — Eu me esforço para manter o rosto sério, me servindo um copo de ponche.

Conforme o restante dos convidados chega, a noite se anima com Dane recusando a tentativa da aniversariante de se fazer de difícil, e Laney quase saindo "ofendida". Não prejudicou nem um pouco o caso dele quando todos os caras apareceram... sem fantasias. Evan está com roupas normais, com um gancho em uma mão – o Capitão Gancho da adorável Sininho da Whitley. Tate está usando um tapa olho... porque a Bennett é a Ariel...? Nós todos explicamos que, sim, Ariel é uma sereia, mas isso não faz do Eric um pirata, mas ele argumentou e mandou todo mundo ir à merda, repetidas vezes. E Zach? Zach se parece com o John Smith de qualquer forma, e a garota que trouxe com ele como Pocahontas? É, ela, com certeza, é atraente pra cacete.

Todas as princesas do reino a odeiam.

— Parece que você conseguiu sua Pocahontas, afinal de contas — murmuro, dançando com Sawyer. Estou pisando nas suas botas para ficar numa altura razoável, e, de repente, me sinto baixa, e gorda, e grávida...

Eu deveria ter vindo como o Ursinho Pooh.

Seduzir

125

— De quem você está falando?

— Da garota amazônica, gostosa e seminua, com Zach? Como assim de quem estou falando?

— Não é você?

— Você está usando *crack*? Não, eu não.

— Então não faço ideia de quem você está falando. Olhos na Emmett, sempre. A Bela do baile. — Ele beija a ponta do meu nariz.

Apoio a cabeça contra seu peito, fingindo apenas por um instante que isso é real, que ele é meu e eu sou dele, que sempre serei a única garota que ele vê.

— Quando podemos ir para casa? — Bocejo em seu peito, o ritmo dos nossos corpos me embalando, e, de repente, me dando sono.

— Agora, se você quiser. Você quer?

— Uh huh. — Assinto, meio que esperando que ele me carregue e me resgate desse vestido ridículo.

— Vamos nos despedir e te levar para casa.

— Tem certeza? — protesto. — Eu posso ir sozinha. Não quero que deixe os seus amigos por minha causa. Fique.

— Você alguma vez me escuta, Emmett? Quando eu te digo como me sinto, você alguma vez me escuta de verdade?

— O que você quer dizer?

— Nada. — Ele fecha os olhos e respira fundo. — Vamos para casa.

— Está acordado?

Ele não responde meu sussurro e não há movimento em seu corpo, entrelaçado ao meu, para indicar que me ouviu.

Não tenho certeza do que mudou, mas tem alguma coisa no ar que não esteve aqui em todas as outras noites em que dormimos juntos na minha cama. Essa noite, não consigo dormir e cada respiração é difícil. Essa noite, minhas roupas parecem mais uma barreira do que uma armadura e meus mamilos estão duros, ansiando para a mão dele subir e acariciá-los.

— No que você está pensando tanto aí? — Seu murmúrio sonolento faz meu corpo responder ainda mais.

— Não estava dormindo?

— Não mude de assunto. — Ele manobra meu corpo como se fosse seu brinquedo favorito, com gentileza, mas determinação, me virando de lado para que eu possa encarar seus curiosos olhos azuis-escuros. — O que foi?

— Estou tentando entender o que você está ganhando com isso. Você tem ótimos amigos, então não precisa de mim. E você não precisa, é...

Sua risada sensual faz meu olhar subir de volta para o dele, a malícia ali confirmando que eu fui, sim, pega no flagra enquanto encarava seu pau.

— O que você está olhando, Em?

— Nada. — Sinto as bochechas pegando fogo, e desvio o olhar para a parede mais distante.

— Nada, é? Eu não acho que era nada, acho que você estava dando uma olhada no meu...

— Pare! — Bato em seu peito e ele não perde tempo, cobrindo minha mão com a sua, segurando firme contra a pele quente.

— Não, pare você. Pare de negar isso, nós. — Ele junta nossas testas, provocando meus lábios com os seus. — Sabe que eu quero você, Emmett, e acho que você me quer também, mas você está com medo. Me diga o porquê. Do que exatamente tem medo?

Ele está falando sério? Do que eu tenho medo? Ah, não sei, talvez porque eu esteja grávida, prestes a ser mãe, e dormir com ele só tornará a realidade ainda mais dura. Não quero conhecer aquilo que não posso manter. O que inventei nos meus sonhos mais doces, ansiei nas profundezas do meu ser, já é ruim o suficiente.

Estou com receio do que aconteceria depois, quando ele for embora. Estou morrendo de medo de nunca me recuperar, e de passar o resto da vida comparando qualquer chance de felicidade satisfatória com todo e qualquer minuto de perfeição pura que tive com ele. Mas então, uma outra voz na minha cabeça fala mais alto, a voz que diz que mesmo se eu encontrar um homem muito bom algum dia que irá amar a mim e meu bebê, ele nunca será capaz de me fazer sentir da forma que Sawyer Beckett faz com apenas sua voz, sua aparência, seu cuidado. Então ir além, permitir que meu corpo tome dele aquilo com o qual meu coração já se apegou, não é muito inteligente. Se você tivesse que escolher entre uma noite de êxtase ou uma vida de conforto...qual você escolheria?

É inevitável que um dia, muito em breve, eu não o terei mais, que serei deixada apenas com os meus sonhos e lembranças para me manterem aquecida à noite, enquanto ele está esquentando os lençóis de outra mulher. Eu contei a ele meu segredo, então ele avançaria ciente das coisas; seria mesmo tão ruim eu me permitir ceder? Ainda que apenas dessa vez, eu quero saber qual é a sensação de fazer amor com um homem, em perfeita consciência e desejando isso. Quero ver a paixão em seus olhos à medida que ele me possui e aceita tudo o que quero dar a ele tão desesperadamente.

E, sendo sincera comigo mesma, vai acontecer; você não dorme toda noite na mesma cama com um homem tão viril quanto Sawyer, loucamente atraída por ele, sem nunca ceder. É melhor eu parar de me iludir e me jogar de cabeça.

— Não estou com medo se você não estiver — finalmente, respondo.

— Mentirosa. — Ele dá um sorriso gentil, beijando meu nariz, minhas bochechas, e por último meu queixo. — Mas eu também estou. Você me apavora, linda Emmett, com o quão rápido e intenso você me fascinou completamente. Um dia, talvez você descubra que sou um idiota e saia correndo gritando, mas vou arriscar. Vou arriscar qualquer coisa para me manter ao seu lado pelo máximo de tempo possível.

Pelo máximo de tempo possível. Ele quer dizer perto ou no dia dez de março, e eu entendo, de verdade.

Mas agora? Agora é setembro.

Respiro profundamente, desligando as vozes duelando na minha cabeça, deixando apenas meu coração e meu corpo me guiarem agora. Devagar, arrasto as duas mãos sobre seu peito, envolvendo o pescoço forte.

— Beije-me como se tivéssemos o para sempre — sussurro, umedecendo meus lábios trêmulos com a língua.

Hesitante, seus olhos se alternam entre os meus, certificando-se, com segurança, e então seus braços se apertam ao redor da minha cintura. Fecho os olhos, sentindo seu hálito tão perto que se mistura com o meu quando ele, finalmente, mergulha em minha boca. Solto um gemido ao sentir o contato, saboreando seus lábios macios, mas dominantes, sua aspereza se movendo devagar, depois rápido, abrindo e provando, provocando com pequenas chupadas e mordidas.

— Emmett — ele resmunga, subindo uma mão pelas minhas costas até meu cabelo. — Tão doce. — Sua língua exige entrada, enrolando-se com a minha. Seus dedos se enroscam no meu cabelo, inclinando a cabeça, e devorando minha boca, o caçador voraz dentro dele me fazendo sentir tão viva.

Os beijos do Sawyer são uma experiência extracorpórea – consumindo, do mesmo jeito que uma brasa rapidamente se torna um incêndio. De alguma forma, com apenas nossas bocas conectadas, ele faz o meu corpo inteiro se sentir como parte do ato. Nem um músculo sequer relaxa sob seu toque, cada centímetro se tornando dele de uma vez.

— Mais — imploro em sua boca. — Sawyer, mais, qualquer coisa, por favor.

— Ah, não — ele inclina minha cabeça para trás, para que eu possa ouvir com atenção —, de jeito nenhum você vai me apressar. Vou desfrutar com calma cada pedacinho do seu corpo.

Se esse não é o melhor argumento que já escutei na vida, não sei qual outro poderia ser.

— Me mostre — solto um grunhido quando ele puxa meu cabelo —, me mostre tudo.

— Deite-se e me deixe te amar. Por cada sorriso doce que você me deu, cada roupa *sexy* com a qual você me torturou, cada noite em que te segurei nos meus braços, sem nunca saber se você seria minha... Eu — lambe bem no meio da minha garganta — vou — mordisca a lateral esquerda — te saborear. — Termina chupando minha clavícula de um lado ao outro, atingindo um ponto sensível que me faz arrepiar de forma maravilhosa.

Uma de suas mãos solta meu cabelo, e vai deslizando para baixo, e minhas meninas sabem que estão indo em sua direção; meus mamilos intumescidos simplesmente ficam à espera. Ele para, perguntando com um ofego áspero:

— Posso te tocar aqui, Emmett?

Meu coração flutua diante de sua consideração, tentando excessivamente garantir meu conforto, já que conhece o meu passado, porém meu passado não tem vez aqui. Agarro sua mão e a espalmo em meu peito, arqueando o corpo ainda mais diante de seu aperto.

— Você pode me tocar onde e quando quiser.

Com um grunhido, ele ataca minha boca em um beijo voraz e áspero. O beliscão no meu mamilo me faz ofegar, e até mesmo a parte inferior do meu corpo quase pula fora da cama.

— Estão doloridos? Estou sendo muito bruto?

— Ai, minha nossa, não! Isso é muito gostoso.

— Então podemos tirar essa camiseta, amor?

— Você faz perguntas demais. — Agarro seu rosto com as mãos. —

Seduzir

129

Eu quero você. Não estou com medo e não sou frágil. Me possua do jeito que quiser, Sawyer.

— Foda-se... — grunhe, agarrando a barra da minha camiseta.

— É o que estou tentando fazer! — Dou uma risadinha, levantando o corpo um pouco para que ele consiga tirar a peça de roupa por cima.

Seus olhos se fixam no meu peito nu, e me obrigo a manter as mãos quietas, contendo o desejo de me cobrir. Eu falei demais e agora não podia desistir.

Preguiçosamente, seu olhar sobe até encontrar o meu.

— Você é linda pra caralho, Emmett. Melhor do que qualquer coisa que imaginei na minha cabeça um milhão de vezes.

Não sei se sou eu mesma, ou meus hormônios em polvorosa que soltaram meu lado atrevido, mas alguém diz:

— Chupe-os, Sawyer. — Agarro meus seios e os ofereço a ele ao inclinar meu corpo. — Chupe meus peitos, amor.

— Ah, puta que pariu, eu gosto dessa boca suja, garotinha safada. — Ele avança no direito primeiro, abocanhando com vontade, a língua lambendo o mamilo. Toda vez que o aço quente de seu *piercing* de língua acerta o mamilo sensível, perco o fôlego e me sobressalto. É uma sobrecarga sensorial maravilhosa.

Minhas mãos seguram sua cabeça com firmeza, desafiando-o a tentar parar. Eu as esfrego sem parar pelo cabelo preto curto. O que amo fazer. Acho que ronrono, ou choramingo, ou faço um som que tenho certeza nunca ter feito antes, e tateio ao redor em busca de sua mão. Assim que a encontro, eu a coloco de volta no meu seio esquerdo, desejando seus estímulos em cada parte do meu corpo.

— Isso é tão gostoso... — gemo.

Ele tenta se afastar, mas eu o puxo de volta, grunhindo em protesto.

— Só vou chupar o outro, amor. Não estou parando.

Ah, tá. Continue, então.

Vejo o sorrisinho safado em seu rosto quando ele lambe meu outro mamilo com avidez.

— Você tem os peitos mais sensacionais que já vi na vida. São grandes, naturais e estão apaixonados pela minha boca. Perfeitos. — Ele se afasta um pouco para trás. — Você me deixa louco, mulher. — Ele observa seu dedo indicador trilhar um caminho entre meus seios até a barriga, parando ao chegar no cós do short. — Louco pra caralho.

O toque daquele único dedo mais se parece ao toque de milhares de mãos, seus olhos me hipnotizando, a ponto de eu curvar os dedos dos pés à medida que ofego em busca de ar. Sem uma palavra, ergo meus quadris, incitando-o a me desnudar por inteiro. Suas mãos agarram minha bunda, as pontas dos dedos cravando a pele acima do short. Sem desviar o olhar, ele desliza a roupa lentamente pelas minhas pernas, cuidadosamente retirando o tecido de um tornozelo, e depois do outro.

— Nunca mais serei o mesmo, não é? — pergunta para ninguém em particular, seu olhar agora focado no meu corpo exposto.

Curvo meu dedo, o chamando para cobrir meu corpo com o seu. Ele balança a cabeça, soprando um beijinho e dá uma piscada, então levanta minha perna esquerda. Passando as mãos por toda a pele sensível, ele diz:

— Adoro essas suas pernas, amor. — Aquela boca carnuda e *sexy* começa a beijar cada pedacinho onde suas mãos acariciaram, e um longo murmúrio escapa de seus lábios. Quando ele está a caminho do ponto que tem me feito contorcer em expectativa, sua boca, subitamente, se afasta.

— Mas que po... — Ergo o corpo e me apoio nos cotovelos, muito perto de entrar em colapso.

Sua risada baixa dura apenas um segundo antes que ele dê a mesma atenção à outra perna, com movimentos torturantes e deliciosos. Meu Deus... Esse homem. Este obstinado e paciente homem.

— Relaxe, Emmett, eu vou chegar lá. E quando isso acontecer, vou fazer questão de me dedicar por um bom tempo.

Não consigo suportar a angústia, o latejar e formigamento, então, literalmente, assumo o comando com a minha própria mão. Por três gloriosos segundos, a pressão começa a amenizar, até que minha mão é afastada por um agarre resoluto em meu pulso.

— Nem pense nisso, mulher — rosna. — Você vai gozar logo, logo. Na minha boca, nos meus dedos, e então um monte de vezes ao redor do meu pau. São essas as suas únicas opções.

— Por favor, Sawyer, me foda.

Agora, sim, ele paira acima de mim, apoiando o peso de seu corpo em um antebraço.

— Algum dia, vou te foder com vontade, Em, mas não hoje. Esta noite quero te dar algo que nunca dei a ninguém.

— Não quero o seu *piercing*. Nada mais além de você. Só você dentro de mim.

Ele mergulha o rosto no meu pescoço, rindo baixinho.

Seduzir

— Essa é a coisa mais *sexy* que já ouvi, mas não estou falando do meu *Happydravya*[10], amorzinho. — Beijando meu pescoço, meu queixo, e, finalmente erguendo o rosto para observar meus olhos entrecerrados, ele sussurra: — Estou falando de fazer amor contigo, Emmett. Quero amar seu corpo inteiro com o meu, da forma mais lenta e gentil possível.

Você não precisa amar a pessoa para fazer amor com ela? É só semântica, na verdade, porque eu... eu amo esse cara cuidadoso, louco, mandão, carinhoso, tímido, brincalhão... Eu amo tudo nele.

Seja lá o que ele quis dizer com aquilo, agora não é a hora de exigir um esclarecimento. Não somente porque não faço a menor ideia de como agir diante da possível resposta, mas porque também estou sentindo meu anseio diminuindo entre as pernas.

— Então me mostre, Sawyer. Mostre o que você quer dizer com isso.

Aquele dedo mágico começa a me provocar outra vez, descendo, encontrando um lar na embaraçosa e infame poça entre minhas coxas.

— Aw... puta merda, amor. — Inclina a cabeça e mordisca o lóbulo da minha orelha. — Isso aqui tudo é pra mim — impulsiona o dedo dentro e fora —, e eu adoro isso. Posso te provar, docinho?

Minha nossa... Quem poderia imaginar que o sexo possuía tantas atividades extracurriculares? Lambida de pernas, escorregada de dedos, chupada de tetas... É um tormento orgástico e bom demais para ser exaltado. Mal posso esperar para ter a minha vez com ele; não faço a menor ideia do que estou fazendo, mas como ele disse antes... vou dar um jeito.

— Okay — agarro sua nuca, atraindo sua boca para a minha —, mas me beije primeiro. Muitos e muitos beijos.

— Ah, é? — Ele ri. — Ficarei de castigo da sua boca depois que eu for ali embaixo?

— Você me beijaria depois de gozar na minha boca?

— Baixinha, se houvesse um jeito, eu te beijaria enquanto estivesse gozando na sua boca.

— Eca... — Faço uma careta. — Vamos ver depois, tá bom? Coloque isso na sua lista de 'coisas a fazer'.

Seu rosto se torna, repentinamente, sério.

— Tenho mesmo que fazer uma dessas? Tipo... de verdade?

Começo a rir, me sentindo super à vontade com o clima confortável

---

10 A autora faz um trocadilho com a palavra happy + Apadravya – tipo de piercing peniano.

entre nós – eu, pelada, um montão de coisas a explorar... risque isso e troque para: eu, peladona e sendo explorada... é isso aí, agora, sim, parece com a gente.

— Cala a boca e me beija — exijo. — Você tem uma viagem a fazer para o centro.

— Porra, sim, senhora — ele me saúda, travesso, e nossas bocas se unem com avidez enquanto sua mão direita segue o rumo da viagem sem ele.

— Ahh, por favor — suplico contra sua boca, mordendo seu lábio inferior. — Faça isso de novo.

Não sei quantos dedos ele enfiou dentro de mim, é meio difícil dizer, mas sei que agora é meu número favorito. A ponta de seu polegar circulando e pressionando meu clitóris latejante me leva a ponto de ebulição. Mas suas palavras proferidas por aquela boca sedutora é o que finalmente me joga na espiral do orgasmo.

— Ah, Emmett, gatinha, você é tão doce e apertada pra mim, porra. Se eu sobreviver, vou te fazer sentir bem pra caralho.

Se ele sobreviver? Minha cabeça parece prestes a explodir, logo após minha boceta atirar faíscas para todo lado.

— O... que... você... e-está fazendo... Aaaah! — Perco a habilidade de falar, revirando os olhos de tanto prazer.

— Aqui está seu ponto — ele grunhe, o polegar fazendo milagres enquanto um de seus 'sei lá quantos dedos' pressiona o ponto em meu interior de um jeito incrível. — Não contraia, amor. — Ele começa a dar um chupão no meu pescoço outra vez. — Respire fundo e relaxe... não vai durar muito. Relaxe, Emmy, fique paradinha.

Inspiro diversas vezes, profundamente, obrigando minhas pernas a relaxarem; meu corpo inteiro está tensionado, quase como se eu estivesse tendo uma convulsão.

— É isso aí... — geme, ao redor do meu seio; nem sei como sua boca se esgueirou para lá. Provavelmente enquanto eu estava no auge do meu orgasmo. — Melhor, amor?

— M-melhor? — Estou arfando diante da esperança de que pode haver mais disso. — Fica melhor ainda?

Sua risada rouca ressoa pelo quarto, à medida que seus dedos lentamente se afastam.

— Eu quero dizer se você está se sentindo melhor, se aplacou seu desespero... Mas, sim... a coisa só melhora.

Seduzir

— Quando vou poder te ver pelado? — brinco, puxando o cós de seu short.

— Confie em mim, amor, quanto mais tempo eu permanecer vestido, mais longo será o seu orgasmo. Sou humano, e você... — Esfrega a nuca, inclinando a cabeça para trás. — Você é de outro mundo.

Enquanto ele mantém a cabeça inclinada para trás, e os olhos fechados, eu rapidamente dou um jeito de me colocar de joelhos, diminuindo a distância entre nós.

— Ou — digo, amando ver seu corpo inteiro estremecer com o meu toque — nós podemos aplacar seu desespero também.

— Emmett... — rosna, agarrando um punhado do meu cabelo.

Eu venero seu tórax amplo e forte com os meus lábios, depositando beijos em todo lugar, sem deixar qualquer pedacinho sem o toque da minha boca. Provocando seus mamilos com a língua, pergunto:

— Você colocaria os *piercings* aqui por mim, em algum momento?

— Considere feito — murmura. — Quando você quiser.

Assinto com a cabeça e dou um sorrisinho, satisfeita e pronta para mais.

— Você tem um corpo magnífico, Sawyer. — Eu me curvo até o nível de sua cintura, seguindo a trilha de beijos com as mãos, alisando seu abdômen sarado com minha língua faminta. — E isto — lambo o entalhe em V — é a coisa mais *sexy* que já vi na vida.

Endireitando a postura, apoio as mãos em seu peitoral musculoso e me inclino para depositar outro beijo bem no centro. Ele não me deixou na seca, fazendo aquela coisa com a boca e me levando para outro reino. O que, provavelmente, é onde encontro coragem para avançar pelo cós de seu short e envolver seu pau com a minha mão. Bem, quase consegui envolver por inteiro.

Quando vi seu membro aquele dia, no beco, ele já estava flácido, já que havia acabado de gozar, porque, vou dizer uma coisa... PUTA QUE PARIU!

— Em — rosna, a mão firme em minha nuca, enquanto a outra mantém o agarre no meu cabelo.

— Hmm? — murmuro contra os seus lábios, explorando seu corpo com a minha mão curiosa.

Sei que pode parecer estranho, mas só consigo pensar agora mesmo em Holly e Erica, duas garotas com quem estudei no ensino médio. Um dia, depois da aula de Educação Física, estávamos nos vestiários, quando escutei sem querer a conversa nem um pouco cochichada das duas; ambas discutiam sobre a quantidade de pênis diferentes que já haviam 'experimentado', e a decepção que sentiram. De acordo com elas, a busca por um pau que fosse longo e grosso era inútil, pois a maioria dos caras era abençoada com uma característica ou outra, nunca as duas juntas. Considerando o fato de que elas admitiam ser especialistas no assunto, passei anos da minha vida partindo desse pressuposto em relação ao que esperar.

Bem, aquelas vagabundas do vestiário estavam muito erradas, porque o pulsante e quente pau que tenho entre os dedos é tão grosso que não consigo segurá-lo em um punho fechado, e tão longo que a cabeça está espiando pelo cós da bermuda.

— Você é enorme. — Levanto a cabeça de supetão, mortificada por ter falado isso em voz alta.

— E você é apertada do jeito certo. — Pisca, então me dá um beijo casto. — Você venceu. — Ele desce da cama e se levanta, ficando diante de mim como o Adônis a quem o comparei quando o vi pela primeira vez.

Devagar, ele retira a bermuda, sem cueca, e permanece imóvel, me deixando admirá-lo de cima a baixo. Ele é *sexy* demais, o corpo largo todo talhado, musculoso, e ombros amplos; uma linha fina de pelos escuros leva ao caminho da perdição... ao belíssimo pau ereto – perfeição. Tento chamá-lo outra vez, curvando o dedo indicador, e fico satisfeita quando dessa vez dá certo; ele se abaixa, colocando um joelho de cada vez no colchão enquanto vem na minha direção.

— Estou pronta, Sawyer. Quero sentir você enterrado bem fundo dentro de mim.

— Ainda não, Anjinho. Estou bem longe de terminar com você. Eu ainda quero fa...

— Sshhh... — Coloco um dedo sobre sua boca, e encaro o fundo de seus olhos ao me deitar e estender os braços. — Agora.

Ele faz menção de tentar alcançar a mesinha de cabeceira, mas agarro seu pulso e o puxo de volta.

— Eu confio em você, Sawyer. Eu quero só você dentro de mim.

— Em? — diz, rouco, os olhos repletos de dúvida.

— Bom... a gente já sabe que não tem como eu acabar grávida. — Dou uma risada nervosa. — E eu só quero sentir você. Nada de joias, barreiras, nada entre nós dois. Está tudo bem pra você?

— Meu Deus, sim... — rosna, abaixando a cabeça para lamber meu pescoço. — Nunca transei sem camisinha, Em, nunca. Só com você. Só nós dois.

Levanto sua cabeça, segurando seu rosto entre as mãos e observando seus olhos.

— Acredito em você... que nunca me faria mal. — Dou um beijo em sua boca. — Agora... sinta meu corpo envolvendo o seu.

Sem pressa, com gentileza e cuidado, ele direciona a ponta do seu pau e me penetra em um golpe só, ao invés de um centímetro de cada vez. Ele beija minha boca e pescoço, perguntando o tempo todo se estou bem, sua voz expressando o quanto está tentando se controlar. Sua preocupação, sua essência, sua ternura – tudo isso me relaxa, meus ofegos sincronizados aos grunhidos quando meu corpo o convida a entrar por inteiro. E é o que ele faz. Ele está dentro de mim. E é uma sensação única, mas não chega nem aos pés do que eu havia imaginado.

— Minha Emmett — murmura. — Minha doce Emmett. — Ele se impulsiona para dentro e fora, com cuidado e sem pressa, beijando meu rosto, meus lábios, meu pescoço e seios.

Nunca me senti mais adorada e segura em minha vida inteira.

— Consigo sentir tudo, amor — ele grunhe. — Você é como um Paraíso. Tão quente, apertada, tão... poooorra... — Suas mãos fortes agarram minha bunda, manobrando meu corpo para chegar o mais perto possível. Perdemos o fôlego juntos e na mesma hora.

— Ah, caramba, Sawyer, isso é tão, tão gostoso. — Agarro o lençol ao meu lado, cravando os dedos dolorosamente. — Sawyer... — sussurro.

— Estou arruinado para sempre. — Ele estoca fundo, com força, se abaixando um pouco para arrastar a língua pela minha garganta. — Nada como isso, Emmett, nada.

Nossos gemidos se tornam grunhidos, suas mãos deslizando pelos meus braços, erguendo-os acima da minha cabeça, e entrelaçando nossos dedos. Com isso, seu peso acima de mim aumenta um pouco, mas não dou a mínima. Com este homem forte e esplêndido cobrindo meu corpo, nenhum mal será capaz de me alcançar.

O ritmo de seus quadris muda, agora não são mais impulsos longos e diretos dentro e fora; então também ajusto meu corpo para que ele atinja o ponto que havia tocado mais cedo.

— Bem aqui — eu me contorço um pouco —, ah, bem aí. Com força, você não vai me machucar — arfo.

— Tipo — ele se retira quase todo, então arremete de volta, para cima e à esquerda — assim?

— Sim, amor, sim... não pare. Não pare nunca, pelo amor de Deus — suplico, à medida que um cutucão no meu ventre me leva ao clímax. — Aaah, merda, Sawyer! — grito, berro, faço sons desumanos.

— Estou contigo, amor, ah... puta merda — pragueja, acelerando momentaneamente, apertando meus dedos com força, encontrando meus seios com um frenesi louco, chupando e gemendo baixinho.

Ele fica imóvel, sem soltar nossas mãos, beijando dos meus seios à minha boca. Posso senti-lo pulsando dentro de mim.

— Ah, Em... — Ele me beija languidamente, ainda arremetendo dentro e fora, tão suave quanto seu beijo. — Se isto é fazer amor, nunca mais quero foder.

Dou uma risadinha, soltando nossas mãos para segurar seu rosto, puxando-o contra mim para outro beijo intenso. À medida que o agradeço, tento recuperar o fôlego.

— Isso foi maravilhoso. Obrigada.

Ele dá aquele sorriso convencido que curva apenas um canto da boca e que eu tanto amo.

— Você é maravilhosa. E não tem que me agradecer, já que foi você que me deu o maior presente. Um que nunca recebi na vida. — Ele beija o canto da minha boca. — Emmett?

— Hmm?

— Eu te...

— Vamos tomar uma chuveirada! — Tento empurrar seu corpo imenso, ignorando que ainda está dentro de mim. — Ou entrar na banheira. Qualquer um dos dois... você escolhe.

— A banheira vai ser show — ele murmura, gentilmente se afastando e rolando para longe de mim. — Vou encher agora mesmo.

CAPÍTULO 16

UMA AVENTURA DESCONGELANTE

Sawyer

Eu nunca me senti assim. Essa é a forma de Deus me castigar por todas as mulheres que fodi e abandonei? Todas as bocas em que enfiei meu pau de bom grado sem reciprocidade?

Mandou bem, Senhor. Ponto seu.

Ela me enganou. Eu lhe dei tudo de mim e ela mudou, pegando tudo o que construímos e jogando de lado.

Na manhã depois da melhor noite da minha vida, ela acordou antes de mim e eu encontrei um bilhete dizendo que ela foi resolver algumas coisas. Esperei até o final da tarde, enfim indo para casa, apenas para vê-la estacionar depois de escurecer. Nenhuma ligação.

No dia seguinte, ela foi para o trabalho sem mim e estava completamente entretida em uma conversa com a Darby, de todas as pessoas, quando cheguei. O turno inteiro, ela fazia seus pedidos, corria para algum lugar onde precisava estar, depois voltava e pegava depressa as bebidas quando via que já estavam prontas.

Como uma última tentativa, finalmente a encurralei no terceiro dia de gelo na sua casa. Agora eu tenho uma chave, então não era invasão de fato, mas, mesmo assim, ela ficou surpresa. *Você não fez nada de errado. Eu andei ocupada, só isso*, foi a explicação dela.

Então, sim, o playboy presunçoso e indiferente encontra-se deveras apaixonado. E agora?

— Oi, você está em casa! — Laney grita, surpresa, quando entra, deixando sua mochila ao lado da porta.

— Estou, sim — murmuro, me levantando para abraçá-la. — Como você tá, Gidge?

— Não posso reclamar. Como você está? — Ela dá uma batidinha no meu peito. — Sinto que não te vejo há anos. Como a Emmett está?

— Quanto tempo você tem?

— O quanto você precisar. Mas me deixe tomar uma chuveirada rápida, okay? Não faz sentido te matar. Acabei de sair do treino.

— Vou começar a fazer o jantar — sugiro. — O que a gente tem?

— Não sei — toca na ponta do meu nariz —, olhe aí. — Ela segue para o corredor com um sorriso.

Estou gratinando frango em uma panela, bebericando minha segunda cerveja quando Dane chega.

— Puta merda, uma aparição de Sawyer! — ele grita. — Devo alertar a imprensa?

— Acho que eles ficariam mais interessados em um pau que anda e fala. Talvez eu devesse ligar.

— Você não é a porra de um raio de sol? Cadê a minha mulher?

— Banho.

— Cadê a sua?

— Cadê a minha o quê? — Eu ainda não tinha me virado, mas agora não tenho escolha... preciso de outra cerveja.

— Sua mulher.

— Parece — fecho a porta da geladeira e abro a cerveja na beira da bancada — que eu não tenho uma mulher. — Tomo um gole longo e delicioso da bebida gelada antes de continuar, olhando com curiosidade ao redor da cozinha. — Não, nenhuma mulher aqui.

— Ah, cara — ele suspira, indo até o armário e pegando uma garrafa de uísque Crown. — Senta aí, vou te servir. Misturado com Coca ou Sprite?

— Sprite — murmuro, me sentando à mesa da cozinha.

— Então, o que aconteceu?

— Eu fiz amor com ela — bufo —, deveria ter ficado com a foda acho, porque ela fugiu como se estivesse pegando fogo. Agora ela age como se eu tivesse a peste.

Dane me encara pela borda de seu copo, demorando para saborear o uísque e pensar em sua resposta.

Seduzir

139

— Ela mora a duas portas daqui e trabalha para você. Quão longe ela poderia ir?

— Ah, eu ainda a vejo, mas é como se ela tivesse ido embora. Tudo está sendo mantido a uma certa distância, um lance meio constrangedor; não é a mesma coisa. Quando tento abraçá-la, há uma pequena hesitação que ela não consegue esconder. Quando tento dar um beijo, ganho a bochecha. Ela jura que não tem nada de errado, mas não sou burro.

Laney escolhe esse momento para aparecer, o cabelo enrolado em uma toalha.

— Ah, vejo que estamos bebendo nosso jantar? — Ela sorri, inclinando-se para beijar Dane. — Oi, bonitão.

— Amor. — Ele a puxa para seu colo, dando um beijo direito. — Pode comer, eu vou beber com o meu garoto aqui.

— De jeito nenhum você vai monopolizar ele! Eu também não o vejo há um tempão. — Ela franze o cenho para Dane, depois se vira com um sorriso caloroso para mim. — Me atualiza. O que aconteceu, Saw?

— Emmett e eu — passo a mão pela minha cabeça, suspirando pelo nariz — não estamos bem. Retrocedendo ao invés de avançar, saca? Acho que a assustei ao ir rápido demais. De novo.

— Por quê? — Ela franze o rosto, sentindo de verdade a minha dor. — Você dois são adoráveis, perfeitos. O que houve?

Não deixo passar que ela não pergunta o que fiz de errado. Minha Gidge acredita em mim.

— Nós fizemos amor, finalmente, e ela ficou estranha.

— Ela fugiu antes que você pudesse fazê-lo — ela murmura tão baixo que quase não consigo ouvi-la. — Autopreservação.

— Você acha mesmo que é isso? Pensei que quando ela finalmente quisesse ficar comigo significava que havia superado seus medos e acreditado em nós.

— Sexo é diferente para as mulheres, Saw. — Ela se inclina sobre a mesa e acaricia minha cabeça. — Nada vai abrir as comportas de uma mulher e fazê-la se sentir vulnerável mais rápido do que sexo. Ela, provavelmente, pensou que poderia aguentar, mas as mulheres são verdadeiras e geneticamente incapazes de manter as emoções separadas do sexo. Parece que ela descobriu tarde demais, e agora ela está lidando com isso.

— Parece algo que a Emmett faria. Ela tem algumas coisas... — Interrompo o que ia dizer, bebendo um gole. — Acho que você acertou em cheio, Gidge.

Green Eyes, do Coldplay, toca em algum lugar e derrubo a cadeira quando me levanto rápido demais.

— É ela, cadê o meu celular? — Remexendo nas coisas, procurando desesperado, encontro-o atrás da almofada do sofá.

— Oi, Em — atendo com uma coragem de meia-tigela. — E aí?

— Sawyer — ela soluça. Caralho, ela está chorando. — Você pode vir aqui? Sei que sou uma idiota e não deveria ligar, se você estiver ocupado...

Não escuto suas próximas palavras, pois saí correndo quando ela disse "vir aqui". Levo apenas segundos para chegar na sua varanda. Felizmente, a porta está destrancada e eu a escancaro, ansioso e com medo do que vou encontrar.

— Ah, hmm, você está aqui — ela diz, no celular, ainda grudado ao ouvido, antes de se dar conta de que irrompi porta adentro e baixar o telefone. Seus olhos vermelhos e marejados me fazem correr pela sala até onde ela está encolhida no sofá. — Você é rápido — ela tenta brincar, limpando o nariz.

— Por que você está chorando, querida? — Já a puxei e me sentei com ela no colo. — Emmy, amor. — Seguro seu rosto, implorando por respostas. — Fala comigo, o que foi?

— Eu estou, hmm, sangrando. — Ela recosta o rosto no meu peito, seu corpinho frágil tremendo com os soluços.

— Onde? — Minhas mãos e olhos a percorrem freneticamente. — Em, onde?

— Sawyer — ela sussurra, não conseguindo me impedir de avaliar seu corpo. — Sawyer!

Levanto a cabeça depressa, o olhar assustado em seu rosto apertando meu coração.

— Preciso ir ao hospital. Eu estou sangrando lá embaixo.

Levo um segundo, mas, por fim, entendo. Aceno na mesma hora. Nada do que eu pudesse dizer serviria de alguma coisa, então apenas a levanto do meu colo antes de ficar de pé.

— Onde estão seus sapatos? Sua bolsa?

— Meu quarto, na mesa. Sawyer?

— Sim? — Eu me ajoelho à sua frente, segurando suas mãos.

— Estou com medo.

— Não fique com medo. — Puxo sua cabeça para meu peito e afago seu cabelo, beijando a cabeça coberta pelas mechas escuras. — Estou com você. Seja lá o que for, eu estou com você, Emmett. Estou bem aqui e não vou a lugar algum.

Seduzir

Ela assente e funga, se recompondo.

— Vamos — ela diz, com uma determinação de aço.

— Eu dirijo.

Nós dois nos assustamos com a voz da Laney atrás de nós e nos viramos como idiotas para encará-los.

— Você e Dane beberam. Eu dirijo.

— Ela dirige — Dane reafirma, de seu lugar ao lado dela.

Eu não fechei a porta? Estava tão concentrado na Em que não os ouvi entrando? Quem caralhos se importa. Os dois são eficientes e tenho muita sorte por tê-los. Nós temos muita sorte por tê-los.

Esses filhos da puta precisam aprender uma lição sobre a palavra "família". A próxima pessoa que se recusar a me deixar ver a Emmett ou me dizer qualquer notícia, porque não sou da "família", vai se ferrar na minha mão. Muito.

Olhando em volta da sala de espera, minha família toda está aqui, menos aquela lá dentro que está sem mim. Então, agora é óbvio que a Galera sabe que a Emmett está grávida, e como eu sabia sem dúvida alguma que isso aconteceria... eles estão sentados aqui como soldados, um exército, orando para estar tudo bem com a minha garota.

— Qual de vocês é Sawyer Beckett? — Oito cabeças exaustas se levantam de uma vez quando o médico aparece.

— Sou eu. — Eu me levanto e vou correndo até ele. — Como a Emmett está? Posso vê-la?

— Ela vai ficar bem — ele sorri —, você pode me seguir.

Sigo em seu encalço, me concentrando nos meus pés, garantindo que se lembrem como andar. Ele sorriu para mim, sem nenhuma careta, sem pena... isso significa que ela está bem, tem que estar. Ele para na frente da sala de exame número quatro, e se afasta para o lado.

— Vou assinar a documentação da alta. Você pode dizer a ela para se vestir.

Alta tipo, ir para casa? Com meu nervosismo em alta, ergo uma mão, hesitante, e bato... na porra de uma cortina. Sério, eu preciso me recompor e ser forte para a minha garota. Balanço a cabeça e endireito os ombros.

— Em? — chamo por trás da cortina.

— Pode entrar — responde, com a voz suave. — Sawyer. — Ela suspira, estendendo a mão para mim.

— Oi, Baixinha — vou até onde ela está, e entrelaço nossas mãos —, você está bem?

— Estou bem. — Seu sorriso tranquilizador é sincero e a onda repentina de conforto que me assola traz a sensação de que o elefante, finalmente, saiu de cima do meu peito. — Eu só estava tendo um sangramento de escape, que eles disseram ser completamente normal. Ah, e eu estava com uma infecção urinária, o que, provavelmente, não ajudou. Pelo visto — ela olha para baixo e seu rosto fica corado —, eu sempre devo fazer uma duchinha depois do sexo.

— Eu li sobre sangramento de escape — admito, me sentindo um idiota por só lembrar agora. — Mas não sobre a parte do xixi. — Colocando um dedo sob seu queixo, levanto seu rosto até o meu. — Então nossa bebê, ela está bem?

— Ela? — Emmett ergue as sobrancelhas e vejo suas lágrimas escorrendo. — Nossa?

— Ou ele, qualquer um é ótimo, mas não posso dizer "isso". E, sim, nossa. Do tipo, eu e você paramos com essa merda de se esconder. Vai ser difícil fazer xixi sozinha se eu estiver algemado a você. E esse será o meu próximo passo se você me afastar de novo. — Segurando suas mãos, meu olhar está fixo ao dela, demonstrando tudo o que sinto por dentro, do inferno que me chocou, e depois me consumiu. — Você está me deixando louco, mulher. Eu te adoro, Emmett. — Inclino a cabeça, movendo seu rosto com o meu e lambendo a comissura entre seus lábios. — Pare de me afastar, porra. Deixe. Eu. Te. Amar.

Ela reluta e vira a cabeça para o outro lado e fechando os olhos com força, então continuo falando:

— Eu sabia, no minuto em que te vi, que você seria o meu fim. — Acaricio seu pescoço, depositando um beijo suave ali. — Eu estava certo. É você. Você é tudo o que vejo. — Mordisco o lóbulo de sua orelha e então dou mais um beijo. — Você é tudo em que eu penso. — Solto uma de suas mãos e deixo a minha descer pelo seu braço. — Eu te amo, Emmett. E amo nosso bebê.

— Nosso bebê? — Ela agora olha para mim, perguntando de novo em meio a um arquejo. — Você me ama?

— Nosso bebê — confirmo, beijando a ponta de seu narizinho —, e amo mais do que qualquer coisa. — Esperando um instante, fica claro que ela não está pronta para responder minhas duas últimas declarações importantes, então sigo em frente e continuo: — Meu banco genético é uma merda. Eu o trocaria em um piscar de olhos, mas ele não tem nada a ver com quem sou de verdade. Minha família é quem me ama e me ajuda a ser a minha melhor versão. Você é minha família, as pessoas lá fora, orando para você ficar bem, são a minha família. — Uso as duas mãos para cobrir sua barriga. — Esse bebê será metade você, metade de todas as coisas maravilhosas que você tem para dar e ensinar. E a outra metade será eu, seu papai, o homem que adora sua mamãe.

— V-você não pode estar falando sério. Você assumiria um bebê que não é seu? Uma mulher que está suja e danificada?

Já chega. Ela pode estar no hospital, pode ter acabado de tomar um puta susto, mas solto um rosnado e sinto meu lábio se contorcer.

— Você vai ter que parar com isso, querida. Nunca mais diga algo assim de novo. Esse bebê é meu, para sempre. Eu. Moro. Bem. Aqui — acaricio sua barriga —, e eu. Quero. Morar. Aqui. — Afago o ponto sobre seu coração e depois dou um beijo ávido ali. — Se você alguma vez na vida se chamar de suja ou danificada de novo — seguro seu queixo com o polegar e o indicador e forço seu rosto a encarar o meu —, eu vou ficar bravo de verdade. Você está diminuindo a mulher que eu amo, e não vou ouvir isso, porra. Você não é suja, vamos trabalhar com isso — dou uma piscadinha —, e está longe de ser danificada. Você é magnífica e eu te amo, então cuidado com o que diz. — Paro, garantindo que tudo foi absorvido. — Ouviu?

— Sawyer — ela toca a minha bochecha, pensando nas suas próximas palavras —, me desculpe por ter estado estranha. Eu pensei... — Um suspiro suave e frustrado escapa enquanto ela tenta encontrar as palavras. — Deus, é só que você merece mais do que qualquer mulher poderia te dar.

— É um simples sim ou não, Em. Você me ouviu?

— Alto e claro.

CAPÍTULO 17

VINTE E DOIS DESEJOS

Sawyer

Três dias – esse foi o tempo que Emmett travou depois que fizemos amor.

Mais três dias desde que Bennett, Whitley e Laney descobriram que tem um bebê a caminho.

Três gloriosos dias reservados em uma suíte no *Hillside Manor* para me esconder com Emmett, já que as garotas da Galera agora sabem que tem um bebê vindo.

Elas têm uma Grande obsessão por bebês, com G maiúsculo. Ontem fui pegar um filme na Red Box – saí por, literalmente, vinte minutos –, e volto para ver As Irmãs Sanderson[11] por cima da minha mulher, que estava deitada de costas no chão, e elas estavam tecendo cordas com agulhas em cima dela!

Depois que gritei para elas nunca mais fazerem vodu com meu bebê de novo, ajudei minha doce gravidinha a se levantar do maldito chão, e mandei-as embora com a promessa de escrever uma lista de projetos aprovados assim que possível.

Então entrei na internet e reservei essa viagem.

Depois fiz uma lista e enviei por mensagem para elas, com um atraso muito rigoroso de quarenta e oito horas para começar. ENLOUQUEÇAM, LOUCAS – depois que tenho minha Em segura em meus braços a quatro horas de distância.

---

11 As irmãs do filme Abracadabra.

Emmett adormece com cerca de vinte minutos de viagem, a cabeça inclinada contra a janela, o que me deixa inquieto.

— Querida — cutuco sua mão, ainda concentrado na estrada —, Em, preciso que você acorde, meu bem. Recoste-se em mim.

— Uh. — Ela faz uma careta sonolenta, virando-se para mim, se mexendo de modo que sua cabeça se apoia sobre o console entre nós. — Ah, isso é confortável — ela murmura. — Por que você me fez mudar de lugar?

— Eu não queria que você caísse da porta, resmungona.

Ela se senta, me dando um sorrisinho cético.

— Cair da porta? Está trancada.

— Nunca se sabe.

— Sei que você está paranoico.

— E você está radiante.

— E você está perdoado. — Ela se inclina, beijando minha bochecha. — Falta muito tempo?

— Um pouco. Por quê, você precisa de alguma coisa?

— Não, por nada.

— Baixinha?

— Hum?

— Você precisa fazer xixi, não é?

Ela bufa, abaixando os ombros.

— Sim, desculpe.

Emmett

Esqueça o chalé dos sonhos que eu queria construir – quero morar aqui pelo resto da minha vida.

Afastado da via principal e rodeado por densos bosques, o *Hillside Manor* é absolutamente maravilhoso. Nosso quarto é de tirar o fôlego, a cama gigantesca tão acima do chão que preciso dar uma corridinha para subir ou ser ajudada pelo Sawyer. No canto, há uma minicozinha, assegurando que você não precise sair do quarto se não quiser, embora você possa descer de pijamas para comer as refeições se estiver com vontade. A melhor parte é o banheiro, sem sombra de dúvidas. Há uma banheira enorme um degrau abaixo do nível do chão, rodeada de velas. Que é exatamente onde estou reclinada, perdida em serenidade, quando ouço música.

Pensei que ele queria tirar um cochilo?

Sentando-me na mesma hora, aprumo os ouvidos, me certificando se estou certa.

Can't Help Falling in Love, do Elvis Presley está tocando. Que música boa: minha vó amava O Rei.

Sawyer aparece na porta e apaga as luzes, deixando a vela que está segurando guiá-lo. Ele se senta na borda da banheira, colocando a vela sobre a bancada e mergulhando a mão na água para encontrar a minha.

— Não posso evitar, Emmett, eu me apaixonei. Eu te amo, aniversariante.

Ai, meu Deus, é mesmo. Com toda a loucura da minha vida, eu esqueci completamente. Como sequer é possível esquecer seu próprio aniversário?

— Obrigada — sussurro, totalmente encantada por ele.

— De nada. — Ele dá uma piscadinha. — Então, o que você quer de aniversário?

— Você, nessa banheira comigo.

— Em, nós...

— Não, não. — Aperto sua mão, interrompendo o que ele ia dizer. — Eu estou bem, sem problemas, e a Dra. Greer disse que não faz mal.

— Mas o qu...

Solto a mão dele, deixando a minha desaparecer embaixo d'água. Mergulho ainda mais nas bolhas, minha cabeça encostando na parede, e abro as pernas descaradamente o máximo que a banheira permite.

— Hmm — fecho os olhos e solto um gemido —, tudo bem, amor. Pode deixar.

— Sedutora — ele sibila.

Com os olhos ainda fechados, dou uma risadinha, ouvindo o farfalhar de suas roupas antes de caírem no chão na velocidade na luz.

— É bom essa água não estar quente demais — ele resmunga. — Sabe disso, certo? Falando nisso, sabe que deve dizer não sobre entrar na *jacuzzi* se a Laney perguntar, não é?

— Sim, Sawyer — concordo em um murmúrio. Ele simplesmente não aguenta quando eu assumo o controle da situação.

Seduzir

— Sente-se — ordena, o que obedeço com prazer. Posicionando-se atrás de mim, suas pernas longas e grandes ficam dispostas de cada lado do meu corpo, fazendo a água transbordar pelas bordas.

Grandes mãos passam por baixo dos meus braços e começam a massagear meus seios.

— É bom. Mas não mais quente do que isso, Em.

— Eu te ouvi, mandão — sussurro, gostando da sensação das mãos dele em mim.

— Precisamos comprar uma dessas banheiras — ele murmura contra meu ombro.

— Ou poderíamos ficar nessa aqui para sempre — respondo, me contorcendo de propósito, e me certificando de roçar a bunda contra ele.

Sua resposta é beliscar meus mamilos, girando-os entre o polegar e o indicador.

— Me promete uma coisa?

— O quê? — Fico de joelhos, fazendo a água transbordar mais uma vez, e depois me viro para me sentar em seu colo. Muito bom, ele colocou os *piercings* nos mamilos, como eu pedi. *Sexy*. Pra. Cacete.

Ele impede minhas mãos de deslizarem por seu peito.

— Promete que não vai se esconder. Você quer meu pau de novo? Eu quero seu coração primeiro. Me fala — seus olhos azuis sempre profundos, mais do que parecidos com uma noite sem estrelas, encaram os meus — que nós seremos para sempre.

Seu pedido fofo e sincero me faz perder o fôlego. Cansei de tentar convencê-lo de que sou a pessoa errada. Se ele me quer, talvez eu devesse me deixar acreditar que sou a certa. Ouvi alguém dizer uma vez: "se você sabe que vai levar uma surra, afaste-se da briga antes de gastar energia em sequer um soco". Sinceramente, eu soube desde o primeiro dia que essa é uma luta que eu nunca venceria, então aqui está – minha bandeira branca. Cansei de tentar não notar os dias em que ele usa Usher ou Obsession. Vou parar de trocar de fronhas a cada dois dias para que seu cheiro fique superpotente sob minha bochecha. E eu me recuso, por mais um minuto, a dar o crédito aos hormônios da gravidez pelo que um sorriso daquele homem faz com cada parte do meu corpo.

— Em — ele invade meus pensamentos —, eu preciso que você prometa para mim.

Assinto, sorrindo de orelha a orelha. Ele está apostando alto em mim, porque acha que eu valho a pena. Eu preciso fazer o mesmo por ele.

— Eu prometo. Nada de fugir, nada de esconder. Nós pertencemos um ao outro.

— Minha? — Ele leva a mão até minha bochecha, seu polegar traçando minha mandíbula. Quando balanço a cabeça, ele percorre a mão pelo meu corpo, até minha barriga. — Meu?

Seguro o fôlego e mordo o lábio inferior, tentando não chorar. Sim, claro, como se isso fosse possível. Lágrimas escorrem pelo meu rosto, mas de novo, eu assinto.

— Eu te amo, Emmett. — Ele começa a me beijar, minhas lágrimas, minhas pálpebras, minha testa, e por último, meus lábios. — Eu te amo tanto.

— Eu também te amo, Sawyer — declaro, em meio a um ofego, rindo da minha tagarelice patética. — Você sempre será o meu primeiro milagre.

Agora ele inclina minha cabeça, me dando um beijo intenso. Eu retribuo o beijo com total adoração, sentindo a luxúria me percorrer de cima a baixo; este homem *sexy*, fodão e carinhoso me quer, e sempre me faz sentir como se eu fosse a coisa mais preciosa do mundo. Deslizo uma mão entre nossos peitos recostados e dou uma cutucada em seu *piercing*, me esfregando contra ele.

— Eu amo isso aqui — exalto, em sua boca.

— Eu amo esses aqui — retruca na mesma hora, beliscando meu mamilo.

Bem devagar, me delicio com a sensação de cada músculo forte, minha mão se esgueirando mais abaixo até explorar a cabeça do seu pau.

— Quero isso aqui — arrasto a língua pelo seu lábio superior — agora.

— É mesmo? — Ele chupa meu lábio inferior e repuxa a pele, abrindo os olhos e deparando com o meu olhar. Ele se inclina para trás, movendo os quadris, e envolve seu membro com a mão direita. — Você quer isso aqui? — provoca, com o olhar focado ao meu enquanto se acaricia lentamente.

Assinto, sem dizer nada, e dou uma olhada carregada de sedução.

— Então sobe aqui, amor — instiga. — E venha pegar.

Com uma mão apoiada sobre seu peitoral, ergo o corpo e me sento escarranchada em seu colo. Guio a mim mesma acima dele, sentindo a ponta de seu pau cutucando minha entrada. Tento manter o olhar conectado ao dele enquanto deslizo pelo seu cumprimento, mas ele não está olhando para mim nesse momento. Seus olhos estão hipnotizados no ponto em que nossos corpos estão unidos, a língua se arrastando metodicamente pelo lábio inferior.

— Essa é a minha garota — elogia, os dedos cravados sem misericórdia nos meus quadris. — Me tome dentro de você, amor, bem gostoso e devagar.

Como se houvesse outra opção; não havia muito espaço, e seu tamanho era um pouco intimidante. Olho para baixo quando posso jurar que senti seu pau cutucando minhas costelas. Minha nossa, ainda tem mais para entrar.

— Relaxe, querida. — Seu olhar agora está focado ao meu. — Você já fez isso antes. Relaxe os músculos e respire fundo, várias vezes. Vá no seu tempo. — Dá aquela piscada e sorrisinho *sexy*, mostrando claramente que não se incomoda com a combustão lenta. — Deixa eu te ajudar. — Solta um lado do quadril, e meu sangue volta a circular no ponto exato onde estava seu agarre firme; com cuidado, ele pressiona o polegar contra o meu clitóris, movendo de um lado ao outro até chegar ao ponto certo. Ah, sim... isso faz com que a minha boceta fique lubrificada na mesma hora, facilitando sua entrada.

— Isso, Em, boa garota, amorzinho... — grunhe, esfregando o ponto com mais força. — Tome tudo. — Sua cabeça tomba contra o encosto da banheira, minha pele corada contra a dele.

Fico um segundo imóvel, sem me mover e apenas curtindo a sensação inebriante de estar preenchida. É bem diferente nesta posição; uma vara longa, dura e me empalando, os pelos pubianos fazendo cócegas nos meus pontos mais sensíveis. Depois de me ajustar, começo a balançar, para cima e para baixo, para frente e para trás, e o grunhido animalesco que vibra do peito de Sawyer me encoraja a acelerar o ritmo.

— Puta merda, Baixinha, você não tem noção do tanto que isso é gostoso. Cavalgue meu pau, amor, e... caralho, Em... — rosna, arfando — Me monta. — Seus movimentos são incessantes no meu clitóris, e quando a mão esquerda guia meu quadril, mostrando como rebolar contra sua pélvis, sinto a onda me levar ao nirvana.

— Aaah... eu vou gozar... vou gozar... — sibilo, por entre os dentes, um nó obstruindo a garganta diante da sensação avassaladora.

— Sim, você vai. — Ele se senta, de supetão, abocanhando um seio e chupando com vontade antes de morder delicadamente o mamilo. — Gostoso pra cacete, Emmy, me encharca inteiro.

E é o que faço; roçando o clitóris contra o seu polegar, rebolo até encontrar o ponto certo, meu corpo parecendo um foguete espacial lançado.

— Aaaahhhh... — gemo, desejando que aquilo durasse para sempre.

Este é um tipo completamente diferente de orgasmo, comparado com o da última vez; e isso fica mais claro ainda quando ele se impulsiona para cima, com estocadas rápidas. Abaixando meu corpo contra o dele, chupo um mamilo, brincando com o anel prateado com os dentes.

— Vou te encher com a minha porra, amor. — Agarra meus quadris com força, me segurando para que eu fique quieta e me obrigando a acatar suas estocadas profundas e intensas. — Caralho, caralho... — arfa, e dá um último grunhido antes de, finalmente, convulsionar dentro de mim.

Apoio a bochecha contra seu peito; brincando com o *piercing* no mamilo à frente. Ele esfrega minhas costas, beijando o topo da minha cabeça. Nós ficamos assim, sem palavras, até que a água começa a esfriar. Ainda dentro de mim, ele nos vira para um lado, saindo de mim e beijando meu nariz.

— Fique bem aqui.

Quando ele sai da banheira, paro um pouco para apreciar sua bunda linda e firme. Estou gostando demais da vista, mas também estou curiosa – como diabos é tão bronzeada quanto o restante de seu corpo?

— Você faz bronzeamento artificial? — pergunto.

— Não. — Ele ri, enrolando uma toalha ao redor de sua cintura e depois pegando outra na prateleira. — Por quê?

— Então como a sua bunda é tão bronzeada quanto seus braços? — Puxo a tampa do ralo antes de me levantar, segurando a mão que ele estende para mim.

Ele me envolve na toalha, rindo de mim na cara dura.

— Não faço ideia. E quanto a você? Sua bunda não é exatamente fluorescente. *Sexy* pra caralho, sim. Super branca, não.

Levanto a toalha, esticando o pescoço para dar uma olhada na minha retaguarda. Hmm. Devo dizer, ele está certo.

— De qualquer forma, de onde você tira essas coisas? — Ele ri ao perguntar, com um sorriso caloroso e sincero.

Dando de ombros, passo por ele para escovar os dentes e puxo meu cabelo molhado para trás. Ao olhar meu reflexo no espelho, vejo que se trata de uma estranha, a versão de Emmett Young que acabou de nascer.

Eu pareço contente.

Não há medo ou hesitação nos meus olhos, nenhum indício de falsidade no meu sorriso ou peso nos meus ombros. Minha mandíbula está relaxada, descontraída pela primeira vez desde que me lembro, e o rubor nas minhas bochechas é o tom perfeito.

Risque isso, eu pareço feliz.

— Eu te amo. — Seus braços rodeiam minha cintura por trás, nossos olhares se encontrando no espelho. — Nunca pensei que aconteceria comigo; talvez até pensei que estivesse inventando você. Acontece que você era melhor do que uma fantasia e mais do que jamais poderia sequer desejar. Você vê aquela beleza perfeita ali naquele espelho? — Aponta e eu me encolho de vergonha, mas ele rapidamente ergue meu rosto outra vez. — Se você acha que aquilo é lindo, deveria ver isso. — Ele coloca a mão sobre meu coração. — A pessoa mais determinada, atenciosa, corajosa, resiliente e amável que eu conheço. E ela é toda minha.

Por trás da porta há roupões de veludo, então ele pega um, segurando-o aberto para mim. Solto o nó da toalha e a deixo cair aos meus pés, nossos olhos ainda conectados no espelho. Sawyer me ajuda a vestir o roupão confortável, e depois eu faço o mesmo por ele.

— Está pronta para ir para a cama, mamãezinha?

— Sim. — Bocejo ao ser lembrada disso.

— Filme?

— Não. — Puxo sua mão e ele me segue, e depois paro para esperar que ele me levante até a cama. — Estou cansada demais.

Ele sobe na cama, me puxando para o calor de seus braços, e solta o nó do roupão.

— Não consegui dormir durante aquelas noites, Baixinha. — Afasta o meu cabelo antes de abaixar o tecido pelo meu ombro. — Senti falta disso.

— Eu também. — Suspiro, virando a cabeça para a esquerda para ajudá-lo.

— Então por que você se afastou? Você nunca me contou.

Viro na cama e seguro suas bochechas, acariciando-as e encarando diretamente seus olhos.

— Eu me recusei a acreditar que era um pacote tão bom quanto você parece pensar, e acho que sou o tipo de garota que vê o copo meio vazio. Quando eu não fazia ideia de tudo o que podia perder se você desaparecesse, eu poderia lidar, fingir que tínhamos mais tempo como amigos. Mas uma vez que eu te senti, realmente senti o instante em que você se tornou a outra parte de mim, pensando no quão mais forte seria a dor quando você fosse embora...? Isso me destruiu; de repente, eu tinha muito mais a perder. Eu estava com medo. — Paro, organizando meus pensamentos enquanto provo seus lábios doces. — Pensei que se desistisse de você devagar, e primeiro, quando você fosse embora, eu estaria acostumada. Mas então, eu dormi sem você. Comi sem você. Algo era engraçado e eu me virava para te contar, mas você não estava lá. Eu não consegui. Não sou forte o bastante para te deixar ir. Eu já tinha uma... me perdoe... uma carta escrita; eu ia entregar a você e fugir, mas então tive que te ligar por causa de... você sabe. Estou com medo e sou egoísta e nova em relação a sentimentos como esse, mas espero que me ame mesmo assim.

— Você está tão longe de ser egoísta quanto possível. E eu te amo por tudo o que você é, não apesar de tudo. — Ele dá um beijo delicado nos meus lábios. — Mas nunca mais, Emmy, prometa.

— Eu prometo — garanto, com um sorriso, um bocejo me pegando de surpresa.

— Amor, eu sei que você está cansada — seu hálito quente está sobre a minha pele —, mas consegue ficar acordada para eu te dar seu presente de aniversário?

— Essa viagem foi o meu presente. Aquele banho foi o meu presente.

Ele beija meu pescoço, seguindo para meu ombro, e ri.

— Tenho certeza de que o banho foi *meu* presente. Espere. — Ele desce da cama e vai até sua mala, onde pega um pacote embrulhado.

— Sawyer, você me deu coisa demais — discuto.

— Feche a boquinha. — Ele sopra um beijo para suavizar seu comando. — Feliz aniversário, Emmy. — Então entrega o presente e volta para o meu lado.

— Quando é o seu aniversário?

— Quinze de maio. Agora abra.

Retirando o papel, rio do homem empolgado ao meu lado, inquieto de expectativa até mais do que eu.

— Minha nossa — ofego, as lágrimas surgindo nos meus olhos.

É um diário de couro preto com a palavra "Baixinha" gravada na frente, acompanhada de uma caneta preta e dourada.

— Sawyer — viro para ele, sem ter certeza do que dizer além de: —, obrigada.

— Não tem de quê, amor. Chega de blocos de notas minúsculos no seu bolso traseiro. Você merece um lugar grande e fodão para os seus pensamentos.

Dou um beijo casto em seus lábios.

— Mesmo assim, você não pode ler.

— Droga — ele resmunga. — Posso ver seus mamilos, mas não suas anotações?

Minha cabeça tomba para trás com a gargalhada.

— Não são anotações!

— Boceta, mas não seus trechos?

— Melhor — coloco os presentes de lado —, mas, ainda assim, não.

Seduzir

153

CAPÍTULO 18

TUDO PARA FICAR COM SAWYER

Emmett

O final de semana do aniversário com Sawyer foi o mais feliz que já tive na minha vida – e curto demais. Voltando para casa, sinto, de verdade, meu humor começando a azedar à medida que nos aproximamos da realidade. Não que a nossa vida real não seja espetacular, porque ele faz com que seja, mas, ainda assim...

Ele segura minha mão.

— Querida, nós podemos voltar logo, prometo.

— Está óbvio assim, é?

— Um pouquinho. — Ele sorri. — Aqui, comprei uma coisa para o bebê. — Ele solta a minha mão para mexer no rádio enquanto dirige. — O livro diz que os bebês conseguem ouvir vozes e música, então... eu te apresento... *As Canções de Ninar do Bebê.*

Eu, a mãe, provavelmente deveria pensar nessas coisas, mas devo confessar que mexe comigo vê-lo tão envolvido, tão empolgado com suas descobertas.

A primeira canção é lenta e tranquila, algo sobre a lua. Nada mal. Sorrimos um para o outro, um momento agradável de música clássica que, claro, nós dois achamos doloroso de ouvir, mas é bom para o nosso bebê.

A segunda canção é mórbida, algo sobre cair de uma árvore ou de um balanço, ou alguma coisa assim.

— Ai, meu Deus — arquejo, chocada que alguém tenha pensado que essa música confortaria um bebê. — Isso é horrível. Eles disseram...

— Eu ouvi. — Ele desliga o rádio com força. — Desgraçados.

— Acho que Alex é um bebê mais Bruno Mars. — Estendo a mão, conectando meu celular e pesquisando artistas.

— Alex? — ele pergunta, diminuindo o volume de *It Will Rain*.

— Fofo, né? E unissex.

Sawyer fica em silêncio, o que é muito incomum, e abaixa os ombros.

— É, fofo.

— Ei — agora é a minha vez de segurar sua mão e apertar para chamar sua atenção —, o que aconteceu? O CD foi muito meigo. Podemos tentar ouvir outras músicas se você quiser.

— Aquele CD não falou de bebês caindo para a morte? Canção de ninar do caralho — resmunga, seu agarre no volante ficando visivelmente mais apertado.

— Então o que foi?

— Nada.

— Ou alguma coisa.

— Acho que pensei que nós iríamos escolher o nome do bebê juntos — ele diz, baixinho.

Ah. Ora, se um biquinho do Sawyer não é coisa mais *sexy* e adorável do mundo, simplesmente não sei o que é.

— Deus, você é o melhor homem que existe — sussurro, sempre surpresa com as muitas facetas do Sawyer. — Amor, tenho que chamar o bebê de alguma coisa e não sabemos qual é o sexo, então pensei que Alex era um apelido fofo e unissex, por agora. Eu não escolheria o nome sem você. Prometo.

Ele me lança um olhar cético, aquele lábio inferior delicioso se curvando no cantinho.

— Alex serve, por enquanto.

— Me avise se pensar em algo melhor — proponho, escondendo meu sorriso.

— Surpresa!

Olho em volta da minha sala, assustada. Não há balões e nada mudou, as únicas ocupantes, Laney, Bennett e Whitley estão sorrindo para nós e batendo palmas. Não sei bem qual é a surpresa exatamente, mas agradeço de qualquer maneira.

— Presumo que está tudo certo? — Sawyer pergunta a ela, por sobre o meu ombro.

— Sim! — Whitley dá um gritinho, pulando como se tivéssemos acabado de ganhar a loteria.

— Nós vamos indo — Laney diz, com um sorriso, puxando as outras duas pelas camisetas. — Esperamos que você goste, Emmett. Foi tudo ideia do Sawyer.

Bennett assente, confirmando o crédito a Sawyer.

Depois que ele abraça todas elas e as acompanha para fora, ele volta com um sorriso enorme no rosto.

— Venha. — Ele entrelaça nossas mãos e me guia pelo corredor até o quarto de hóspedes. — Pronta, mamãe?

— Pronta.

Ele abre a porta, afastando-se para eu entrar primeiro.

— Uau — ele assovia —, elas mandaram bem.

Ai. Meu. Deus.

Se eu fechasse os olhos e imaginasse exatamente o espaço perfeito onde gostaria de deixar meu lindo bebê todas as noites, seria esse.

Ele planejou e realizou o berçário dos meus sonhos.

As paredes são verdes, com diferentes bichinhos e árvores espalhadas em volta do quarto – alguns coelhos, um cordeiro, esquilos e o veadinho mais fofo. E, claro, uma única borboleta voando na direção do teto, onde a tinta se torna um azul clarinho e transforma o teto em um céu perfeito com nuvens. Isso é o que nosso precioso (ou preciosa) Alex verá quando olhar para cima, movendo aqueles pezinhos minúsculos.

Cobrindo a linha entre o verde e o azul, estão palavras escritas em espiral por todo o perímetro do quarto. "Sempre Me Dê Um Beijo de Boa-Noite", depois um coração, "Nosso Primeiro Milagre", mais um coração, "Faça Um Pedido Para Uma Estrela".

A risada do Sawyer rompe o meu transe.

— O quê? — pergunto.

Ele aponta para cima do armário.

— "Jogue Bola". Não fui eu quem escreveu. — Ele balança a cabeça e sorri. — A boa e velha tia Gidge.

Tia. Eu nunca sonhei que isso haveria de verdade, e há – esse bebê vai ter uma família. Eu terei uma família, o centro dela sendo exatamente o homem que eu teria escolhido a dedo se pudesse fazer um desejo.

— Não acredito que você fez isso. — Fico na ponta dos pés, tentando envolver seus ombros largos com meus braços curtos. — Está mais do que perfeito — respiro fundo, esperando que a palavra suplicando para ser pronunciada não o faça fugir —, papai.

— Papai — ele repete, dando um suspiro. — Papai — diz outra vez, como se estivesse testando, seguido logo depois por um carinhoso olhar de felicidade. Seus olhos azuis-escuros adquirem um brilho inconfundível e ele descansa a testa contra a minha, sorrindo. — Muito legal.

Eu me apaixono por ele outra vez naquele instante.

— Combina com você. — Faço um biquinho, esticando meus lábios, porque não consigo alcançar os dele.

Ele para, afastando o rosto e me privando do beijo.

— Você gostou mesmo? Eu não queria passar dos limites, mas vi em uma revista e pensei...

— Revista?

Ele dá de ombros.

— No escritório da médica. Eles deveriam ter vergonha do tempo que fazem as pessoas esperar. Por que sequer marcar um horário se nunca irão cumpri-lo?

— Eu não sei. — Rio de sua frustração exagerada, tentando disfarçar, bem mal, por sinal, que está constrangido por ter lido as revistas. — Mas, sim, eu amei esse quarto, e você nunca poderia ultrapassar os limites, porque não há limites.

— Sem limites, muito promissor — caçoa, beliscando minha bunda.

— Você é terrível. — Dou uma risadinha, balançando a cabeça. — Estamos dentro do berçário.

— Isso é ruim? — Ele franze o cenho, mas se recupera depressa. — Quero dizer, isso é ruim. Okay, então, pensei que amanhã, depois da aula, nós poderíamos ir escolher um berço juntos. Não imaginei que abusaria da minha sorte, escolhendo demais. E depois o lance do nome. Me desculpe, nem pensei que fui tão hipócrita assim. — Ele massageia a nuca, abaixando o rosto.

Seduzir

— Sabe, eu nunca precisarei me preocupar em ficar brava com você. Você fica bravo o bastante consigo mesmo, por nada, por nós dois. — Dou um cutucão em sua barriga, sem sucesso algum já que meu dedo se dobra para trás contra os músculos de aço que há ali, mas ele levanta a cabeça agora, sorrindo. — Nós podemos dar uma olhada nos berços, parece divertido. Você sabia, minha vó me contou uma história uma vez, que quando minha mãe nasceu, sem ser planejada, onze meses depois de sua irmã mais velha, eles eram tão pobres que viraram uma cômoda para a parede e usaram uma gaveta? História real.

Ele fecha a cara.

— Nós vamos comprar um berço.

— Eu sei, bobo, apenas sempre achei que era uma história legal.

— História legal, querida, mas não conte de novo — ele resmunga, baixinho, algo sobre bebês caindo de árvores e sendo enfiados em gavetas, e depois, finalmente, devolve o beijo pelo qual eu estava esperando... mas com uma boca rígida e irritada. — Você já acabou aqui, por enquanto?

— Acho que sim. — Olho em volta mais uma vez, suspirando melancolicamente.

— Podemos ficar aqui a noite toda se quiser.

— Não, estou satisfeita, por agora. Ei! Vamos até lá para eu poder agradecer as garotas. Isso foi tão fofo da parte delas.

— É, elas são ótimas. Lembre-me de te contar essa história um dia, sobre como Laney e Whitley se conheceram e se tornaram amigas... isso é um clássico. — Ele balança a cabeça e ri. — Mas, por enquanto, vá em frente. — Acaricia minha bochecha, beijando minha testa. — Vou tirar as malas do carro e te encontro lá.

— Tem certeza? — Faço um beicinho, sem querer ficar sem ele, de forma patética. Depois de alguns dias trancados no País das Maravilhas juntos, você fica carente, eu acho. — Eu poderia esperar, e ajudar.

— Não, pode ir. Vou até começar a lavar a roupa. Qualquer coisa para ganhar tempo longe de ouvir o relato detalhado de cada pincelada de três mulheres possuídas.

— Tudo bem, mas depressa.

Ele ergue a sobrancelha direita.

— Por que, Senhorita Emmett, você está desesperada pelo seu homem? — Ele passa um braço ao redor da minha cintura e agarra minha bunda, puxando-me contra ele. — Posso consertar isso pra você.

— Não no quarto do bebê! — grito, enojada, empurrando seu peito.

Sou arrastada do chão antes mesmo de piscar, suas duas mãos fortes me levantando e nos virando para sair do quarto.

— Posso consertar isso também. Escolha um cômodo.

Caramba, ele é forte e *sexy*... e tão sorrateiro. Estou tentada, mas resisto.

— Amor, eu preciso ir agradecer.

— Ele sabia que você diria isso. — Ele me coloca no chão e olha para seu pau com um suspiro. — Foi mal, amigão. Eu estava torcendo por você.

CAPÍTULO 19

UM PARAFUSO NO NINHO

Sawyer

 A princípio, achei que a Em tivesse um berço específico em mente e que esse era o motivo de ela ter boicotado a ida ao *Babies 'R Us*, dado risada da *Brooke Ashley's Boutique*, e se recusado a sair do carro na *Four Monkeys*. Até que, finalmente, pedi para ela apenas me dizer aonde ir.
 Tudo o que recebi foi direita, esquerda, em frente... que foi o modo como ela se livrou de me impedir de parar na frente de uma loja de segunda mão.
 Eu sou esnobe? Não. Usei sapatos do Exército da Salvação depois que ficaram pequenos para um dos meus irmãos adotivos.
 Eu vou deixar meu bebê dormir em merdas usadas? De jeito nenhum.
 — Emmett, que diabos nós estamos fazendo aqui? Aquele colchão tem uma mancha de mijo! — Tem mesmo... o único colchão que eles escolheram exibir e foi mijado? Qual é.
 — Sawyer — ela usa um tom suave para me acalmar —, bebês precisam de muitas coisas caras e eu tenho um orçamento. Alex nunca saberá o quão chique o berço era, mas aposto que ele ou ela perceberia se seu ouvido ficasse doendo ou se sua barriga estivesse vazia. Eu tenho um orçamento baseado especificamente em prioridades.
 Amo o planejamento, a organização e a sensibilidade dela. Eu também a amo, e é por isso que não vou ser duro com ela.
 — Em — caçoo de seu tom de voz calmo —, não existe "eu" no

orçamento ultrapassado de coisas usadas manchadas de xixi do nosso bebê. — Ah, é, fiz até as aspas, com muita ênfase.

— Você sabe quanto custam as fraldas, leite e consultas médicas? Ou remédios? Por favor — ela esfrega a testa —, não discuta comigo sobre isso. Vamos entrar e ver o que eles têm. — Objetificando, desço do carro e ando até sua porta, ajudando-a a sair. — Tenho certeza de que vamos encontrar algo ótimo, confie em mim.

Uma mulher mais velha vê os dois idiotas e vem para cima de nós assim que entramos, e agora estamos presos.

— Oi, posso ajudar vocês?

— Estamos procurando um berço, e um colchão novo. — Ela se vira e sorri para mim.

— Aqui atrás. — A... filha das Sanford[12] nos guia por corredores apertados demais e desorganizados. — Menino ou menina? — ela pergunta.

— Nós não sabemos. Decidimos que será uma surpresa! — Emmett exclama, respondendo.

Ah, eu vou bater na bunda dela, a pestinha, dizendo isso como se a luz do sol saísse de sua língua... agora. Vou te dizer uma coisa – ela não concordou comigo nisso sem um monte de provocações. Poucas coisas na vida me surpreendem, e eu queria essa surpresa, demais. E com meus poderes de persuasão/espreitadelas... eu ganhei.

— Berços são muito neutros e com roupas de cama simples, não deve haver problemas. Okay, aqui estão alguns colchões novinhos em folha, ainda no plástico. E os berços — ela vira outra vez à direita — estão aqui. Os modelos usados são os que estão no chão, amontoados. Mas nós temos alguns em caixas, a maioria devoluções ou excedentes de estoques.

— Colchão no plástico está ótimo — eu me intrometo na conversa —, mas nada de berços usados ou devolvidos, então vamos ver os excedentes de estoques.

Emmett arregala os olhos e franze a testa para mim.

— Seja gentil — ela move a boca.

Como eu não fui gentil?

— Nós temos o...

— Alto demais — comento. — O bebê estaria praticamente no ar.

— Okaaay, que tal esse? É...

---

12 Personagens do filme Abracadabra, já citadas anteriormente.

Seduzir

— Baixo demais. A mamãe é baixinha. Ela cairia em cima do bebê por cima da beirada.

— Que tal...

— Que tal aquele? — Aponto. — Em, você gosta daquele ali?

— Ah, eu? — Ela me encara, murmurando baixinho algo sobre ela poder tomar uma decisão. — Qual?

— Esse aqui — ando até lá e bato o dedo na caixa —, o Berço *Marlowe Sleigh*.

— Sawyer — ela se inclina para perto de mim e sussurra: —, é quatrocentos dólares! Em uma loja de segunda mão!

— E daí? Parece razoável, querida.

— Meu orçamento para um berço é de 175 dólares, no máximo — ela diz.

— Isso quando era o seu orçamento. Agora é o nosso orçamento, que nós já discutimos. Agora, você gosta desse ou não?

— É claro que gosto; é lindo. Mas isso deixa para você pagar mais da metade. Isso não é justo, e é demais.

— Vem cá. — Puxo-a contra mim, rodeando aquele corpo minúsculo com o meu, muito maior. — Vendi minha moto de corrida por mais do que comprei, então tenho algum dinheiro extra. Se você gosta daquele berço, eu quero comprá-lo para você, para Alex.

— Por quê? — Ela tenta escapar, mas a seguro com mais força, impedindo sua fuga. — Você ama correr.

— Eu não amo nada inanimado, e estou longe de amar correr, mas eu amo você — abaixo a cabeça e falo com sua barriga: —, e você. Então por que eu precisaria dessas porcarias de corridas? Elas só preenchiam um vazio até que encontrei você.

Ela está sem palavras, e isso inclui olhos marejados na mesma hora, então assumo o controle – o que começou no instante em que passamos pela porta, caso alguém ainda tivesse dúvidas.

— Vamos levar o *Marlowe Sleigh* e um colchão lacrado. — Sorrio para a vendedora.

— Fabuloso! — ela diz, contente. — Vamos lá para a frente para finalizar a compra. Vou pedir para alguém trazer as coisas.

— Ah — paro, de repente —, estamos no carro da mamãe aqui; as coisas nunca vão caber. Vocês entregam?

— Com certeza, por uma taxa de cinquenta dólares.

— Vamos querer a entrega — falo, desviando minha atenção de volta para Em. — Brava?

— Não, só acho...

Interrompo seu discurso com um beijo casto.

— "Não" é o bastante.

Eu me sinto ótimo, como se realmente fizesse parte das coisas, então não consigo mesmo evitar quando a abaixo no meio da loja e a beijo até tirar seu fôlego. Seu rosto está vermelho de vergonha quando a levanto de novo.

— Eu te amo, Emmett.

— Eu também te amo — ela responde, sorrindo, fingindo arrumar o cabelo.

— E aquele berço é irado! — Coloco a língua para fora e gesticulo os sinais clássicos do rock, nem um pouco envergonhado que meu bebê ganhou a caminha mais legal que existe.

— Filho da p...

— Opa, o que foi? — Emmett pergunta da porta, se esgueirando às minhas costas.

— Esse berço! Juro por Deus que tem partes faltando e há mensagens subliminares nas instruções. Não pode ser tão difícil assim.

— Por que você não faz uma pausa? Eu preciso ir ao trabalho e não quero ter que me preocupar com você estourando uma veia. Especificamente — ela aponta —, uma dessas pulsando na sua testa agora mesmo.

— Você não trabalha hoje à noite. — Eu deveria saber, já que faço o cronograma.

— Agora trabalho. Laney me ligou porque seu celular está lá na bancada e Dane não conseguiu falar com você. Austin e Jessica avisaram que estão doentes hoje à noite. — Ela sorri e me dá uma piscadinha exagerada. — O que parece muito suspeito, eu diria, mas isso deixa o The K com pouca gente, então falei que iria.

Eu conheço Emmett, e ela não vai recusar o dinheiro extra, então isso significa que também vou. Até parece que a minha mulher vai ficar andando por um bar enquanto fico sentado em casa.

— Que horas você disse que nós estaríamos lá?

— Nós? Eu não voluntariei você.

— Se o Austin não vai, alguém precisa trabalhar na música. Ninguém mais sabe como fazer isso.

Então, essa é uma mentirinha inofensiva. Muita gente sabe como, mas não quero que ela pense que estou indo para "ficar de olho nela". As mulheres têm a tendência de ficar nervosas com essa merda, ou seja, eu já vi Laney assim centenas de vezes.

— Ficou implícito que assim que possível, acho, então é melhor você se aprontar. — Ela se vira e corre para o banheiro. — Preciso de dez minutos! — ela diz.

Estou pronto agora, então espero, encarando, perplexo, as instruções de novo. Eu me recuso a pedir ajuda para um dos caras, mas cacete... que bom que eu tenho um tempo. Talvez tenha uma central de atendimento que você possa ligar, 0-800-Com Certeza Me Sinto Bem Em Colocar Meu Bebê Aqui Se Eu Usei Cada Parafuso?

— Está pronto? — Ela aparece de novo na porta e deixo o manual cair da minha mão, a boca escancarada com um grunhido audível.

— Roupa nova?

Ela se observa, encarando o short rosa dois tamanhos menores com um laço branco na cintura e uma camiseta branca apertada; uma roupa que vai garantir a arrecadação de gorjetas.

— De jeito nenhum, por quê?

— Você é um sonho erótico ambulante. Eu teria me lembrado dessa roupa. — Estou arrastando o *piercing* da minha língua nos meus dentes inferiores, tentando não enlouquecer e mandar que ela se troque. As mulheres ficam nervosas com essa merda também.

— Sei que a camiseta está apertada, mas todas elas estão nos últimos dias. E o short — ela os puxa para baixo, tentando, por um milagre, criar mais tecido —, fica tão quente lá, sabe? Mas eu posso me trocar.

Espere aí. Isso acontece mesmo, a garota se propõe a trocar de roupa ao invés de dar a louca por você ter dito alguma coisa?

As garotas da Galera não me prepararam para essa reação.

— Qualquer coisa que você estiver usando e se sentir confortável é perfeita, Em. Vamos comprar algumas camisetas maiores para você amanhã.

CAPÍTULO 20

NO BALANÇO DA MÚSICA

Sawyer

O clube está lotado quando chegamos lá, principalmente por que as mulheres bebem por um dólar a noite inteira. Dane está atrás do bar, então é claro que há um fila, e que diabos nós estamos ouvindo? Isso é *House Music*[13]?

— Querida, vem cá comigo um segundo. — Seguro sua mão, garantindo que ela fique comigo, e volto para a porta. — Sheldon — chamo o segurança —, mais vinte caras, okay? Tem muitas garotas aqui dentro. Depois diga que excedeu o limite e entre para ajudar.

— Pode deixar. — Ele dá uma olhada em Emmett e sorri. — Oi, Emmett.

— Oi, como você foi?

— Oitenta e quatro! — Ele sorri, cumprimentando a mamãe com um soquinho.

— Ah, eba! O homem é um gênio! — Ela dá uma risadinha.

— Okay, entre, Shel, precisamos de você, cara. — Faço uma leve careta, puxando Emmett de volta comigo. — O que foi isso?

---

13 House music é um estilo musical vertente da música eletrônica surgido na cidade de Chicago, na primeira metade da década de 1980. Na música contemporânea, ganhando popularidade também na vida cotidiana através de filmes e rádio.

— Ele estava nervoso com uma prova importante. Parece que ele arrasou. O que foi isso? — Ela franze o rosto e estufa o peito, se curvando e flexionado os braços, me imitando de forma terrível, eu acho. — Está com ciúmes?

— Não — bufo, balançando a cabeça como se fosse a coisa mais louca que já ouvi na vida. — Não.

— Ótimo — ela entrelaça o braço com o meu —, porque isso seria uma grande perda de tempo da sua parte.

— Uh huh... — murmuro. — Okay, então Dane não é rápido o bastante atrás do bar para a noite de um dólar. Vou colocar Kasey atrás do balcão, Dane e Sheldon na pista, você e Darby nas mesas, e vou ficar com a música. Parece certo, não é?

— Tão esperto. — Ela fica na ponta dos pés, suas pernas curtas suplicando para eu me abaixar, o que faço, ganhando seu beijo delicioso. — Okay, vou lá. Até depois, amor. — Ela se despede agitando os dedos e se afastando.

Vou queimar a porra daquele short. Logo depois que ela o usar apenas para mim mais uma vez.

— Ei! — grito para Dane, rindo do alívio que toma conta de seu rosto quando ele me vê. — Vou trocar você de posto com o Kasey. Shel está limitando o espaço e vai vir te ajudar. Pode ser? — Ele assente, tirando a mão de uma cliente de seu braço e olhando para ela com irritação.

Cerca de vinte minutos depois, finalmente todos estão situados no panorama mais eficiente, então sigo para o estande do DJ. A multidão diminuiu um pouco, provavelmente por causa dessa merda de música, mas não vou abrir a porta de novo agora; o ar está agradável.

Desse ponto elevado, consigo ver o clube inteiro. Acho e monitoro minha garota abaixo, facilmente encontrada em um mar de mulheres, brilhando com uma luz que ninguém na multidão poderia pedir para ter. Cacete, ela é rápida; não é à toa que o peso pelo qual fico esperando para abraçar não está vindo... aquela borboleta não pode ser pega, voando por aí mais rápido do que qualquer garçonete que já tivemos.

Demoro menos de um minuto para me concentrar na mesa que exige a maior parte da atenção dela; quatro caras e uma garota, o babaca na camisa xadrez, sim, xadrez, sendo aquele que a quer. Cerro os punhos, mas hesito, assistindo o desenrolar da cena. Algo me diz que a Senhorita Emmett é perfeitamente capaz de cuidar de si própria, e meu instinto me diz que pode ser muito importante para ela provar isso a si mesma sempre que a oportunidade aparecer.

Ela anota os pedidos deles e se afasta depressa, passando por outras três mesas no caminho até o bar. Quando entrega suas bebidas, passa por eles no lado mais distante do Bundão, sem nunca olhar para ele. A boca do imbecil se move e então Emmett levanta a cabeça, encarando-o. Observo orgulhoso quando ela se aproxima dele, uma mão no quadril, a outra balançando um dedo na cara dele, com certeza o advertindo. Ela fala mil palavras por minuto, depois faz um biquinho e vira aquele dedo que estava balançando diretamente para mim.

Oi, desgraçado. Aceno e vejo os olhos dele se arregalarem. Emmett cobre a boca, presumo que por estar rindo do idiota, e ergue o rosto para mim.

— Vem cá — movo a boca, chamando-a com o dedo.

No movimento mais *sexy* possível, ela caminha até mim, subindo os degraus da plataforma elevada, e fecha a porta atrás de si.

— O que ele disse? — rosno.

— A última coisa foi "ai, merda, desculpe". — Ela dá uma risadinha. — Você parece grande até mesmo daqui.

Giro a cadeira, virando o corpo todo para frente, e dou batidinhas em uma coxa.

— Acho que você mereceu uma pausa.

O entusiasmo no ar é inconfundível e ela também sente, seus olhos se tornando famintos. Ela engole em seco antes de subir no meu colo, as costas apoiadas no meu peito. Giro a cadeira para a frente agora, olhando abaixo para todo o clube.

— Aperte o botão verde — sussurro em seu ouvido, estendendo a mão para trás de sua camiseta e soltando seu sutiã. — Agora o amarelo.

— Sawyer, o q-que você está fazendo?

— O que você acha que estou fazendo? Quero você.

As luzes do clube estão mais fracas agora, as lâmpadas da pista de dança fornecendo a única iluminação. Envolvo sua cintura com os braços e desfaço o laço em seu short.

— Algum pedido especial? — pergunto, abaixando seu short e a calcinha, e ela me ajuda no automático, erguendo-se.

— Hmm? — questiona, recostando a cabeça no meu ombro.

— Você quer escolher uma música? — Seguro sua mão e a posiciono sobre o mouse, abrindo seus dedos com os meus. — Na tela, amor — falo, centrando sua atenção. — Quer ser fodida ao som de alguma coisa?

Seduzir

167

Ela ofega, olhando para mim.

— Aqui?

Assinto.

— Aqui.

— Sawyer, eu não sei... — Ela morde o lábio inferior, nervosa, e olha para todos os lados freneticamente.

— Você sabe, sim. — Mordisco seu pescoço, subindo até sua orelha. — Você sabe que quer também, aqui e agora.

Sem dizer mais nenhuma palavra, luxúria e determinação cintilam em seus olhos flamejantes, e minha garotinha se curva à frente contra o peitoril, em busca de um suporte para se agarrar, enquanto abro os botões da minha braguilha. *Motivation* começa a tocar e ela rebola a bunda de um lado ao outro, bem na minha frente. Porra, isso é *sexy*. Eu poderia observá-la durante a noite toda, se não fosse pela insistência do meu pau duro e latejante. Eu me livro do jeans e cueca, e puxo seus quadris contra mim.

— Vem cá e senta aqui. — O tom exigente ressoa ao redor, mas ela tem outros planos.

Ela se vira e ergue uma perna, empurrando minha cadeira para trás. Ajoelhando-se entre no espaço entre mim e a mesa de som, seu rosto angelical se levanta.

— Você já ganhou um boquete na cabine?

Nego com um lento aceno de cabeça.

— Mas estou prestes a ganhar. — Pisco e dou um sorriso. — Você vai me chupar gostoso, não vai?

— Sim — arfa, abaixando a cabeça para lamber a ponta do meu pau.

Quase dou um grito quando ela enfia a pontinha da língua na fenda – coisa que ninguém nunca fez antes –, e quase vou à loucura.

— Boa garota. — Agarro um punhado de seu cabelo escuro. — Chupa gostoso, bem fundo, amor, e arraste essa língua para cima e para baixo da minha veia.

Ah, ela me dá ouvidos e faz exatamente o que pedi.

— Agora agarre minhas bolas com força, Em — instruo, e a mão delicada atende ao meu comando na mesma hora. — Você é uma garota muito boazinha, porra. — Empurro sua cabeça para baixo, testando seus limites.

Ela ajeita a postura e abocanha meu pau inteiro, gemendo e chupando, me comendo como se estivesse faminta, girando minhas bolas à medida que meu pau cutuca suas amígdalas. É gostoso pra cacete, mas não estou pronto para gozar, então a puxo pelos ombros quando a música muda para *Ride*, do SoMO. Sou um idiota por dar um fim em sua euforia, mas sua boceta apertada é muito melhor.

— Chega, vem cá, amor. Quero gozar dentro de você.

Agarro a base do meu pau latejante e gesticulo com a outra para que se vire.

— De costas.

Emmy parece gostar do som disso, porque seus dentes mordiscam o lábio inferior. No entanto, ainda olha, hesitante, para a massa de corpos dançando no piso abaixo, ciente de que poderíamos ser vistos. Vejo o momento exato em que ela se decide, e o anseio faminto toma vida em seus olhos antes de ela se virar de um jeito sedutor. Seu corpo vem em direção ao meu à medida em que ajeito minha garota na posição de 'cowgirl' reversa, seu gemido doce soando alto em meus ouvidos e acima da música.

Puta merda, ela até podia ser a *stripper* mais atrapalhada do palco, mas, com certeza, minha Baixinha sabe dar uma lap dance com estilo, sua bunda rebolando em um movimento fluido, seus quadris se impulsionando contra o meu pau ao ritmo da música. Ela fode graciosamente, espalmando os seios fartos por baixo da camiseta, enquanto dança acima de mim, para cima e para baixo contra meu comprimento, girando, gemendo e ofegando por nós dois.

— Quantas músicas você vai... hmm... me dar, hein? — arfo, tentando controlar seu rebolado antes de explodir dentro de sua boceta gulosa, escorregadia, quente e mais do que preparada para mim, mas, ainda assim, apertada pra caralho.

Ela vira a cabeça para mim e diz por cima do ombro:

— Só mais uma.

Arrasto as mãos pelas coxas macias.

— Me fode bem gostoso, Em, bem na frente de todos eles.

Ela curva a coluna com mais um gemido suave e agarra minhas coxas, então enfio as mãos pela abertura de sua camisa, por baixo do sutiã aberto, e acaricio seus peitos.

— E-eles não p-podem... — gagueja, assim que cravo os dentes em seu ombro —... ver a gente de verdade, não é?

Eles não podem nos ver; ninguém tem permissão de ver minha Emmett, com sua cabeça inclinada para trás, lambendo os lábios enquanto goza. Mas o medo, misturado com a tentação de ser alvo de uma audiência

Seduzir

169

acaba deixando minha garota com tesão, levando sua devassidão a um outro patamar. E só de saber que ela me deseja tanto, a ponto de não dar a mínima para os curiosos, só para que eu esteja enterrado profundamente dentro de seu corpo, me faz querer urrar e bater contra o peito como um maldito homem das cavernas.

— Estou. Pouco. Me. Lixando. Mostre pra eles como gosto de te foder. Você sabe como eu gosto, não é, amor? — Lambo o lóbulo de sua orelha e chupo com vontade, o que a faz contrair os músculos internos ao meu redor.

— Mmmmm... — Ela agarra uma das minhas mãos e a leva até sua boceta encharcada. — Brinque comigo, Sawyer... me faça gozar.

Eu a provoco, abrindo os dedos em um V invertido e esfrego sua boceta para cima e para baixo, ao redor de seus lábios, enquanto meu pau continua arremetendo por dentro.

— Vem cá me dar um beijo — rosno, beliscando seu clitóris mais uma vez.

Ela agarra a lateral do meu pescoço e devora a minha boca, chupando minha língua com voracidade; para recompensá-la, aumento a pressão do meu polegar, no ponto exato em que ela tanto anseia. Ela geme por mim, resfolegando, e rebola os quadris cada vez mais rápido.

Sinto seu clímax se avolumando, cada músculo de seu centro me ordenhando e gritando, em um mantra pulsante, que eu tenho que gozar junto. Depois que seu primeiro orgasmo ameniza, interrompo nosso beijo e a empurro com cuidado para frente.

— Curve-se, amor. — Deslizo a mão pela sua coluna vertebral, aplicando certa pressão até que ela empina a bunda, o tronco apoiado contra a beirada. Cubro suas mãos, que se agarram desesperadamente à mesa, com as minhas. — Se segura.

Retirando quase todo o meu pau brilhante e úmido de sua boceta, dou um último aviso:

— Empurra pra baixo, querida — rosno, antes de martelar todo o caminho de volta, como se não houvesse um mar de gente dançando logo abaixo; como se fôssemos as únicas pessoas aqui ou em qualquer lugar.

Sua boceta gostosa... caralho, não consigo ter o bastante.

— Me... — dou uma estocada — toma... — impulsiono para cima com força — todo... — mais uma arremetida —, porra.

Empino sua bunda ainda mais, em um ângulo perfeito, me impulsionando em direção ao ponto específico que sei que a faz chegar às alturas.

— D-de novo! — grita, ela mesma esfregando seu clitóris, de forma que solto um lado de seus quadris para assumir a tarefa. Um feixe de luz rosa, depois azul, cintila; ela deve ter apertado sem querer o botão das luzes estroboscópicas quando bateu a mão na mesa. — Ai, não tô nem aí. Não pare! — Encontra minhas estocadas, catalogando meus movimentos, nossos corpos se chocando à medida que o conjunto de cores incide sobre nós. — Sawyer, aaahhh, amor! — geme.

— Só mais um, querida, aí eu vou te encher todinha. — Manobro nossos dedos entrelaçados, acariciando juntos seu clitóris em total frenesi. Posso senti-la contraindo, então relaxando, enquanto me lubrifica do jeito que só ela sabe fazer, e, pouco depois, me esvazio dentro dela, com impulsos longos e suaves depois de ser drenado. Ergo a parte de trás de sua camisa e lambo sua coluna para provar o sabor de seu suor. — Eu te amo, Em.

— Também te amo — ofega, repousando a cabeça no tampo da mesa.

TRANSA. MAIS. ÉPICA. DE. TODOS. OS. TEMPOS.

Seduzir

CAPÍTULO 21

MÉDICOS BONS DE BICO

Emmett

— É bom te ver, Emmett, como você está se sentindo?

A Dra. Greer é maravilhosa. Ela tem uma voz monótona e relaxante e um rosto neutro, não importa o que você diga. Algumas mulheres podem achá-la indiferente e fria, mas para mim? Para mim ela é a médica perfeita.

— Muito melhor, na verdade. Não estou tão cansada e fraca o tempo todo e o meu apetite voltou. Foi como se um dia eu tivesse acordado e a gripe tivesse finalmente passado.

— Sim, o segundo trimestre é geralmente a parte que as mulheres escolhem lembrar, por isso têm vários partos. Você não está mais enjoada, e ainda não tão grande, então aproveite esses próximos meses.

Assinto, olhando instintivamente sobre o ombro; pela centésima vez em uma hora.

— Estamos esperando o Sr. Beckett?

— Ah, não. — Vacilo, pega no flagra. — Ele teve uma prova, e então disse que ia tentar, mas — respiro fundo, mostrando a essas malditas emoções movidas por hormônios quem é que manda —, está tudo bem, nós não precisamos esperar.

— Okay, bem, a menos que você tenha alguma preocupação, não é necessário fazer um exame vaginal hoje. Seus sinais vitais estão excelentes, exame de urina normal — ela fala, com a cabeça abaixada, olhando para o meu prontuário. — Oh. Minha nossa.

— O que foi?

— Diz aqui que o Sr. Beckett ligou com algumas... — Ela dá uma risadinha, cobrindo a boca. — Desculpe, perdão, com algumas perguntas. Devemos examiná-las?

Quando ela, finalmente, ergue a cabeça, fazendo contato visual, o brilho de humor onde estou acostumada a ver um profissionalismo estoico me diz que não quero ouvir isso.

Cubro o rosto com as mãos e me preparo para a conversa iminente.

— Tudo bem, vamos lá — murmuro, entre os dedos.

— Emmett!

— Mas que raios? — A Dra. Greer se levanta depressa e abre a porta, colocando a cabeça no corredor. — Sr. Beckett? Ela está aqui.

Um Sawyer sem fôlego irrompe pela porta, desculpando-se enquanto praticamente atropela a coitada da médica.

— Oi, Baixinha, o que eu perdi? — Ele vem para o meu lado e me beija, como se tudo o que tivesse acabado de acontecer fosse supernormal e que ninguém percebeu que ele é maluco.

— O-oi? O quê, por quê? — Estou boquiaberta, balançando a cabeça e começando de novo. — Por que você não pediu para a recepcionista te mostrar o caminho ao invés de gritar pelo corredor?

— Excelente pergunta, Emmett — a Dra. Greer diz, atrás dele, batendo o pé no chão, o som estalando alto na sala minúscula.

— Ela estava no celular e com um dedo levantado para mim. E, merda, querida, eu não queria perder mais nada. Desculpe — ele vira a cabeça para se dirigir à Dra. Greer —, mas sua garota do balcão me quer, então ela estava enrolando, tentando me manter longe da minha mulher.

— Minha garota do balcão quer você. — Ela cruza os braços, repetindo o que ele falou, ao invés de perguntar qualquer coisa. É claro que ele a responde de qualquer forma.

— É, ela me despiu com os olhos umas cinco vezes enquanto eu esperava. Depois ela me chupou com os olhos antes de eu...

— Eu entendi. — Ela levanta a mão, interrompendo-o. — Você, com certeza, é uma coisa, não é?

— Na verdade, eu...

— Sawyer! — Eu o impeço de continuar, tremendo de pura vergonha.

— Desculpe — ele murmura para nós duas, fazendo um biquinho por 1.1 segundos antes de piscar para mim e roubar outro beijo. — Então —

Seduzir

173

bate as mãos e esfrega uma na outra —, onde estávamos?

— Estávamos prestes a passar as perguntas que você fez pelo telefone — resmungo, entredentes.

— Ah, ótimo. — Ele encara a Dra. Greer de forma natural. — Eu tenho algumas preocupações.

— Ah, eu li — a médica responde, com uma risada melodiosa, seu rosto normalmente estoico traindo um sorriso quase divertido.

Cacete, ele conseguiu! Ele rachou sua concha – ela não consegue tirar aquela expressão entretida do rosto.

— Vamos ver, número um — ela pigarreia —, eu deveria ficar preocupado em ir longe demais e machucá-la? Eu deveria conter dois ou cinco centímetros? Eu não quero cutucar o bebê.

— Você ligou mesmo para cá e perguntou isso? — sibilo, o indício de um soluço envergonhado entremeado à minha pergunta.

— Na verdade, Emmett, muitos homens têm esse mesmo medo e questionamento. Eles tendem a articular de forma diferente, mas é a mesma preocupação.

— Viu, querida? — Ele esfrega meu ombro. — Eu não sou o único.

— Uh huh... — respondo, ríspida.

— Não, Sr. Beckett, você não consegue cutucar o bebê. É fisicamente impossível.

— Mesmo se você tiver...

— Fisicamente. Impossível — ela reafirma, de forma categórica.

— Bom saber. — Ele sorri para mim e preciso morder o lábio, porque ele está mesmo feliz, e é meio fofo. Ele pensou, sinceramente, que sua virilidade enorme iria apunhalar o bebê na cabeça.

— Próxima. — Ela tosse, acho que para cobrir uma risada, e Sawyer está quase batendo em suas costas quando ela balança a mão e se recompõe. — Quão forte é forte demais?

— Certo. — Ele assente.

— Sobre o que estamos falando aqui? Você quer dizer uma ereção forte demais?

— Nãooo, tipo... — Sua voz vai diminuindo.

AI. MINHA. NOSSA. ELE. ESTÁ. DEMONSTRANDO.

— Você sabe, ir forte demais. Eu deveria segurar um pouco da potência, porque outra noite eu estava dando mesmo, tipo com força? Eu não quero afrouxar demais as coisas para o bebê ou algo assim.

O rosto da Dra. Greer adquire uma cor escarlate, e ela vai até a pia para lavar as mãos mesmo que não tenha tocado em nada.

— Qualquer coisa com a qual Emmett esteja bem, humm, confortável, não tem problema.

— E quanto a se curvar?

— Tudo bem.

— Em cima? Quicando de verdade?

— Pode todo tipo de sexo.

— Isso! — ele grita, me dando uma piscadinha. — Viu? Tudo certo, querida.

— Eu ouvi. — Estremeço, beliscando a ponte do meu nariz.

— Mais alguma pergunta? — ela pergunta para o teto.

Tadinha da Dra. Greer. Demora mesmo um tempo para se acostumar com ele.

— Hmm — ele esfrega o queixo —, não, acho que é só isso.

— Graças a Deus — ela murmura baixinho. Penso a mesma coisa. — Tudo bem, então, Emmett — ela desvia o olhar para mim —, vamos fazer um rápido ultrassom hoje. Você pode descobrir o sexo se tivermos muita sorte.

— Ah, nós decidimos que vai ser uma surpresa. Mas podemos fazer um mesmo assim, para ver o restante das coisas? — pergunto.

— É claro. Vou chamar um técnico. — Ela fecha o prontuário e segue para a porta. — E eu te vejo em um mês. Tudo bem?

— Está bem. — Dou um sorriso caloroso. — Obrigada, Dra. Greer.

— Obrigado, Doutora — Sawyer se intromete, estendendo a mão, que ela finge não ver ao sair pela porta. — Merda! — ele grita, batendo a mão na testa. — Esqueci de perguntar sobre anal!

— Está pronta? — Laney enfia a cabeça pela porta da frente, me encontrando no meio do caos. Parece que eu fui roubada, tudo o que tenho jogado a esmo. — Emmett? Emmett, o que foi? — Ela entra correndo e se ajoelha ao meu lado, colocando um braço ao meu redor.

— Não consigo encontrar! — choro, limpando o nariz e fungando de forma vergonhosa. — Desapareceu! Sumiu!

— O que sumiu, querida?

— A foto do ultrassom! Eu queria mostrar para vocês hoje, mas sumiu! Eu procurei — meu soluço faz meu corpo inteiro estremecer — em todos os lugares. Minha bolsa, cada gaveta, no carro. Onde poderia estar?

— Nós vamos encontrar, não se preocupe. — Ela me abraça de lado. — Eu prometo, nós vamos achar.

— O-obrigada. — Inspiro fundo, me recompondo. — Podemos encontrar antes de irmos? — Não posso sair para o "dia das garotas" sem colocar as mãos na fotografia de Alex primeiro.

— Você perguntou para o Sawyer se ele viu? — Ela se levanta, me ajudando a fazer o mesmo, e depois coloca as almofadas do sofá no lugar.

No meu estado agitado, nem pensei nisso. Brilhante, Em.

— Cadê meu celular? — Tateio meu corpo, sem bolsos, pronta para destruir o sofá de novo.

Laney me impede com uma mão no meu braço.

— Eu ligo para o seu celular. E depois ligo para o Sawyer. Que tal você ir jogar uma água no rosto e pegar seus sapatos. Parece bom?

— Okay. — Cambaleio sem rumo pelo corredor, como se estivesse desconectada de mim mesma. Seria impossível explicar de quantas formas a gravidez brinca com você para alguém que nunca passou por essa experiência. Em um minuto você está bem, no próximo? O céu está caindo.

— Emmett! — grita no corredor. — Achei seu celular. E sua foto.

Ficando tonta por me virar tão rápido, coloco a mão na parede e me acalmo, depois corro até ela.

— Onde estava? — Olho para suas mãos. — Onde está?

— Então, Emmett, você sabe que eu amo muito o Sawyer, então preciso que você me prometa que não vai enlouquecer por causa dos hormônios e matar ele.

Esfrego as têmporas.

— Apenas me diga.

— Ele levou a foto com ele para fazer cópias e ampliações! — ela explica, com um suspiro. — Isso não é fofo? Você está feliz com ele agora, certo? Não vale nem um pouco a pena matar o pobrezinho, eu acho.

— Descansar, soldado — brinco, com uma risada. — Foi muito fofo. Eu não vou machucá-lo.

Ela suspira aliviada.

— Incrível, agora vamos. Whit e Bennett estão esperando.

A ida para o almoço é interessante; Laney jura que se tenho a foto do ultrassom, eu sei o sexo, e me enche o caminho todo para "revelar". Eu juro por tudo o que é mais sagrado que não sei, mas seu olhar afiado me diz que ela não acredita em mim.

— Vou perguntar para o Sawyer. Ele é como um livro aberto e não consegue mentir.

— Não estou mentindo pra você! — Finjo estar devastada. — E sabe aquela coisa dos hormônios enlouquecidos que falamos? Você está se preparando para ver em primeira mão.

— Ah, Emmett — ela dá uma gargalhada —, eu e você vamos nos dar muito bem. Vou até pagar o seu almoço!

CAPÍTULO 22

ENQUANTO ELA DORMIA

Sawyer

> Sawyer,
> Meus olhos estão se fechando nesse momento, então, sem dúvidas, estarei dormindo quando você chegar em casa. As garotas me deixaram esgotada hoje, elas não são divertidas? Ah, e entre nós quatro, o berço está todo finalizado! (Não se preocupe, todas elas juraram de dedinho dar todo o crédito pra você.)
> Espero que tenha ido tudo bem no trabalho hoje à noite e eu te vejo pela manhã.
> Bj, Em

O trabalho não foi ótimo hoje. A Mariah apareceu e tentou mostrar a bunda, literalmente... mas o bilhete que Emmy deixou para mim, de repente, tornou tudo muito melhor. O papel está com um leve vestígio do seu cheiro de Red e uma fungada acalma meus nervos. Viro o corredor, sendo tão silencioso quanto possível, e a encontro na cama. Ela está deitada de lado, de frente para mim, uma mão sob a bochecha, a outra sobre a barriga.

Nunca mencionei antes, mas ultimamente, há uma pequena barriguinha despontando e eu amo. Pode me chamar de louco, mas com a Hayden, esposa do Parker, era como se quanto maior ela estivesse, mais gostosa ficava. Emmett já é a garota mais linda que conheço, e adicionando toda a coisa de gerar um bebê, bem... Cacete.

Ficando só de cueca o mais rápido e silenciosamente que consigo, subo ao seu lado na cama. Imóvel por um segundo, confirmo se não a acordei, depois escorrego para baixo até minhas pernas ficarem para fora do colchão e meu rosto estar na altura de sua barriga.

— Oi, esportista, ou princesa, ou seja lá quem você quiser ser, sem pressão. — Comecei bem. — O que quero dizer é, oi, você aí — sussurro. — Eu vou ser seu pai. E, um dia, talvez você escute coisas, tipo, que não sou seu pai ou algo assim, mas espero que até então eu tenha te ensinado a enxergar além dessa merda. Ah, desculpe, dessa porcaria. Ser um pai significa mais do que qualquer coisa que você vá aprender em biologia. Vou fazer o melhor possível para te mostrar o que todas essas outras coisas são. E se você for um filho, vou te mostrar como amar uma mulher direito, do jeito que eu amo a sua mamãe. E se você for uma menininha, vou te mostrar o que esperar de um homem.

A sensação de uma mão na minha cabeça, acariciando suavemente, me diz que fui pego em flagrante.

— Eu te amo — ela sussurra.

Beijando sua barriga, eu me deito à sua frente.

— Eu não quis te acordar. Pensei que estivesse sussurrando.

— Você estava. — Ela dá um sorriso sonolento, afagando minha cabeça. — Está tudo bem. Valeu a pena acordar por isso.

Inclino-me e junto nossos lábios.

— Volte a dormir, querida.

— Quem te ensinou a ser um homem tão bom? — ela pergunta, baixinho. — Você nunca me contou nada sobre a sua família.

— Claro que contei, falei que não seguiria por esse caminho. A Galera é minha família, principalmente o Dane.

— E quanto aos seus pais? Avós? Tias, tios? — Ela continua pressionando e a simpatia curiosa em sua voz faz minha pele se arrepiar.

— Podemos não fazer isso? Eu só quero te abraçar e dormir. — Aconchego-me a ela, esperando que o assunto tenha acabado.

Ela tenta se conter, provavelmente mordendo a língua por cerca de três minutos até que não aguenta mais.

Seduzir

179

— Minha história era feia, mas pelo menos eu te contei — diz, com um suspiro.

— Em, essa não é uma daquelas coisas "por favor, arranque isso de mim, porque lá no fundo, eu realmente quero conversar sobre o assunto", juro. Eu simplesmente não ligo. De verdade. Eu tinha uma mãe biológica, ela era horrível, principalmente por causa da metanfetamina. Quando fiquei grande o bastante para bloquear alguns golpes e talvez devolver alguns no pau do dia dela, a escola percebeu os hematomas e fui parar no orfanato. Esse era o lance até eu fazer dezoito anos, depois saí, dei o fora, conheci Dane, e aqui estou eu.

— Eu sinto muito, Sawyer. — Ela tenta se virar, mas eu a seguro no lugar. Não vamos fazer isso. Não quero que ela olhe para mim desse jeito agora.

— Sua história não foi exatamente bonita, querida. Ninguém que conheço tem pais perfeitos, talvez o Evan. Os da Bennett também não são ruins, mas tirando eles? Você e eu somos a regra, não a exceção. Todo mundo tem seus próprios problemas.

— Você tem razão — ela cede. — Nunca mais vou tocar no assunto. — Ela chega mais perto de mim, puxando meu braço ao seu redor confortavelmente. — Boa noite, Sawyer.

— Boa noite, amor. — Beijo sua cabeça, sentindo o cheiro de seu shampoo feminino. — Eu também te amo.

Em um piscar de olhos, nós eliminamos trinta e duas páginas do livro de nomes de bebês que ela comprou. Não tem sequer uma opção que nós dois gostamos. Eu adoraria conhecer a pessoa que inventou metade desses malditos nomes – eles estão querendo que as crianças sejam ridicularizadas? Quero dizer, qual é, colaborem comigo, pessoal!

Alex é apenas um apelido, então estou com medo de verdade que nosso bebê vai acabar se chamando "Bebê". Toda vez que toco nesse ponto crucial, Emmett ri e diz: "aí nós poderemos colocá-los no canto". Não faço ideia do que isso significa, mas é bom ninguém pensar em colocar meu filho no canto de qualquer forma, a menos que queiram meu pé nos seus traseiros.

Assim como o berço (se alguém perguntar), montei sozinho o moisés que compramos para o quarto, usando cada peça que havia na caixa! E logo escondi a bomba de tirar leite. Aquela coisa parece um dispositivo de tortura medieval e não vai chegar nem perto do meu par de seios favoritos. Vou ordenhar o leite dela com prazer.

Ela também não gostou quando falei isso.

Em geral, as coisas têm sido ótimas, mas estou inquieto. De vez em quando, paro e olho em volta. Encontro meu celular, minhas chaves, minha Emmett... nada está faltando, mas não ajuda. Tem alguma coisa errada e não consigo parar de pensar nisso.

— Você acha que estou só caçando alguma coisa para dar errado já que nunca tive nada bom? — Coloco os pés em cima da mesa de Dane, enquanto ele encara a tela de seu computador.

— Talvez, parece você. Mas eu não me preocuparia até haver algo para se preocupar. Você poderia ser eu. É mais difícil impelir a Laney do que um urso raivoso.

— Aposto que sim. — Rio, curtindo sua situação complicada.

— Sério — ele passa a mão pelo cabelo, puxando-o —, sei que ela só tem vinte anos, mas não é como se eu tivesse cinquenta, e estou pronto. Eu quero dar o próximo passo. Ela quer firmar os pés no cimento.

— Qual próximo passo? Você quer dizer se casar? Faz apenas um ano, amigão.

— Besteira — ele resmunga, batendo no teclado.

— Relaxe, você não precisa se casar amanhã. Vocês têm um lance legal do jeito que está, não apresse as coisas.

— Disse o homem que está prestes a ter um bebê? — Ele me encara, enfaticamente.

— Isso foi tudo o universo, irmão — explico, estendendo os braços com um floreio. — Coisa do destino, saca? O que você está querendo é meio que se precipitar.

— Nós poderíamos ter um noivado longo.

— Poderiam. — Assinto, abaixando os pés e me sentando direito. — E se, talvez, você pedir para ela morar com você? Eu vou sair oficialmente do *duplex* muito em breve.

— Você vai morar com a Emmett?

— Bem, sim, idiota. Pensei em morar com a minha noiva e filho. Sou louco assim.

— Noiva? Quando caralhos isso aconteceu?

— Não aconteceu. — Pego uma bala de menta na mesa dele e jogo na boca, me levantando. — Estou esperando meu momento. Até mais. — Sigo para a porta, rindo o caminho todo. Acho hilário pra caralho que o único homem que está sempre no controle, e é capaz de fazer praticamente qualquer coisa acontecer, se apaixonou pela mulher mais teimosa, independente e obstinada que já conheci.

Hilário pra caralho.

CAPÍTULO 23

MALDITA SORTE, COITADO

Emmett

É sábado, Halloween na verdade, quando sinto mesmo. Não a agitação de sempre, mas um chute completo.

— Sawyer! Corre, vem cá!

Ele aparece na sala, na sua fantasia de *Hugh Hefner*.

— Amor, o quê? O quê?

Pego sua mão e a coloco sobre a minha barriga.

— Ele... ela chutou. Você tem que...

— Caramba! — Sorrimos um para o outro e começamos a gargalhar, em choque, quando o bebê chuta a mão dele. Sem se mover, ele se ajoelha. — Feliz Halloween, sem nome.

— Ah, sem nome, que triste. — Faço uma careta para ele. — Já somos pais horríveis.

Ficamos esperando, nenhum de nós movendo um músculo, por outro chute... que não vem. A noite do Halloween vai lotar o *The K*, então somos forçados a desistir por agora e seguimos para o trabalho, Sawyer em seu roupão de veludo, eu, é claro, em uma fantasia de coelhinha. Adivinha quem ganhou o cara ou coroa para escolher nossas fantasias.

Laney não tem idade o suficiente para ajudar, ou para sequer estar no bar, a propósito, mas pasmem, ela nos cumprimenta quando entramos, vestida como árbitra.

— Não é uma fantasia se você tem essa merda no seu armário, Gidge — Sawyer provoca, levantando-a do chão em um abraço.

— Muito engraçado. Eu só tinha o tênis. E o apito. Você está adorável, Emmett. — Ela puxa minha orelha de coelho. — Perdeu uma aposta para o Hugh aqui?

Assinto, achando graça.

— Preciso ir ao banheiro antes de começar. Vejo vocês dois mais tarde?

— Até parece — Sawyer bufa alto. — Laney, você pode ir ao banheiro com ela? E quem está de olho em você? Esse lugar está infestado de universitários tarados, vocês fiquem à vista e se precisarem ir ao banheiro ou ao vestiário, vão em pares. — Ele faz uma carranca para nós duas. — Eu não estou brincando. Em, você fica com a Um hoje.

Ele quer dizer a Seção Um, as duas fileiras paralelas de mesas, bem na frente do bar, onde ele estará.

— Okay. — Faço um biquinho e bufo, querendo meu beijo antes de fazer xixi na roupa. Quando ele me dá um selinho, agarro a mão da Laney. — Sério, eu tenho que ir. Vem, amiga.

Felizmente, ainda não tem uma fila no banheiro público, o mais próximo de mim, mas depois que terminei de usar o banheiro, lavar minhas mãos e sair, pelo menos umas cem pessoas chegaram – foi rápido assim.

— Caceeete — Laney murmura, encarando o mar de corpos à nossa frente.

Eu me animo mentalmente, endireitando os ombros com determinação.

— Pelo menos vou ganhar um bom dinheiro! Vamos lá!

Quando você serve mesas, trajando uma fantasia de coelhinha, você será paquerada. Eu sei disso, mas os comentários estão ficando mais altos e grosseiros à medida que vai ficando mais tarde. Lido bem com isso, entrando por um ouvido de coelho e saindo pelo outro, sempre mantendo o rosto sério, incrivelmente bem, eu diria. Não demonstrar uma reação os desencoraja, também mantém Sawyer sob controle.

Ele é ótimo atrás do bar, mas é ainda melhor em nunca tirar os olhos de mim. Se ele vir uma reação acentuada minha, ele saberá que alguém passou dos limites e chegará na frente deles antes mesmo de eu piscar.

Sabendo disso tudo, ainda deixo acontecer.

Em uma noite como essa, os rostos se misturam e todas as vozes parecem iguais, sempre soando como um grito impaciente acima da música. Mesas esvaziam e enchem sem nunca vermos a troca. Suor escorre pela minha nuca, meus tornozelos estão doendo, mas aguento firme e trabalho pelo dólar todo-poderoso, olhos no prêmio, a única percepção constante sendo o homem lindo atrás do bar.

Então, como eu distingo uma voz, nunca saberei.

Pelo visto, conheço o som de problemas quando o escuto.

— Que horas você sai, coelhinha?

Procuro ignorá-lo, esvaziando a bandeja o mais rápido que consigo e tento correr pelo outro lado da mesa, mas ele é mais rápido e me segura pela cintura, me puxando para ficar à sua frente.

— Eu te fiz uma pergunta. — Agarra meu braço e me gira, as unhas cravando na minha pele dolorosamente, o que faz minha bandeja cair no chão. — Você é muito bonitinha. — Ele está perto demais do meu rosto, seu hálito rançoso fedendo ao uísque *Jim Beam*, que ele esteve pedindo a noite toda, e, de repente, me sinto muito enjoada.

— M-me solta — balbucio, apesar do nó de medo e vulnerabilidade entalado na garganta.

— Solta ela, cara. — Um dos amigos dele tenta impedi-lo, mas isso parece apenas incitá-lo.

Ele se inclina para perto da minha garganta e funga alto até em cima.

— Você é muito cheirosa, acho que preciso provar.

— Em? — E é aqui que entro em pânico de verdade, porque por mais aliviada que eu esteja por ouvir a voz do Sawyer ao meu lado agora, sei que isso vai terminar mal. — Cara, quer tirar as suas mãos de cima dela, porra? — Sawyer empurra o antebraço dele, mas o cara não me solta, apertando ainda mais seu agarre.

— Não quero, amigo. Nós estamos nos conhecendo. Não é, docinho?

Balanço a cabeça, abrindo e fechando a boca, tentando me afastar.

— N-não, de jeito nenhum.

— Solta. Ela. Agora — Sawyer sibila para o homem, os olhos fixos no lugar onde os dedos imundos e invasivos apertam minha pele.

— Qual é o problema aqui? — Ah, graças a Deus, Dane está aqui. Ele vai

Seduzir

185

pedir para o cara ir embora, Sawyer não vai enlouquecer, e tudo ficará bem.

— Problema nenhum, cara — o homem responde a Dane, finalmente me soltando e levantando as duas mãos em falsa inocência. — Estou apenas tentando conversar com a garçonete bonita que você tem aqui. Mas acho que o grandão aí pode estar um pouco magoado — ele se vira para a mesa dos amigos e dá um sorriso maldoso —, vendo como a vadia dele me quer.

— Dane — Sawyer rosna —, preciso que você tire a Emmett daqui, agora.

— Não! — consigo falar, em pânico. — Sawyer, não, não vale a pena. Por favor. — Puxo o braço dele, me virando para Dane. — Apenas expulse ele, Dane, por favor.

Já vi a paixão de Sawyer, seu amor, seu carinho, sua gentileza... se sua raiva estiver respaldada por metade da potência de suas outras emoções, isso não vai acabar bem.

Sawyer e Dane se encaram, como se eu nem estivesse aqui, implorando, e Dane dá um breve aceno de cabeça.

— Vamos, Em — ele rosna, logo antes de eu ser levantada em seus braços.

Vejo Laney passando pela multidão, tentando chegar até nós, e grito para ela:

— Laney! Laney, ajuda! — Aponto para onde as coisas estão prestes a ficar muito feias, me debatendo no colo de Dane. — Vá buscar o Sawyer!

Nós nos viramos rápido, e Dane grita para ela:

— Laney, não! Me siga, agora, sem perguntas!

Ela olha para Sawyer, depois para mim, de volta para ele, e, finalmente, para o namorado. Assentindo, ela corre até nós, puro pavor estampado em seu rosto.

— Estou com ela, amor, vá ajudar o Saw — ela diz, pondo a mão nas costas do Dane. — O outro cara está com amigos.

— E ele vai precisar de cada um deles, pode ter certeza. — Ele me abaixa e coloca minha mão sobre a da Laney. — Suba para o meu escritório, tranque a porta. Não me teste, Emmett — ele aponta para o meu rosto —, e não discuta, Laney. Agora vão!

Nós duas nos sobressaltamos diante da voz severa, mas obedecemos na mesma hora, Laney me arrastando na direção da escada. Olho para trás e começo a chorar; Sawyer já está com uma mão no pescoço do cara e arrastando-o para fora. Tudo o que posso fazer a essa altura é orar para Dane impedir Sawyer de matá-lo.

Sawyer

Talvez aquele merda não sobreviva. Encarando-o, não vejo apenas um babaca mal-educado, mas também a manifestação de todo o mal que foi feito contra Emmett nas mãos de caras que não são homens de verdade. Seus olhos arregalados e apavorados eram como janelas da alma, dando provas de que também estava pensando na época em que outro homem achou que ela não passava de um brinquedo.

Ele está lutando contra meu agarre na sua laringe, usando as duas mãos para segurar e puxar as minhas, enquanto seus pés se arrastam e tentam encontrar apoio. Vejo Dane pela visão periférica.

— Sawyer — ele adverte, em voz baixa. — Lá fora. Deixe os amigos comigo.

Não diga, porra. Onde você acha que estou indo?

Bato a testa dele contra a barra na porta dos fundos para abri-la, jogando-o para o lado de fora com força. Ele nem se levantou até a hora em que tirei minha fantasia – não vou brigar com a porra de um roupão.

— Levanta! — Agarro o seu pescoço e o coloco de pé. — Aquela mulher na qual você colocou as mãos? Ela é a minha mulher, a quem eu amo muito. Ela tem direitos. Quem caralhos você pensa que é?

— Vá se foder. — Ele cospe no meu rosto. — Por que você não relaxa, cara? Só estava me divertindo. Nada demais.

O primeiro soco é no estômago. Quando ele se curva com o golpe, meu joelho sobe para acertar seu nariz e me deleito com o som que faz, o sangue encharcando minha perna.

— Isso é por tocar nela! — Puxo sua cabeça pelo cabelo e devolvo o favor de cuspir na cara dele. — Se você não consegue ser um cavalheiro, não beba, porra.

Ele gira o braço desajeitadamente e deixo-o me acertar na lateral da mandíbula, antes de começar a rir.

— É só isso o que você tem, caralho? Venha, grandão, me mostre como você domina as pessoas. Agarra meu braço, me diga o que fazer! — Eu o empurro para longe de mim, deixando-o se orientar. Não é isso o que caras como ele gostam, o poder de brincar com os outros? — Vamos, me mostre. — Gesticulo as mãos na minha direção.

Ele urra, vindo até mim, ambos os punhos erguidos... esse é o máximo que ele consegue, seu melhor esforço. Uma brecha, diretamente no rosto, e abro o lábio dele.

— Vamos lá, Mary, você consegue — zombo.

Tudo o que vejo é uma imagem desse desgraçado colocando as mãos na minha doce Emmett, e do outro cara que pensou que estava tudo bem machucá-la. Quero mostrar a eles o que é machucar – como eles ousam tocar nela! O medo dela, seu desamparo... Ela é tão pequena, tão frágil... Preciso engolir um soluço angustiado ao mesmo tempo que solto um grunhido. Eu quero sangue. Quero vingança por ela.

Avanço sobre ele, mas ele se afasta, balançando as mãos.

— Eu-eu sinto muito — ele chora, limpando a boca e cuspindo sangue no chão.

— É, você sente muito mesmo. — Esquerda, direita, um acerto atrás do outro, cada golpe pela Emmett. — Você — soco no estômago — não machuca — outro no nariz — mulheres. — Gancho de direita que o joga de costas no chão. Fico de pé em cima dele, puxando-o pelo pescoço de novo, porque esse garoto não consegue ficar longe do chão, e recuo meu punho, socando-o repetidas vezes... aprisionado em uma névoa vermelha. Red[14], minha doce garota. Socos, chutes, fluxos de raiva saindo de mim em um ritmo sobre o qual não tenho controle...

— Sawyer!

Olho de soslaio para esse projeto patético e surrado de homem, minhas mãos nos quadris, meu peito ofegante. Avanço para atacá-lo de novo, mas Dane me impede, colocando as mãos sobre meu peito.

— Ele já era, e você também.

— Ele a machucou, porra, ele...

— Eu sei, eu sei, cara.

— Por que eles acham que podem tocá-la?

— Sawyer, ela está segura, irmão. Você já cuidou disso. Respire, cara, ela está bem.

14 Perfume que a Emmett usa.

Ele me dá um minuto para dar uma volta, minha cabeça inclinada para trás e as mãos apoiadas nos quadris, inspirando o ar fresco.

— Você está bem? — ele, por fim, pergunta.

Assinto, balançando as mãos, acalmando a respiração de maneira consciente.

— Vai lá então, o motorista está esperando. Direto para a minha casa.

— Emmett? — Olho em volta, como se ela fosse aparecer. — Cadê a Emmett?

— Já está a caminho de lá. Vá.

— E quanto a — olho para o homem surrado no chão — ele?

— Pode deixar. Vá. — Ele me entrega minha fantasia e saio depressa dali.

CAPÍTULO 24

JUNTOS PELO PASSADO

Emmett

Laney está me segurando, acariciando meu cabelo e cantando, enquanto choro baixinho, mas sem parar, com a cabeça deitada em seu colo. Ela é uma cantora terrível, de verdade, tão ruim que nem consigo pensar em uma metáfora para descrever a intensidade de seus miados desafinados, mas ela, com certeza, coloca todo o seu coração no momento e sabe cada palavra de cada música escrita para um filme da Disney.

— Tem alguém aqui — ela sussurra, fazendo uma pausa em *"Um Sonho É Um Desejo"*.

Nem levanto a cabeça. Sei que não pode ser Sawyer, ele, provavelmente, está na cadeia agora, então que diferença faz... Sinceramente, a casa do Dane é tão grande que alguém poderia estar roubando todo o andar inferior e duvido que escutaríamos, então acho que ela deve estar enganada.

— Quer que eu vá ver quem é?

— Na verdade, não. — Agarro sua perna. — Fique comigo, acho que você está ouvindo coisas.

— Não, o alarme soou, alguém digitou o código. — Ah, bem, isso explica pelo menos.

Passadas altas e pesadas começam a retumbar no corredor, na nossa direção, e me levanto de uma vez. Ele está aqui! Eu sei que é Sawyer, Dane não faz o barulho de uma manada de elefantes quando anda. Apresso-me para sentar direito e limpo meus olhos depressa; não quero que ele veja que eu chorei. Ele já teve uma noite difícil o bastante sem minha histeria aumentando o estresse.

— Emmett? Querida? — ele grita.

— Aqui atrás! — Laney responde.

— Em? — Ele enfia a cabeça pela porta. — Ah, Em — corre pela sala, me segurando em seus braços enormes e fortes —, você está bem? — Suas palavras saem abafadas, pois seu rosto está enfiado no meu cabelo.

— Eu? — Empurro seu peito, precisando olhar para ele. — Quero saber se você está bem? — Meu olhar o varre de cima a baixo, em busca de qualquer ferimento, porém não vejo nada além de uma pequena marca vermelha em sua mandíbula. Não sei o que estava esperando, mas tirando um arranhão quase invisível e um pouco de sangue seco na sua mão esquerda, ele está com a mesma aparência de antes do pesadelo começar. — Sawyer — engulo em seco, os soluços surgindo outra vez —, eu estava tão preocupada. Pensei que você estaria na cadeia, ou machucado, ou... Bem, não machucado de verdade, eu sabia que você ganharia na briga, mas a cadeia, com certeza. Eu sinto muito.

Uma mão esfrega as minhas costas, a outra envolve minha nuca.

— Estou bem, querida, sshhh.

— Eu, hmm — Laney murmura —, estarei lá embaixo se vocês precisarem de mim. Dane já está aqui?

— Não — Sawyer responde, seus lábios ainda tocando meu cabelo. — Obrigado, Laney, por cuidar dela. Você está bem?

— É claro — ela diz, baixinho, e consigo ouvir o sorriso carinhoso em sua resposta. — Estou bem, não se preocupe.

A porta se fecha em seguida, e Sawyer nos leva até a cama, meus braços e pernas envolvendo seu corpo desesperadamente. Nunca mais quero soltá-lo. Não quero que nada nem ninguém adentre na nossa felicidade, nos separe, ou o leve para longe de mim. O pensamento de perdê-lo é sufocante, uma tristeza tão profunda que não consigo respirar direito. Nem me lembro de quem eu era antes de deixá-lo entrar na minha vida. A única Emmett que quero ser é a Emmett dele.

— Amor, eu juro que está tudo bem. Estou aqui, está tudo bem.

— O que vai acontecer agora? — Levanto a cabeça de seu roupão encharcado de lágrimas. Preciso ver seus olhos quando ele me responder, para garantir que não está suavizando o impacto para não me assustar. — Você vai para a cadeia? O quanto você o machucou? E se ele prestar queixa?

— Se ele prestar, paciência, nós vamos resolver. Ele mereceu, Em.

Seduzir

Homens que se aproveitam de mulheres são covardes e precisam aprender uma lição, principalmente se for a minha mulher. Eu não o matei, apenas dei uma boa surra, e não foi nem metade do que eu queria fazer. Você pode agradecer ao Dane por isso. Ele me conteve. — Seu peito movimenta meu corpo quando ele respira fundo, esfregando seus lábios de leve na minha testa. — Só fiquei pensando em você, como foi machucada antes, malditos caras idiotas que pensam que podem fazer o que quiserem. Ninguém pode tocar em você, Emmett. Eu sempre vou te proteger, ou morrerei tentando. — Ele acaricia minhas bochechas e usa os polegares para secar abaixo dos meus olhos. — Não quero que você se preocupe, está bem? Não é bom você ficar tão perturbada.

Assinto, colocando uma expressão séria no rosto, e seguro as laterais de sua cabeça.

— Obrigada — sussurro, dando um beijo suave em seus lábios. — Obrigada por ser exatamente quem é e por me amar exatamente como o faz.

— Não sei bem disso — ele ri, franzindo de leve a testa —, mas sempre vou te amar da melhor maneira que conheço.

Descanso a cabeça na dobra de seu pescoço, meus olhos pesados de exaustão. Consigo sentir a tensão em seus músculos bem-definidos se dissolvendo lentamente, enquanto nos abraçamos em silêncio.

— Está melhor agora? — murmura, dando um beijo no meu queixo um tempo depois.

— Humm?

— Posso ir tomar banho e pegar outra coisa para vestir sem ser esse maldito roupão? — Ele balança a cabeça. — De todas as noites para entrar em uma briga.

— Nós vamos ficar aqui ou ir para casa? — Saio de seu colo, me deitando na cama para que ele possa ir tomar banho, praticamente respondendo à pergunta por ele.

— Você se importa se a gente ficar aqui hoje à noite, querida? Nenhum de nós está com carro e está tarde. Eu meio que preciso conversar com Dane, de qualquer forma.

Já estou aconchegada embaixo das cobertas; ele sabe que por mim, tudo bem, mas ele é atencioso demais para não perguntar.

— Aqui está ótimo. Vá tomar banho. Você sabe onde me encontrar quando terminar.

Ele se levanta, mas se inclina sobre a cama e me beija mais uma vez.

— Eu te amo, Emmett.

Sawyer

— Caralho! — A pele dos nós dos meus dedos se rompe, e o sangue escorre pelos azulejos. Que otário eu sou... socando o banheiro de Dane, andando por aí em um maldito roupão quase matando caras, deixando minha garota ser levada para uma casa estranha, onde agora ela está deitada em uma cama desconhecida, chorando, preocupada que serei tirado dela.

Essa noite coloquei tudo o que é importante para mim em risco. Ir para a cadeia é uma possibilidade real – é, isso vai ajudar muito a Emmett e o bebê. Brigando no clube do Dane – nós pagamos pessoas para impedirem essa merda de acontecer e cá estou eu fazendo isso.

Estou enlouquecendo? Parece que sim, já que estou dando uma de justiceiro no meu trabalho, com um bebê a caminho. E se eu o tivesse matado, e se eu for preso mesmo... quem vai cuidar da Emmett?

Claro, Dane provavelmente vai resolver a minha bagunça, como sempre, e talvez eu não passe nem um dia atrás das grades, mas que tipo de pai deixa os amigos limparem a sujeira dele? E assinarem seus cheques? E lhe emprestar carros?

Eu sou a porra de uma piada. Ela merece mais do que um moleque despreparado que não consegue proporcionar o bastante para impedi-la de servir bebidas para babacas atrevidos em um bar.

Uma batida à porta me salva da minha própria surra mental. Eu sei quem é.

— Pode entrar, Dane.

— Oi — ele diz, baixinho, e ouço a porta se fechar. — As meninas estão dormindo; acabei de dar uma olhada. Você está bem?

Estou tenso demais para encher o saco dele dizendo que é um pervertido querendo me ver pelado no chuveiro. Porém, ao pensar nisso, percebo que é um bom sinal; ainda sobrou um pouco de "mim" em algum lugar aqui.

— Magnífico. E aí?

— E aí, nariz quebrado, costela fraturada e oito pontos no lábio e acima do olho. Tudo certo agora. Ele não vai prestar queixa e ela também não. Beleza?

— Você tem que se certificar se a Emmett concorda, mas acho que ela vai ficar de boa. — Passo as mãos sobre o rosto, afastando a água dos meus olhos. — Obrigado, cara, eu te devo uma.

— Você não me deve nada; o babaca mereceu. O carro dela está na garagem agora. Durma um pouco.

Ele resolveu, mas eu já sabia que ele faria isso. Como se nunca tivesse acontecido.

Se você se acostumar com outra pessoa resolvendo suas merdas para você, como aprenderá a lidar com seus próprios problemas graves?

— Ei, Sawyer?

— Sim? — falo alto demais; pensei que ele já tivesse saído.

— Você quase se descontrolou hoje, irmão, me preocupei por um minuto. Quando você se tornou tão inconstante?

— Quando encontrei algo pelo qual vale a pena lutar.

— Sawyer, querido, acorde. — Sou sacudido em meu sono.

— Hmm? O quê? — Olho em volta, recuperando a lucidez devagar; quarto de hóspedes do Dane, Emmett ao meu lado. — O q... você está bem? O bebê?

Sua mão quente esfrega meu peito e ela se senta em cima de mim. Mechas escuras caem sobre seus olhos preocupados, então estendo a mão e as coloco atrás de sua orelha.

— Nós estamos bem. Você estava tendo um pesadelo.

— Eu não tenho pesadelos, Em. Volte a dormir.

— Mas você estava. Você estava se remexendo e gritando sobre ser um homem. — Mesmo no escuro, consigo ver com clareza a preocupação tomando seu rosto.

— Só estou pensando, Em, não foi um pesadelo e não há nada para você se preocupar. Okay?

— Okay — ela sussurra, voltando a se deitar e se aconchegando na lateral do meu corpo.

— Vou resolver tudo, querida, eu prometo. Durma um pouco.

CAPÍTULO 25

AMARGO NOVEMBRO

Emmett

Sawyer não teve outro pesadelo, pelo menos não um ruim o bastante para me acordar, mas juro que ele não está dormindo nada. Ele não está com a aparência tão cansada, mas parece estar em conflito com o mundo, não avoado, de fato, mas com certeza mais distraído. Tão distraído que na maioria das vezes em que perguntei se ele estava bem, se queria conversar... tive que perguntar duas vezes apenas para chamar sua atenção e nem sempre recebo uma resposta.

Então, embora ele tenha chegado em casa mais cedo hoje à noite, quando ele segue para a cama ainda mastigando o jantar que fiz, nem sugiro assistirmos a um filme. Em vez disso, limpo a mesa e encho a lava-louças, fazendo o máximo de silêncio possível, dando tempo para ele se acomodar. Com a faculdade e o trabalho, eu entendo que ele está carregando uma carga pesada, mas um beijo rápido teria sido bom. Porém, me recuso a reclamar; não esqueci que fui a primeira a duvidar do nosso relacionamento e me fechar. Sawyer teve certeza desde o começo, então agora é a vez dele, e preciso ficar me lembrando que essa reviravolta é justa.

Eu mereço isso.

Enrolei bastante, endireitando as almofadas do sofá e limpando as bancadas por uns trinta minutos, antes de decidir que está na hora de me juntar a ele na cama. Ando na ponta dos pés do corredor até o quarto, tentando afastar a esperança do meu coração.

Pelo menos não o acordei. Ele está deitado de costas, as mãos sob a cabeça, encarando o teto.

— Oi — murmuro, sem jeito, indo até o armário para pegar um pijama.

— Oi — ele vira a cabeça para olhar para mim —, está vindo para a cama?

— Simmm — atrelo o flerte na minha voz, completamente receptiva para qualquer coisa que ele esteja prestes a sugerir.

— Legal, pode desligar a luz do banheiro?

Preciso impedir minha boca de se escancarar enquanto o observo se deitar de lado, socando seu travesseiro antes de fechar os olhos. Mesmo com apenas uma experiência para comparar, disso eu tenho certeza – homens são criaturas descomplicadas e previsíveis. Muito parecido com um bebê, tudo o que você tem que fazer é repassar a *"checklist"*, e aquilo que você não marcar – esse é o problema.

Eu o alimentei. Ele usou o banheiro mais cedo. E agora ele vai dormir.

O que não foi marcado? A voz na minha cabeça está um pouco confusa, então não tenho certeza se é a Vovó ou uma das *Real Housewives*, mas alguém diz: Se ele não está recebendo em casa, ele está recebendo em outro lugar.

É claro que não... disse a mulher estúpida e ingênua em todo e qualquer filme da Lifetime, segundos antes de ela chegar em casa, inesperadamente, no seu horário de almoço e ouvir gemidos suspeitos vindo dos fundos da casa.

Mas sério, ele não tem "saído mais cedo" para as aulas, e eu trabalho com ele pelo menos quatro dias por semana. O celular dele está em cima da cômoda, a centímetros do meu, desprotegido, e ele não sai correndo loucamente para o chuveiro logo que chega em casa. Estou deixando alguma coisa passar? De novo, ter o canal Lifetime não me ensinou todos os sinais?

Talvez eu seja boba. Discuto comigo mesma enquanto me ajeito para dormir, trocando de roupa e escovando os dentes, mas me encontro confiando o bastante no caráter dele e pensando que ele está apenas com muitas responsabilidades e cansado demais, e subo na cama ao seu lado... depois de desligar a luz do banheiro, é claro. Ele está virado de costas para mim, então dou um beijinho de boa-noite em seu ombro.

196   S.E. HALL

— Mas o quê... — Acordo sobressaltada de um sono profundo e sinto de novo na mesma hora. Estendendo o braço às cegas, acendo o abajur antes de afastar as cobertas de mim depressa, sem saber ao certo o que está acontecendo.

Dessa vez, eu sinto e vejo, uma saliência enorme rolando pela minha barriga. Minha camiseta fina não esconde nada, ondulando-se com os movimentos do bebê.

— Sawyer! — Minha mão busca por ele, enquanto meus olhos se mantêm fixos na minha barriga, em admiração. — Sawyer, você tem que ver isso, querido! Acorde! — Sacudindo seu corpo com uma mão, eu me contorço na cama e ergo a blusa com a outra.

— Hmm? — ele murmura, rolando na minha direção. — O que foi?

— Olha isso, olha a minha barriga!

Ele se senta e esfrega os olhos, um pequeno resmungo tentando adentrar minha bolha – não vai rolar, amigão. Segurando o fôlego, espero Alex fazer de novo, para mostrar a ele o novo truque fantástico.

— Vamos lá, pequeno — peço, dando uma batidinha na lateral da barriga.

Sinto-me como Jacques Cousteau em uma expedição de observação de baleias. A qualquer segundo, o movimento vai surgir, majestoso e de tirar o fôlego, depois vai abaixar de novo, para longe das vistas.

— Não estou vendo nada, Em. — Ele faz uma careta. — O que era?

— O bebê se mexeu, como uma onda enorme pela minha barriga. — Demonstro uma onda com a mão. — Foi incrível!

— Muito legal. — Ele abaixa a cabeça e beija minha barriga. — Faça para mim amanhã — ele diz, para a pequena saliência, depois se deita e se vira de costas.

E do nada, antes mesmo de Sawyer terminar de se ajeitar, meu bebê se move de novo, outra demonstração paciente e ansiosa para a qual sorrio e observo em silêncio.

A pequena orca que estou carregando não fica mais parada agora, acrobacias claramente visíveis se tornam um acontecimento diário que Sawyer conseguiu ver, finalmente. Já descobri tudo sobre o bebê agora, e, às vezes, quando estou sozinha ou entediada, eu como, de propósito, um pouco de açúcar e me deito de costas, assistindo o pacotinho fazer um show de rock completo lá dentro. Isso me faz rir, e me faz sentir que o bebê está bem aqui comigo – divertindo sua mamãe.

A Dra. Greer também conseguiu ver na minha consulta ontem – ela fez um alvoroço, mais animada do que provavelmente jamais a verei. Ela também disse que eu precisava ficar com os pés erguidos por alguns dias e ver se o inchaço diminuiria.

Segui as ordens da minha médica e troquei meu turno hoje à noite, então aqui estou sentada, sozinha mais uma vez, e muito entediada. Já verifiquei e Laney está ocupada, então acho que será o festival de Flores de Aço e iogurte desnatado. Odeio ficar entediada... eu faria mais do que apenas uma aula se tivesse dinheiro, e trabalharia mais se meus pés não parecessem balões d'água, porque ficar parada é solitário demais. Sempre fui independente, capaz de me entreter, mas até mesmo meus amados livros e diário não me satisfazem ultimamente.

Eu me sinto invisível. Sinto-me inútil.

E sinto falta do meu melhor amigo.

Levantando-me ao pensar nele, aproveito a chance, esperando que ele não esteja ocupado demais no trabalho, então envio uma mensagem.

> Oi, amor, como está a sua noite?

Depois que encaro a tela do meu celular por pelo menos cinco minutos, decido que uma panela vigiada não ferve mesmo, e largo o celular de lado, iniciando o filme.

Pouco depois dos créditos de abertura, meu celular toca e pauso depressa.

> Tudo bem, e a sua? Está tudo certo?

> Sim, tudo bem. Eu só queria falar com vc. Sinto sua falta.

> Eu também, Em. Então você está bem, não tem nada errado?

> Eu te falei, estou bem, sr. preocupado. Lol

> Legal, então posso falar com vc dps? Preciso voltar pro trabalho.

> Claro, tenha uma boa-noite, amor. Talvez eu vá relaxar com a Laney no ofurô por um tempo.

Eu não deveria provocá-lo e deixá-lo irritado no trabalho, mas sou uma peste quando estou entediada. Não é nada disso, na verdade, eu não sou uma peste. Estou desesperada por um pouco de Sawyer... um pouco de "não vai, não, porque você é minha mulher".

> Okay, divirta-se.

Ou não.

Mulher grávida com os pés para cima aqui, pessoal! Gritei para entrarem umas quatro vezes, e, ainda assim, não entraram. É claro que é alguém que não conheço, então resmungo, abaixando as pernas com uma careta, seguindo para a porta da frente.

Na ponta dos pés, observo pelo olho mágico um cara jovem parado na varanda, ao lado de um carrinho cheio de caixas de equipamentos.

— Posso te ajudar?! — grito pela porta.

— Sim, senhora, eu sou o Scott, da Baby Steps. Estou procurando a Emmett Young?

— O que é a Baby Steps?

— Somos os especialistas em proteger os bebês. Tenho um pedido para proteger a casa de Emmett Young. — Ele ergue um pedaço de papel para que eu possa ver pelo olho mágico.

Sabendo quem o enviou, e tendo quase certeza de que as chances de assassinos em série aleatórios tirarem um tempo para planejar um esquema que coincide com o fato de você estar mesmo grávida são muito baixas, abro a porta para ele.

Santo hormônio.

Scott da Baby Steps não é feio – Scottie Gatinho, sem dúvida.

Seu sorriso rivaliza com o sol quando ele me cumprimenta, os bíceps tentando rasgar as mangas da camiseta de seu uniforme.

— Olá — ele diz, com um sotaque caipira adorável —, você é a Emmett Young?

Minha cabeça sobe e desce enquanto meus olhos discutem com a minha mente sobre romper o belíssimo contato visual.

— Okay, bem, tenho uma ordem de serviço para deixar — ele passa os olhos castanhos pela minha barriga e depois se concentra no meu rosto de novo, em dúvida — a sua casa à prova de bebês hoje?

Abençoado seja. Meu rosto fica corado com seu elogio implícito, e, de repente, não me sentindo tão desleixada e rechonchuda quanto me senti ultimamente.

— Imagino quem te enviou. — Solto uma risada, me afastando e gesticulando para ele passar. — Pode entrar.

Ele entra em ação, colocando sua prancheta em cima da pilha e dando a volta para levantar o carrinho e entrar. Ele se vira para fechar a porta e limpa os pés cuidadosamente, sorrindo o tempo inteiro.

— Certo — ele pega sua prancheta outra vez, encarando-a —, parece que devo fazer em todos os cômodos. Há algum lugar específico onde você gostaria que eu começasse?

Eu deveria saber a resposta para isso, sendo a futura mamãe e tal, mas foi apenas tão fofo deixar o Sawyer ler o livro em vez disso. Não muito tempo atrás, ele lia até no banheiro, gritando curiosidades para mim enquanto fazia suas necessidades. Talvez não seja a situação mais fofa que eu poderia ter citado, mas para mim, cada momento em que ele lia sobre coisas de bebês era precioso.

— Podemos começar com as travas dos vasos sanitários. Geralmente só tem um ou dois banheiros, aí eliminamos um item depressa.

— Oh — afasto os pensamentos remanescentes —, me desculpe. Claro, apenas um banheiro. — Aponto para o corredor. — Você precisa que eu faça alguma coisa?

— Não, senhora, mas quando eu terminar e marcar cada tarefa, vou precisar que faça uma rubrica para provar que te mostrei como funciona.

O que eu vou fazer — ele diz, incapaz de colocar a caneta no suporte da prancheta, como quer fazer tão desesperadamente —, te mostrar, quero dizer. — Ele está nervoso de forma adorável, sua voz tremendo, incerta, através de seu sorriso constante.

— Scott, é a sua primeira vez fazendo isso? — pergunto, certa da resposta.

— Sim, senhora — ele assente —, mas juro que sei o que estou fazendo. As minhas três irmãs têm filhos e eu protegi suas casas direitinho.

Solto uma risadinha, mas me contenho rápido. Não quero que o pobre rapaz pense que estou rindo dele.

— Tenho certeza disso. Então, vá em frente e faça o que tem que fazer, e eu vou apenas tentar ficar fora do seu caminho.

Ele assente depressa outra vez, depois começa a destampar as caixas de seus equipamentos, indo à luta. Eu o deixo sozinho, e encontro meu celular, seguindo para a cozinha. Se ele vai para o banheiro, aqui fico o mais longe dele enquanto faço minha ligação.

— Oi, Em — ele atende, ofegante.

— O que está fazendo? Você parece estar sem fôlego. — Dou uma olhada no corredor, confirmando que Scott está ocupado no banheiro.

— Estou correndo, atrasado para a aula do outro lado do *campus*. O que houve?

Imagino o motivo de ele estar atrasado para a aula, mas não pergunto nada. Por motivos que não podem ser precisamente definidos, deixei um monte de coisinhas aqui e ali passarem sem contestação nos últimos dias. Não é que eu precise saber cada movimento que ele faz – me deixaria louca se ele esperasse uma nota diária dos meus o quê, onde e quem, o que levaria cerca de dez segundos com a minha vida entediante atualmente –, não, isso é mais sobre mim e o que significa eu, de forma consciente, não perguntar mais sobre as pequenas coisas.

— Pensei em te ligar e avisar que o cara das proteções de bebês que você pediu está aqui. Você queria que alguma coisa específica fosse feita, ou...

Eu gostaria que você tivesse me contado? Perguntado o que eu achava? Estado aqui quando acontecesse?

— Ah, merda, eu esqueci! Ele está aí agora?

— Sim, ele está no banheiro, travando o vaso agora mesmo. Fiquei surpresa quando ele apareceu. Não tenho certeza do que será feito. — Mantenho o tom agradável, porque foi muito cuidadoso e atencioso da parte dele, mas insinuo a leve irritação mesmo assim.

Seduzir

— Oi, Sawyer, onde é que você andou se escondendo? — Ouço o piado da garota aos fundos.

— Oi — ele a responde, um pouquinho sem jeito, mas, ainda assim, há um sorrisinho em sua voz enquanto o faz. Eu consigo ouvir.

— Sawyer? — chamo sua atenção de volta, sem rodeios. — Eu vou deixar você ir, só queria te contar.

— Me desculpe, Em, eu deveria estar aí. Eu... — Sua respiração frustrada soa alta no meu ouvido. — Eu esqueci. Não tenho certeza do que mais dizer.

Sorte dele nós não estarmos mais brincando do nosso jogo das "desculpas"; ele ficaria sem fatos.

— Não tem problema, sério. Foi legal da sua parte pensar nisso, obrigada. — O adeus está fazendo cócegas nos meus lábios, mas seguro-o, e tento de novo. — Ei, amor?

— Sim?

— Está tudo bem?

— Em — ele suspira —, está tudo bem. Eu juro. Você pode tentar ser paciente comigo?

— É claro — sussurro, fechando os olhos com força, segurando as lágrimas que querem se derramar. — Obrigada, querido. Te vejo hoje à noite.

Ele se foi, desligou, quando abro os olhos, serenidade restaurada. Consigo ouvir Scott do outro lado da parede bem ao meu lado, remexendo em suas caixas. Banheiro terminado, ele deve estar pronto para seguir para o próximo projeto, então pego meu livro atual na bancada e me jogo no sofá... fora de seu caminho também.

Meu pescoço está tenso. Rolo a cabeça para frente e para trás e esfrego os olhos, esticando os braços. Li três vezes o mesmo capítulo do livro de bolso que estou segurando, sem absorver nenhum fato da história, incapaz de imaginar as cenas na cabeça, quando Dane passa pela porta sem tocar a campainha ou bater.

— Oi, Emmett, como você está? — ele pergunta, animado.

Olho em volta e atrás dele, sem encontrar a Laney, depois de volta para ele, confusa para dizer o mínimo.

— Oi, Dane. Em que, hmm, posso te ajudar? — O que mais eu falo? O que diabos você está fazendo aqui?

— Não, não, não se levante nem nada. Eu estava lá na Laney e vi a van estacionada aqui. Pensei em dar uma passada e garantir que estava tudo bem.

— Ele não está enganando ninguém. Ele está falando comigo, mas olhando fixamente para Scott na cozinha. — Quem é o seu convidado?

Reviro os olhos, abaixando o livro e me empurrando do sofá.

— Scott — chamo, enquanto me levanto —, você pode vir aqui um minuto, por favor?

Em um piscar de olhos, literalmente, ele está na minha frente, dando um sorriso educado.

— Sim, senhora?

— Uh, esse é o meu... — Chefe? Amigo? Não faço ideia do que seja a coisa apropriada a se dizer aqui, mas, felizmente, os dois homens me poupam de ter que decidir.

— Oi, eu sou Scott Barton, da Baby Steps — Scottie Gatinho diz, estendendo a mão. — Tornando o lar do seu bebê um porto seguro.

Dane o encara com curiosidade; ele, provavelmente, não estava esperando o anúncio completo.

— Dane Kendrick — ele estende a mão —, o melhor amigo do homem dela.

Conhecendo o pouco que sei de Dane, parece perfeitamente dentro do seu parâmetro de normalidade dar uma passada, entrar de surpresa ou sem ser convidado, e investigar veículos suspeitos. Mas, parece ainda mais a cara do Sawyer mandá-lo verificar o homem que está na casa a sós comigo. Eu permitiria isso me ofender um pouco, salvo que... Sawyer o enviou.

Scott olha entre nós algumas vezes antes de dar de ombros e dizer:

— Bem, foi um prazer te conhecer. Eu vou voltar ao trabalho, então? — ele indaga, tanto verbalmente, quanto com olhar.

— Sim — assinto —, obrigada.

Dane pigarreia, se remexendo ao meu lado, então olho para ele.

— Você pode me acompanhar até a porta, Emmett?

— Ah, claro. — Afasto minha expressão confusa e sigo para a porta.

Um passo na varanda e Dane já fechou a porta da frente, colocando a mão no meu braço e me dando um susto.

— Você não precisa me levar até meu carro, Emmett. Você se sente segura com ele aqui enquanto o Sawyer não está? Eu posso ficar.

— Uau, isso é muito gentil, Dane, obrigada. Mas está tudo bem, de verdade. Eu me sinto perfeitamente segura. E se não me sentisse — percebo apenas agora que mudei minha postura para um tanto quanto defensiva e cruzei os braços —, eu ligaria para o Sawyer e o esperaria chegar em casa.

Seduzir

Foi ele quem solicitou isso, afinal.

Ele passa a mão pelo cabelo, desviando o olhar para a esquerda, direita, para baixo, e depois de volta para mim.

— Emmett, talvez eu esteja sendo inconveniente, e se estiver, peço desculpas, mas — mão no cabelo de novo, claramente um movimento que demonstra nervosismo —, bem, tem alguma coisa que eu possa fazer? Ou conversar com o Sawyer?

— Não sei o que você quer dizer.

— Sabe, sim. — Seus olhos não estão frios, mas estão sérios, assim como o tom de voz. — Sawyer é meu irmão, eu o amo demais, e o conheço muito bem também. Não posso ficar parado e ver ele se autossabotar, então eu gostaria de tentar ajudar se puder. Nada me agradaria mais do que vê-lo feliz, e sei que você é a felicidade dele.

Por algum motivo, sempre achei Dane muito intimidante, e mesmo que suas palavras sejam gentis e suas intenções sejam nobres, agora mesmo me sinto particularmente frágil diante de sua aura de poder e controle, então faço um grande esforço para manter a voz firme e meu queixo erguido quando digo, com a maior confiança possível:

— Eu agradeço sua preocupação, de verdade, mas Sawyer e eu estamos ótimos. Não precisamos que ninguém interfira. Somos um time, juntos, e encontraremos o caminho de volta até tudo se acertar.

Ele me encara e considera minha resposta, esfregando o queixo e, finalmente, deixando um sorriso tímido tomar conta de seu rosto.

— É assim que deveria ser. Boa resposta — ele diz, resoluto. — Tudo bem, então. Se algo parecer estranho, ligue para ele na mesma hora. Está bem?

— Está bem. — Assinto e volto para casa enquanto ele segue para seu carro.

Agora preciso convencer a mim mesma, assim como fiz com ele, que tenho confiança no meu time.

Pela primeira vez no que parece uma eternidade, acordo antes de Sawyer. Não apenas poderei ver seu rosto ao invés do bilhete esporádico esta manhã, mas também estou animada para tentar fazer meu primeiro jantar do Dia de Ação de Graças. Espero que esteja comestível e torço para ninguém ter intoxicação alimentar, então qualquer coisa entre isso será considerado um sucesso.

As coisas têm sido enfadonhas, para dizer o mínimo, entre mim e Sawyer, ultimamente, e há uma distância entre nós que sinto crescer a cada dia. Não sou idiota, vejo os sinais, mas o desacelerar de uma pessoa é o acelerar de outra quando o sinal fica vermelho. Como uma automobilista de coração, continuo tentando. Eu resistia antes, e ele continuou lutando por mim, então sou mais do que mulher o bastante para fazer o mesmo. Ainda há um "nós" dentro dele, vejo relances disso de vez em quando; o roçar de sua mão na minha, uma piscadinha aqui e ali... lá no fundo, somos mais do que apenas os colegas de quarto que nos tornamos. Talvez essa refeição do feriado, somente ele e eu, nos trará de volta ao normal. Barrigas cheias, aconchegados no sofá para assistir a um filme, talvez, finalmente, uma boa conversa franca...

— Você acordou cedo. — Seu cumprimento sonolento me assusta.

— Acordei. Bom dia. — Fico na ponta dos pés para beijá-lo, mas tudo o que ganho é um roçar casto de seus lábios antes de dar a volta por mim para abrir a geladeira. — Tive que preparar o peru cedo, se nós quisermos comer na hora do almoço. Vou começar a descascar as batatas. Quer ajudar?

— Ah, hmm — ele hesita, o olhar disparando pelo cômodo —, eu não sabia que você tinha planejado uma coisa especial. Eu ia trabalhar.

— No Dia de Ação de Graças?

— É, Em, no Dia de Ação de Graças. Preciso de todo o dinheiro que puder ganhar. Eu tenho responsabilidades.

— Eu também tenho responsabilidades, Sawyer. Estou atolada de responsabilidades — gesticulo com a mão até a cabeça —, mas tirar o dia de hoje para a família pareceu muito importante também. Não podemos ter apenas hoje?

— Claro — ele reconhece, com um pequeno sorriso forçado. — Que horas você quer que eu volte?

— Quando quiser. — Jogo o pano de prato na bancada, meu humor acabado.

— Não, não quando eu quiser. — Ele se aproxima e segura minha mão, me puxando contra ele. — Que horas, Em?

Com o rosto colado em sua camiseta, escondo meus olhos marejados e minha decepção.

— Não quero que isso seja um peso, Sawyer. Eu quero que você queira estar aqui.

Seduzir

— Eu quero muitas coisas, Emmett. — Ele abaixa o rosto, inspira o cheiro do meu cabelo, e, por um breve segundo esperançoso, acho que vai me dar um de seus famosos beijos na cabeça, os quais passei muito tempo sem, mas ele apenas diz: — Eu te vejo às duas. Pode ser?

Tudo o que posso fazer é assentir, com medo de tentar falar alguma coisa. Se eu ousar, ou começarei a chorar, sobrecarregando-o mais, ou gritarei minhas frustrações, afastando-o para ainda mais longe. Então assinto, levanto a cabeça, e o solto.

— Okay, estarei aqui às duas.

Aqui, não em casa. Nenhum beijo de adeus.

Quando ele sai, deslizo até o chão, bem onde estava, e envolvo meus joelhos com os braços. Não estamos mais "brincando de casinha" e a realidade tem se provado ser um fardo pesado demais. Perdi Sawyer para a sua própria mente – eu me tornei responsabilidade dele. Quem poderia culpá-lo por se afastar? A estrada para o coração partido, pelo que parece, também está pavimentada com boas intenções.

— Feliz Dia de Ação de Graças. — Acaricio a barriga e libero as lágrimas, observando com um estranho desapego enquanto elas caem na minha camiseta.

Arquejo profundamente, secando o rosto depressa e lutando para ficar de pé. Torcendo para a minha máscara estar no lugar, eu me viro, eufórica que ele tenha voltado para dentro de casa.

Mas não, ele não voltou... ouço sua voz, mas ele não está falando comigo, ela soa através da janela aberta. E maldita seja você, Geórgia, por fornecer um Dia de Ação de Graças quente o bastante para as janelas ficarem abertas, porque o que escuto Sawyer dizer em seguida chega até meu coração e arranca o último pedaço otimista de nós que havia restado, e o atira no chão.

— Oi. Não pensei que você atenderia no Dia de Ação de Graças. Posso ir aí agora e conversar?

CAPÍTULO 26

TUDO NA MINHA FAMÍLIA

Emmett

— Que sensação incrível. Vocês todas são geniais.
— Todas?! — Whitley exclama. — Nem pense em dar crédito à Laney por pedicure! Ela nem conheceria essa palavra se não fosse pela Bennett e por mim. Não é, Ben?
— É. — Coitada da Bennett, pingando de suor enquanto passa a pedra-pomes nos calcanhares esportistas e ásperos da Laney. — Deus, Laney, espero que você use meias na cama! Se não, não vai sobrar pele nenhuma nas pobres pernas do Dane!
— Eu consigo ouvir vocês, vadias, quando falam alto — Laney retruca, a cabeça apoiada no sofá e rodelas de pepino sobre os olhos.

Dou uma risadinha mesmo que esteja ouvindo suas brincadeiras apenas pela metade. Whitley é uma deusa da massagem e da esfoliação, realizando milagres loucos nos meus pés inchados agora. Estou tão relaxada que talvez eu adormeça.

Isso é exatamente o que eu precisava, uma noite com garotas maravilhosas e meus tornozelos inchados sendo cuidados. Em nenhum lugar do livro que Sawyer está lendo diz, que no instante em que você atinge 27 semanas, sua retenção de líquidos triplica, de repente, e você se torna uma melancia ambulante. Se diz, ele não leu essa parte para mim.

Por outro lado, Sawyer não tem lido parte nenhuma para mim nos últimos dias. Também não assistimos filmes juntos, e nas duas vezes em que me dei ao luxo de tomar um sorvete da Coldstone, eu estava sozinha. Ele perdeu a primeira aula de amamentação, o que eu entendi, já que ele não precisa saber como fazer isso, mas perder a última consulta médica? Isso disse tudo. Ainda mais pelo fato de que ele não tem insinuado muito, sem contar que não fazemos amor há semanas. Talvez a pessoa com quem ele pode "conversar" tenha preenchido essa lacuna também...

Nos últimos dias, tenho sido olhada com pouco mais do que simpatia casual, com selinhos de adeus, e a música tocando no rádio, ao invés de conversas no caminho para o trabalho e de volta para casa – nas que vamos mesmo juntos, quero dizer. Ele ainda encontra seu caminho até minha cama todas as noites, mas entra sorrateiramente quando acha que estou dormindo e não faço nada para ele pensar o contrário. De manhã, ele sempre está acordado antes mesmo de eu me mover. Ele está lá, mas em lugar nenhum.

Não acho que estou assim tão grotesca, meu ganho de peso até agora foi de quatro quilos, o que a Dra. Greer garante que é saudável e aceitável. Ainda posso usar quase todas as minhas roupas antigas, até mesmo meu jeans, se eu não abotoar logo abaixo da barriga. Não vi nenhuma estria ainda, mas, mesmo assim, passo Manteiga de Cacau com Vitamina E toda manhã e noite.

Então não tenho certeza de qual é o problema, ou quando começou de fato, mas o meu Sawyer desapareceu e deixou o "Sawyer Obediente" em seu lugar. Se ele apenas falasse comigo, confirmasse o que já sei lá no fundo, ele descobriria que eu, tranquilamente, estaria mais do que bem somente tendo meu amigo de volta.

— Emmett, você está bem? — Whitley sorri, secando meus pés e colocando um sobre seu joelho. — Você ficou perdida por um minuto.

— Ah, sim, estou bem. É tão relaxante, devo ter começado a cochilar. Você terminou?

— Não, boba! Agora tenho que cortar e pintar suas unhas. Escolhe a cor? — ela diz, em sua melhor voz de técnica em pedicure.

— Me surpreenda. Em breve, não serei capaz de vê-las mesmo. — Solto uma risada.

O suspiro de Bennett provavelmente pode ser ouvido pelo quarteirão inteiro quando ela, enfim, começa a fase de pintar as unhas da Laney.

— Então, o que todos vão fazer no Natal? Não acredito que só faltam duas semanas!

S.E. HALL

Whitley responde primeiro:

— Evan e eu vamos para a casa do Parker e da Hayden, e claro, veremos os pais dele.

— Como a Hayden está? — O interesse da Laney agora foi despertado, e ela tira as rodelas dos olhos e se senta. — Aqueles trigêmeos devem sair a qualquer momento agora, certo?

Whitley faz uma careta, seu lábio tremendo um pouco.

— A data está prevista para 4 de janeiro, mas com trigêmeos, eles podem chegar a qualquer dia. Seu médico está inflexível para ela mantê-los lá dentro pelo máximo de tempo possível, então ela está de repouso na cama há mais de um mês.

— Eu deveria saber disso — Laney diz, suavemente, um lampejo de vergonha percorrendo sua expressão. — Irei lá vê-los também. Dane e eu vamos para a casa do papai. E faremos uma viagem até minha mãe também, claro. E não vamos esquecer, uma visita muito importante à Bag N Suds! Tenho que garantir que o traseiro expulso da faculdade, da Kaitlyn, está curtindo seu novo emprego. — Ela gargalha, segurando a barriga e tombando a cabeça para trás.

— Não pode ser! Eu não fiquei sabendo disso! — O rosto de Whitley se ilumina e Laney balança a cabeça de forma muito entusiasmada. — O que você sabe? O Karma acertou em cheio.

Não sei quem é Kaitlyn, e por mais que eu devesse ser uma boa amiga e perguntar, não estou com muita vontade. Ando tão desajeitada ultimamente... hormônios idiotas.

— E você, Emmett? — Bennett pergunta. — Quais são os seus planos com o Sawyer?

Devo parecer tão patética quanto me sinto quando as três se aproximam de mim.

— Eu, hmm, não sei se temos planos específicos, por assim dizer. Tenho certeza de que vamos ver isso logo. Na verdade — faço um movimento exuberante e mudo de assunto —, preciso montar uma árvore e comprar alguns presentes para vocês!

Isso parece acalmá-las e as três começam a tagarelar ideias para um Natal da Galera antes de todo mundo viajar e talvez sortear o nome de um amigo para comprar um presente, como uma espécie de amigo-secreto.

— Oi, meninas, festa dos pés, estou vendo.

Por cima de seus planos empolgados e a briga por quem tem a voz mais alta, a chegada de Sawyer passou despercebida. Quem sabe há quanto tempo ele está parado na nossa frente.

— Quer que a gente faça os seus depois? — Bennett caçoa, gesticulando para o Spa de pés no chão.

— Vou dispensar, B. — Ele mal dá uma risada. — Em, você está aqui esperando por mim? — Ele ergue a sobrancelha, esperando uma resposta.

— N-não — gaguejo as palavras. — As meninas me convidaram para fazer pedicure. — Ele provavelmente acha que acampei aqui, esperando-o voltar, mas se ele parar mesmo para pensar nisso... como diabos eu saberia quando ele voltaria, ou que decidiu que hoje viria para cá ao invés da minha casa, por sinal? É difícil perseguir um fantasma, Sawyer.

— Hmm. — Ele assente. — Estou exausto, vou me deitar. — E então sai, andando na direção de seu quarto.

— O que foi isso? — Laney sibila, quando a porta dele se fecha.

Dou de ombros, indiferente, porque nem mesmo eu sei.

— Eu vou embora já. Tenho um monte de coisas para fazer amanhã e preciso descansar um pouco. — Sair do sofá não deveria ser tão desafiador quanto é, com apenas quatro quilos a mais, mas a gravidez faz coisas inexplicáveis com o seu centro de gravidade.

Vendo minha dificuldade, Laney salta e estende a mão para mim.

— Emmett, está tudo bem com você e o Sawyer? Ele é nosso amigo, mas você também é. Então, se quiser conversar...

— Está tudo bem, apenas agendas e caminhos diferentes ultimamente, tenho certeza de que ele virá mais tarde. — Calço o chinelo que comprei recentemente, com o maior cuidado por causa das minhas unhas recém--pintadas. — Vocês me avisem quando nós formos sortear os nomes, okay?

— Okay — Laney murmura, o rosto com uma expressão preocupada, e as outras duas assentem em silêncio.

Enquanto ando pela calçada de volta para a casa, que ele arranjou para mim, e dou a volta no carro na garagem, que ele arranjou para mim... sinto-me segura por saber uma coisa: sou mais forte do penso... quero dizer, consegui fazer o caminho todo até a minha sala antes de soltar uma lágrima sequer.

CAPÍTULO 27

UMA GRANDE GAROTA

Sawyer

— O que eu te falei sobre preocupar e chatear a Laney?

— É bom te ver também, mano — retruco ao Dane, de pé do outro lado do bar. — Estávamos com pouco Vermute e duas torneiras. Eu fiz o pedido; vai chegar aqui amanhã.

— Ótimo, valeu. Agora de volta para a minha pergunta original. Laney está toda irritada por causa de você e da Emmett. Quer me contar o que está acontecendo?

— Não, não é da conta de ninguém. Não posso controlar minha vida baseado no que a Laney vai pensar. Esse é o seu trabalho. — Viro para o outro lado, começando a abastecer o refrigerador, então ele é forçado a conversar com as minhas costas.

— Pode apostar que é o meu trabalho. É o único que tenho e que realmente importa, e um que planejo manter. Um que garanti que eu estava falando sério antes de sequer pedir a ela que assumisse o relacionamento também.

Bato com força a porta do refrigerador e me viro de frente, contornando o balcão.

— Se você tem algo a dizer, diga.

— Tenho certeza de que acabei de falar, caralho.

Rapidamente, tento me lembrar da última vez em que Dane e eu nos enfrentamos. Não consigo.

— Tudo bem, então, o que você não disse? Meu emprego? Eu trabalho pra caramba. Faculdade? Tenho certeza de que me esforço muito aí também. Então você deve querer falar da Emmett, que já abordamos na parte "não é da porra da conta de ninguém". Agora, se você já terminou de vomitar as palavras, eu preciso administrar esse clube, chefe.

Não lhe dou chance de responder, bato a mão por baixo da portinha do bar e sigo para a despensa. Quando pego tudo o que consigo carregar e retorno, ele não está mais lá, então avisto a chave do Accord na bancada.

Por que ele está me dando a chave do carro da Em? Para enfatizar que estava com ele. Babaca.

Pegando a porra do celular… penso, por que estava com ele?

> **Por que Dane está com a chave do seu carro?**

Malditas mulheres. Você precisa da porra de um instante para si mesmo para esclarecer as coisas e colocar a cabeça no lugar, e elas começam incêndios – malditos movimentos drásticos e drama exagerado. E essa merda aumenta, envolvendo todo mundo em seu caminho.

> **Era o carro dele, a chave dele. Eu não preciso mais, mas muito obrigada pela ajuda quando precisei.**

> **Por que você não precisa? Como vai para o trabalho hoje à noite?**

Estou prestes a parar essa merda de mandar mensagens e ligar para ela, mas me contenho. É melhor assim. Não quero gritar no ouvido dela.

> **Tenho uma carona para ir buscar meu carro novo! Fiz um ótimo negócio em um Jeep Cherokee antigo na lista de veículos usados. Um casal fofo de idosos vai me entregar e me deixar pagar em dinheiro pelos próximos quatro meses! E por causa do ano/modelo, encontrei um seguro que só é cobrado a cada três meses. Estou muito empolgada que as coisas estão começando a melhorar.**

Não me escapa que essa é a conversa mais longa que Emmett e eu temos há bastante tempo... por mensagens. Também não deixo passar o fato de que, de alguma forma, ela conseguiu fazer tudo isso sem a minha ajuda ou sem eu saber. Bem debaixo do meu nariz e sem eu fazer a menor ideia.

> **Não posso te agradecer o bastante, Sawyer. Tudo começou por sua causa, meu primeiro milagre. Eu poderia fazer suas enchiladas de frango favoritas uma noite, como agradecimento?**

A minha namorada, com quem eu praticamente moro e está prestes a ter meu bebê, acabou de me convidar para jantar? Meu Deus, eu ferrei com absolutamente tudo. Estive tão preocupado em como ganhar a vida para ela, nós, nosso bebê... caralho! Eu a fiz pensar que não a queria, não queria nosso relacionamento, nosso bebê. Agora ela está construindo a vida que acha que eu abandonei, sozinha... Ela não precisa de mim.

Bem, raios me partam se eu não preciso dela, uma dor aguda no meu peito confirmando.

Toca três vezes antes de ela responder.

— Em. — Engulo meu orgulho. — Emmy?

— Sim?

— Me desculpe, querida, eu não percebi. Preciso te dizer... — Luto com as palavras, apertando o celular sem piedade. — Eu apenas tenho estado tão preocupado, e...

— Sawyer? — ela me interrompe, distraidamente. — Odeio fazer isso, mas podemos conversar quando eu chegar aí ou algo assim? Minha carona está aqui.

— Ah... sim, okay, claro.

— Okay, então te vejo daqui a pouquinho?

— Estarei aqui. — Meu suspiro ecoa no celular. — Quem é a sua carona?

— Kasey, por quê? Escuta, ele está buzinando, tenho que ir. Te vejo em um segundo?

— Sim.

Ela desliga e preciso me segurar muito para não destruir cada porra de coisa nesse bar agora. Kasey? Tipo, o Kasey Munson, o cara que trabalha aqui? O cara que declama profecias sobre cada tatuagem discreta que ela tem? Aquele Kasey?

Furioso pra caralho, faço algo que nunca fiz antes – eu me sirvo de duas doses de tequila *Patron* e viro as duas – no trabalho. Depois ligo a música e deixo o lugar pronto para esta noite. Vai ser uma daquelas.

Seduzir 213

Emmett

Estou chocada. Sawyer ligou, e para me dizer alguma coisa. Juro que ouvi um tênue toque de carinho em sua voz. Uma pequena e patética parte minha quase quer acreditar que ele estava com ciúmes por Kasey me ajudar. Essa não foi a minha intenção, Kasey é simplesmente um cara legal que podia me ajudar, já que Laney tinha treino. E enquanto torço para não ter causado problemas para ele, a garota em mim, a mesma que está apaixonada por Sawyer, não consegue evitar desfrutar por apenas um segundo resplandecente que Sawyer talvez se importe o bastante para ainda sentir ciúmes.

Kasey me deixa lá e faço uma breve visita para o Sr. e Sra. Rosen, o casal mais fofo que já vi na vida. Eles nunca saberão o quanto estão me ajudando, me deixando levar o carro agora e pagar pelos próximos quatro meses. Dou um abraço nos dois e salto para dentro do meu novo Cherokee, com uma tontura boa.

É antigo e já rodou muitos quilômetros, mas é meu. Não tem cheiro de novo e os tapetes estão manchados, mas é meu. Dirijo com o rádio ligado, desfrutando de uma felicidade que não sinto há muito tempo. Mas todas as coisas boas devem acabar e tudo o que sinto quando estaciono na frente do *The K* é ansiedade e insegurança. Não faço ideia do que esperar quando entrar. Poderia ser raiva, ou pior, poderia ser mais fria indiferença.

Alex deve sentir meu nervosismo, me dando um rápido chute assim que abro a porta. Sorrio e esfrego a barriga.

— Não comece você também.

Até aqui, tudo bem. Tudo parece normal. Kasey está desempilhando cadeiras, sorrindo e me dando um tchauzinho.

— E aí? É bom de dirigir? — ele pergunta assim que me vê.

Faço um joinha, sem estar pronta para anunciar minha presença em voz alta. Austin está lá na cabine arrumando suas coisas e Darby e Jessica estão de pé no bar contando dinheiro em seus aventais.

Meus ombros relaxam com meu suspiro de alívio ao seguir para a copa, para guardar minhas coisas, mas fico tensa com a mesma rapidez quando vejo Sawyer parado ao lado do meu armário. Ele está com o quadril recostado, os braços cruzados, e não parece feliz.

— Feche a porta e tranque — instrui, com uma voz estranhamente calma. Seus olhos o entregam, entrecerrados e em um azul-escuro e tempestuoso. Ele está tudo menos calmo.

Mas ele não me assusta, não de verdade, e provavelmente já está na hora de conversarmos, então faço o que ele diz, fechando e trancando a porta. Virando-me devagar na direção dele, coloco o sorriso mais convincente que consigo evocar.

— Oi, e aí? Não estou atrasada, estou?

— Você sabe que não está atrasada.

— Ah, okay. Então o que foi?

— O que foi? — ele desdenha, andando na minha direção agora em passos calculados e metódicos. — O que foi, Emmett, é, por que você está devolvendo e comprando carros sem dizer sequer uma palavra para mim, e, principalmente, por que caralhos você está íntima o bastante para andar de carona com Kasey!

A voz dele não está nem perto de estar calma, e tenho certeza de que cada funcionário aqui consegue nos ouvir sem nem sequer tentar. Especialmente a Darby. Sim, eu sei que ele esteve com ela. Ela me esclareceu animadamente na noite em que me levou para casa. O veneno amargo na voz dela falou por si só, porém... foi apenas uma vez e Sawyer nunca mais foi atrás dessa opção.

— Posso guardar minhas coisas, por favor? — Dou a volta, passando por ele, até meu armário, demorando um bom tempo antes de ter que me virar de novo.

— Emmett — ele está logo atrás de mim, grunhindo baixo no meu ouvido —, você sabe que eu teria te levado. Eu não te ajudo com qualquer coisa que você precisa? E você sabe, com certeza, que eu não gostaria que pedisse para outro cara.

Se ele queria me irritar, ele conseguiu. Fecho a porta do armário com força e me viro para ficar tão perto de seu rosto quanto consigo.

— Como eu saberia disso, Sawyer, hein? Você não pode agir como se eu fosse invisível e depois aparecer todo bravo quando algo não agrada o seu ego masculino! Não estou com raiva de você por querer dar o fora, cacete, EU FUGI PRIMEIRO! Certo, foram apenas alguns dias, não semanas, mas fugi e admito. Então você pode fugir também, mas, ah, espere,

Seduzir

215

você já fez isso! — esbravejo na cara dele, toda a minha frustração e raiva subindo à cabeça. — Admito abertamente que eu merecia e a vingança é uma vadia, mas antes mesmo de me afastar, eu te falei. Eu te avisei, Sawyer. Falei desde o primeiro dia que você não iria me querer. Falei várias vezes. Você, finalmente, entendeu e estou contente! Quanto antes melhor, certo? Menos estragos. Mas o que não entendo, o que me deixa brava, é por que você se importa com o que qualquer um, homem ou mulher, faz por mim?

Consigo sentir o calor subir pelo meu pescoço e bochechas, a pulsação nas minhas têmporas. Esse desabafo tirou todo o meu fôlego, meu peito subindo e descendo depressa enquanto ofego. Mas nada disso importa, a ruptura no meu maldito coração é a pior parte. Acabei de dar uma escapatória para ele, dizendo que estava tudo bem ir embora e que eu não ficaria com raiva.

Estou surpresa por ele ainda estar parado aqui, me encarando.

— Eu não fugi! Estou aqui todo santo dia. Eu durmo na nossa cama, faço compras, coloco gasolina no seu carro, te acompanho em consultas! Como diabos isso é fugir? — Ele está gritando, os olhos arregalados e as pupilas dilatadas, o cheiro de álcool em seu hálito.

Estendo a mão para meu armário e pego os papéis na minha bolsa.

— Isso chegou na minha casa por algum motivo. Eu liguei. Eles têm tentado te contatar. Você precisa ir buscar seu exame para completar sua inscrição. — Bato o panfleto em seu peito e luto com afinco contra as lágrimas que estão desesperadas para cair. — Não consigo me lembrar da última vez que você me beijou. Não fazemos amor há semanas. E você não vem para as minhas consultas; você perdeu a última. Fiquei esperando você entrar correndo, aos gritos, pelo corredor, mas você não foi. Está tudo bem, Sawyer, eu entendo. Você fez um esforço corajoso e me ajudou mais do que qualquer um já fez antes, ou jamais fará. Então, fuja. Eu não vou atrás de você, mas por favor, considere parar de querer se alistar. Você tem um ótimo emprego, a faculdade, e amigos que te amam. Você não precisa correr para tão longe assim.

Mas eu corro. Ando o mais rápido que minhas pernas trêmulas permitem e destranco a porta, abrindo-a com uma destreza que não sei de onde veio. Somente algumas lágrimas conseguem escapar antes de eu estar seguramente escondida na última cabine do banheiro feminino, com meus pés apoiados no vaso.

Se eu conseguir sobreviver esse turno hoje à noite, será um milagre. E logo depois disso, haverá uma outra mudança na minha vida.

CAPÍTULO 28

NÃO FAÇO IDEIA DO QUE FIZ NA NOITE PASSADA

Sawyer

De carona com outros caras – mas que diabos? E falando nisso, é bom Kasey começar a procurar a porra de outro emprego.

Comprando um carro, seguro – ela pensa que não precisa de mim? Tudo o que eu faço é por ela!

Perdi a última consulta médica? Isso é porque ela não me contou!

Fuja, Sawyer, eu não vou atrás de você.

Você, finalmente, entendeu, estou contente!

Estou com *Patron* no meu organismo, ela está trancada no banheiro, me evitando, e consigo ver a maldita cara convencida do Kasey no outro lado do cômodo... Pego a garrafa e a coloco na parte traseira da minha calça, pronto para dar o fora daqui.

> Está no seu escritório?

Dane responde de pronto.

> Sim?

> É todo seu hoje à noite. Vou sair.

E com isso, sigo para a porta dos fundos até a minha moto. Ah, minha linda garota, GSX-R prateada. Nunca retruca, sempre no mesmo lugar em que a deixei e tem uma sensação tão boa entre as minhas pernas.

Dou partida e saio do estacionamento, sem saber direito para onde estou indo até que sei exatamente para onde estou indo. Preciso de um lugar para ser um degenerado bêbado e miserável. Um lugar onde ninguém decente que conheço me encontrará, onde machucar as pessoas a quem mais ama, porque você é um maldito perdedor assustado, é aceitável. Viro à esquerda e sigo para o misterioso apartamento agora não mais condenado do CJ.

Perfeito. É a este círculo infernal que pertenço. Ar repleto de fumaça, latas de cerveja por toda parte, caras gritando com o Xbox e garotas seminuas tentando chamar sua atenção. Vadia sendo masturbada no canto do sofá? Totalmente normal para esse lugar, mas ela precisa afastar essa merda. Aqui tem cheiro de peixe e idiotas.

Mas aqui é mesmo o lugar onde caras como eu precisam estar. Ninguém aqui está pensando em bebês ou casas em vizinhanças seguras com boas escolas ou seguro familiar acessível. Ninguém aqui se importa que o melhor que posso oferecer é distribuição de bebidas no meio da noite para ter dinheiro para fraldas, enquanto ela está acordada apenas para amamentar.

Aqui? Aqui eu sou, na verdade, a pessoa mais bem-resolvida da sala.

— Sawyer! — CJ grita do sofá. — Quanto tempo! Quer uma cerveja?

Tiro a garrafa da calça (um pouco desconfortável quando você está na moto, aliás) e levanto a porra para ele ver.

— Estou bebendo coisa boa hoje. Trouxe a minha própria bebida.

— Você quer coisa boa, venha dar uma tragada nisso. — Ele levanta aquele narguilé assustador pra cacete.

— Me dê um minuto para me aquecer. — Ando até a cozinha e decido rapidamente não usar seus copos, tomando, em vez disso, um longo e ardente gole direto da garrafa.

— O que você está fazendo aqui? — um ronronar familiar soa atrás de mim.

Mariah. Ótimo.

— Oi, e aí? O que está fazendo aqui?

— Nenhuma corrida hoje à noite; tenho que vir à casa do homem para encontrar os pilotos gostosos. Agora, qual é a sua desculpa? Ouvi dizer que você parou.

Ela se aproxima e eu me afasto, batendo contra uma bancada. Agora estou preso entre ela e uma pia cheia de louça suja. PQP. Tomo outro gole.

— Então, você parou? — Ela está tão perto agora que consigo sentir o cheiro de cinzeiro em seu hálito.

— É, parei — respondo, colocando uma mão em seu ombro para afastá-la do meu espaço, com gentileza. — Vendi minha moto de corrida também.

Aqui vem ela de novo, bem em cima de mim, percorrendo uma mão pelo meu braço e zombando de mim.

— Aquela vadia egoísta fez você vender a sua moto?

— Não, não foi assim. Vamos... — Disparo o olhar em volta, elaborando um plano de fuga. — Vamos nos sentar à mesa. Quer?

Ela tenta se sentar no meu colo, mas frustro esse plano bem rápido, segurando seus quadris e afastando-a para o lado.

— Sente-se em uma cadeira — falo, com firmeza —, você está me sufocando.

Fazendo bico, e não do jeito *sexy* pra caramba como Em faz, ela se senta na cadeira ao meu lado e a arrasta até se aproximar da minha. Eu a ignoro, virando a garrafa outra vez. Essa merda vai te ferrar muito rápido, o que estou percebendo quando começo a enxergar duas versões de tudo. Quando CJ coloca dois baseados na minha cara, pego apenas um deles e dou uma tragada. Mariah segura meu rosto e cobre minha boca com a sua, sugando a fumaça dali.

— Ih, olha a passadinha! — CJ comemora.

— Não foi legal. — Eu a tiro de cima de mim. — Se eu quiser a porra da sua boca em mim, eu te falo. Você sabe muito bem que eu tenho namorada.

— Tem? — Ela finge timidez, tentando flertar. Ela se curva para a frente com uma mão sobre a coxa, a blusa aberta, mostrando seus peitos, e bate seus cílios endurecidos de maquiagem. — Então por que você está aqui e ela não?

Maconha, *Patron*, desespero...não faço ideia do porquê sequer respondo:

— Porque fiquei com medo. Eu estava tão ocupado me preocupando e planejando, que a perdi. Eu não a beijei ou a amei! — Bato o punho na mesa, derrubando a garrafa de lado. — Agora ela seguiu em frente.

— Ahh. — Ela se levanta, esmagando meu rosto entre seus peitos e esfregando minha bochecha. — Se ela seguiu em frente tão rápido assim, quando você estava fazendo tudo por ela, então ela não te merece. Um homem como você precisa de alguém que possa te tratar bem; que possa fazer você se sentir bem e te recompensar por tudo o que você faz. — Agora

Seduzir

219

a boca dela está sobre minha orelha, sussurrando: — Eu posso fazer você se sentir bem. Já fiz antes e adoraria fazer de novo. Só que dessa vez, aquela vadia não vai estragar tudo. Vou cuidar de você a noite toda.

Nada, nenhuma contração, leve ereção, nada. Só consigo pensar na Emmett, suas palavras repassando várias vezes na minha mente.

Esforço corajoso.

Eu não vou atrás de você.

Falei várias vezes que você não iria me querer.

— Mas eu a quero. Eu a amo tanto. Eu só queria um pouco de tempo, um pouco de espaço, para resolver as coisas. Eu sou o homem, cacete! Eu preciso ganhar dinheiro e comprar uma casa, todas as coisas que ela e Alex merecem!

— Eu não te perguntei sobre ela. — Ela me olha feio agora, as duas mãos nos quadris. — Se você quer ser babá de uma garota baixa, gorda e grávida, vá em frente, mas estou cansada de ouvir sobre isso! Meu Deus, o bebê nem é seu!

Oh, raios, ela foi embora.

Não bebo tanto assim há anos, muito menos fumo baseado. Minha testa está martelando, bem no meio, o lugar onde os aneurismas começam, imagino. O que estou fazendo? Isso não sou eu. Não há maconha e uísque o bastante no mundo para me fazer não amar a Emmett. E eu amo. Deus, eu amo.

Pego meu celular e deslizo o dedo depressa entre meus contatos, dando um tchau para CJ e saindo da casa.

— Alô? — Evan atende no terceiro toque.

— Ev, irmão, eu te acordei?

— Sim. O que houve?

— Estou fodido, estou fodido. Você pode vir me buscar? E a minha moto também? — Eu me sento no degrau de concreto frio mais próximo da minha moto. — Não vou deixá-la aqui para ser roubada.

Ele murmura e ouço os lençóis farfalhando ao fundo.

— Onde diabos você está?

— Briarwood, nos apartamentos. Não se esqueça da minha moto.

— Fique parado. NÃO dirija.

— Obrigado, cara.

Okay, de volta aos eixos. Eu apenas irei para casa e pedirei desculpas à Emmett e nós vamos começar de novo. Admito, não tenho noção do tempo agora, então pode fazer cinco minutos ou cinco horas antes da minha bunda ficar dormente. Eu me deito de costas no chão duro e frio, e observo as estrelas. Cacete, tem um monte delas! Ou talvez eu apenas esteja vendo duas no lugar de uma; não faço ideia.

— Emmy, amor — digo para o céu escuro, eu, repleto de cintilação, luzes brilhantes, ela, e ensaio o que vou dizer: — Você entendeu tudo errado. Eu sempre quis você. Sempre. Eu estava com medo de não ser o suficiente. Você é tão forte e corajosa, tolerante e amável... tudo o que não sou. Eu não perdoo aquele homem, os homens, que te machucaram. Me consome todo maldito dia que não posso consertar isso para você. E se eu for um pai de merda? Deus sabe que não tive nenhuma aula formal sobre como ser um bom pai, menos ainda um excelente. Eu trabalho em um bar, pelo amor de Deus! Você precisa de uma casa, um quintal, daquele cachorro que você mencionou. — Estou gritando com a lua agora e me sento, de repente, secando os meus olhos depressa antes que eu chore de verdade e me sinta ainda mais covarde.

— Precisa de uma carona?

À espreita nas sombras? Quem faz isso? Consegue imaginar até onde ela iria se eu a tivesse fodido mesmo?

— Não, estou bem, valeu. Tenho uma carona a caminho.

— Sawyer, você está aqui há quase uma hora. Acho que a pessoa não vem. Deixe eu te dar uma carona. — Ela se posta na minha frente, estendendo a mão. — Venha.

Aceito a oferta e tento me levantar, tropeçando contra ela.

— E a minha moto?

— Pegue de manhã. — Ela me puxa na direção de... cacete, eu não sei. — Por aqui, vamos.

Eu realmente não quero deixar minha moto à mercê dessa vizinhança, lançando uma olhada por cima do ombro e percebendo que minha moto está ficando cada vez mais distante. Mas preciso de uma cama. Estou um desastre. Tenho que ficar sóbrio para poder conversar com a Emmett, então, com pesar, eu cedo e a sigo.

— Eu moro...

— Eu sei onde você mora — ela me interrompe, com altivez.

É claro que ela sabe onde moro, nem um pouco bizarro. Falei que preciso comprar uma casa.

— Sawyer! — Luzes brilhantes me cegam, uma voz grita meu nome. Cubro os olhos com a mão, me esforçando para ver quem está falando.

Seduzir

221

Oh, obrigado, meu Jesus Cristinho! Evan está correndo até mim, Zach atrás dele.

— Aonde pensa que está indo? — Evan pergunta, encarando minha motorista com ceticismo.

— Não achei que você viria. Marcy aqui ia me levar para casa — digo, arrastado.

— É Mariah, seu babaca! Meu Deus, você gozou na minha boca e nem consegue lembrar meu nome? Você é patético! — ela berra, batendo os pés e empurrando meus ombros.

Muito obrigado, Marcy, por essa propaganda pública.

— Maneire nos xingamentos, insolente. Você me deixou gozar na sua boca sem se certificar primeiro de que eu iria querer lembrar o seu nome.

— Você o quê? Sawyer, cara, em que diabos você estava pensando? — Evan abaixa a cabeça, balançando-a de um lado ao outro.

— Não agora! Muito tempo atrás. Emmett sabe. — Rio, não sei bem o porquê. — Cacete, a Emmett viu.

— Eu não... — Evan murmura, virando-se para Zach com uma súplica em seus olhos. — Alguma ideia do que fazer com isso?

Zach se aproxima e segura meu braço.

— Acabou a historinha. Garota com M, vá para casa. Sawyer, cadê a sua moto? Nós vamos levar ela e você para casa.

Aponto para a minha moto, tenho quase certeza, e Zach me arrasta nessa direção.

— É bom você ficar muito feliz por termos chegado aqui a tempo, seu idiota — ele resmunga em voz baixa, apertando meu braço com força. — Se você tivesse entrado no carro com uma garota que Emmett sabe que te deu um boquete antes, ela nunca teria te perdoado.

Zach sabe tudo sobre as dores da traição – o que a gêmea fez inúmeras vezes com ele.

— Eu sei, eu sei. Obrigado por salvar meu traseiro. Por que Evan te ligou?

— Para ajudar a pegar sua preciosa moto. Você não vai ajudar — ele me faz encolher com um olhar de reprovação —, obviamente. Nós dois estamos quebrando o toque de recolher agora por essa merda, aliás. Se formos pegos ou colocados no banco de reserva, você é um homem morto.

CAPÍTULO 29

ESTRADA PARA A REDENÇÃO

Sawyer

Quando acordo, estou na minha própria cama, o rosto contra o travesseiro. Levo um minuto para me orientar e organizar meus pensamentos, considerando que parece que usei minha cabeça como aríete, mas tudo começa a voltar e não é bonito. Partes da noite de ontem estão confusas, mas é de se imaginar que eu me lembraria se alguém cagasse na minha boca, que é exatamente o gosto que estou sentindo. Sentando-me com muito cuidado, rapidamente viro e esfrego o rosto. Sinto-me amassado... e o que é isso embaixo da minha bunda? Colocando a mão no bolso traseiro do jeans, pego meu celular. Nada da Emmett.

Tem uma mensagem de Evan, no entanto.

> Moto na varanda, chave na bancada da cozinha. Boa sorte!

Deleto as doze mensagens de Dane, sem ler nenhuma delas. Só consigo imaginar todas as letras maiúsculas, as broncas severas que ele enviaria. Não, obrigado.

Agora é hora de dar o braço a torcer.

> Está em casa? Ocupada?

Enquanto espero ela me responder, crio coragem para sair da cama e seguir para o chuveiro. Começo a me sentir meio vivo de novo debaixo da água escaldante, mas no minuto em que saio, o martelar na cabeça retorna com força total. Passando a mão no espelho embaçado, vejo meu primeiro vislumbre de tudo que é o Sawyer depois de uma noite de autodestruição. Eu, certamente, não vou precisar dizer para as pessoas que estou de ressaca – um olhar vai responder qualquer curiosidade.

Verifico meu celular, ainda sem resposta da Emmett. De ressaca e abatido ou não, essa merda acaba agora. Nós vamos conversar, ela vai ouvir, e vai acontecer agora. Depois que me visto e arranco o esmalte dos meus dentes e esfrego minha língua, sigo para a casa dela.

O carro está na garagem. Ela está dormindo ou me ignorando.

Cavalheirismo, provavelmente, é o caminho mais seguro a se seguir agora, então toco a campainha ao invés de entrar logo de cara. Estou tamborilando a mão no batente da porta, um bolo de mal-estar se formando na garganta, quando sua voz meiga surge do outro lado da porta.

— Quem é?

— Em, é o Sawyer.

— O que você quer, Sawyer?

— Eu quero conversar com você. Por favor, Em. — Sou capaz de me humilhar. Minha vida inteira está do outro lado dessa porta, tão perto que eu poderia derrubar essa maldita barreira e agarrá-la, segurá-la, e nunca mais ser tolo o bastante para soltá-la de novo, mas ainda devastadoramente fora de alcance. — Por favor.

O som da trava se abrindo me dá esperança, vida nova surgindo no meu coração arrependido. Ela abre um pouco a porta e seu rosto precioso aparece.

— Fale.

— Posso entrar?

— Não acho que seja uma boa ideia, Sawyer. Você pode dizer o que precisa daí. — Seus olhos não encontram os meus, a cabeça abaixada, o cabelo negro escondendo parte de seu rosto.

— Me desculpe, Emmy, eu sinto muito, amor. — Eu me curvo adiante, as mãos apoiadas no batente da porta, e inclino a cabeça para encará-la. — Eu nunca quis te machucar ou te afastar. Por favor, me deixe entrar. Eu preciso explicar as coisas, fazer a gente ficar bem de novo.

— Você dormiu com ela? — Olhos verdes agora encaram os meus, transbordando de mágoa, uma mágoa causada pela minha imprudência.

— O quê? Dormi com quem? — Eu sou uma pessoa horrível. Implorei pelo seu coração, e quando ela finalmente o entregou por inteiro, eu não cuidei dele.

— Você sabe quem — diz, com escárnio. — Mariah. Ontem à noite, você dormiu com ela?

— Não, Deus, não! Por que você sequer perguntaria isso? — E como você sequer sabe que eu a vi?

Ela fecha a porta na minha cara, trancando-a de novo. Pego minhas chaves, me atrapalhando para achar a certa, quando ela, de repente, se abre de novo. Ela me entrega duas coisas pela fresta da porta, primeiro, a caixinha vazia onde coloco meu *davra* quando não estou usando, e segundo, seu celular, uma tela já exposta para mim.

Olho para o celular primeiro. Chegou à 1:18 da manhã.

> Mariah: Detesto te incomodar tão tarde, mas Sawyer está meio bêbado e quer que a gente vá para a casa dele. Você pode me mandar o endereço?

Leio de novo, e uma dor repugnante e devastadora assola meu estômago. Não estou surpreso ao ver isso; parece a jogada que uma vadia desprezada, vulgar e invejosa faria, mas estou chocado pela Emmett sequer abrir a porta para mim.

Agora, quem consegue encarar aqueles olhos?

A fresta da porta se abre um pouco mais e ela coloca sua mão impaciente para fora. Mal tenho juízo sobre mim para devolver seu celular.

— Você. Dormiu. Com. Ela? — Por incrível que pareça, quanto mais baixa e firme se torna a voz de uma mulher, mais letal é o efeito.

— Eu disse que não. Eu não dormi com ela.

— Por que a caixa da sua bijuteria está vazia?

— Eu te falei, Em, se não a usar de vez em quando, a perfuração fecha. Doeu pra cacete, não vou fazer de novo.

— E eu te falei, Sawyer, não estou interessada em nenhum truque de mágica. Eu nunca quero nada além de você. Então por que você se importa se o buraco fechar?

— Eu não sabia que você queria dizer nunca, nunca mesmo. Tudo bem por mim, querida, considere feito.

Seduzir

225

Ela dá uma risada de escárnio, a porta aberta o bastante apenas para eu vê-la revirando os olhos para mim e cruzando os braços.

— Espere, você acha... — Não consigo evitar uma risada sarcástica. — Você acha que eu usei para aquela vagabunda ontem à noite?

— Se o *piercing* peniano serviu... — ela murmura.

— Eu. Não. Toquei. Nela. — Ah, merda, outra peça do quebra-cabeça de ontem surge na minha mente defasada; a passadinha. Verdade seja dita, vou contar tudo antes que eu mude de ideia. — Ela, hmm, ela agarrou meu rosto e forçou, bem, sua... hmm... boca na minha. Mas eu a empurrei na mesma hora.

— Coitadinho! — Ela põe a mão sobre o coração, fingindo estar horrorizada. — Ela simplesmente atacou os seus cento e oitenta e três centímetros e noventa quilos? Meu Deus, você se machucou?

Ela ergue uma sobrancelha e tento reprimir o sorriso.

— Você sabe o que eu quero dizer. Não quero mentir para você, mas não toquei nela. Apenas — levanto um dedo e pego meu celular — me dê um minuto. — Busco o contato freneticamente e ligo, colocando no viva-voz.

— Eu juro por Deus, Sawyer, se você estiver ligando para ela...

— Eu não sei a porra do número dela, Baixinha. Eu...

— Boa tarde, Raio de Sol, como está se sentindo? — Evan zomba, com uma risada.

— Fabuloso. Ei — fixo o olhar na Emmett e o mantenho ali —, o que aconteceu ontem à noite, cara?

— Qual parte?

— Qualquer uma. Como eu cheguei em casa? Onde você me encontrou?

— Cara, isso é triste. Você me ligou para ir te buscar em um apartamento. Zach e eu fomos lá e pegamos você e sua moto. Isso te lembra alguma coisa? Enviei uma mensagem para o seu traseiro miserável. Te jogamos na cama, guardamos sua moto e coloquei a chave na bancada da sua cozinha.

— É, entendi. Muito obrigado, irmão. Mas, ei, a Whitley estava com vocês? Achei que tinha uma garota...?

Emmett se remexe no lugar, cruzando os braços e estreitando o olhar nessa parte. Ela está se preparando para ouvir que fiz uma grande cagada, o que sei, sem dúvidas, bêbado ou não, que não fiz.

— Vou fingir que você não acabou de confundir a Whitley com aquela... seja lá o que diabos ela era, ontem à noite.

— Quem era? Eu estava com ela?

— Sawyer, sério, irmão, não fique tão mal assim de novo e estou falando sério. Ter que ligar para se lembrar de uma noite inteira da sua vida? Longe demais, irmão, longe demais.

Minha resposta é para o Evan, mas faço a promessa para Emmett com olhos tristes e promissores.

— Não vai acontecer de novo. Você tem a minha palavra. Mas eu preciso saber... sobre a garota.

— Você estava parado no estacionamento quando chegamos lá, preocupado com a sua moto. Uma garota aleatória estava tentando te levar para o carro dela, mas nós te salvamos. Foi bem engraçado — ele ri — quando você a chamou pelo nome errado. Ela te empurrou e saiu batendo os pés. Foi hilário.

— Só isso?

Emmett e eu estamos tendo uma conversa só nossa, com nossos olhares, esse tempo todo. E o dela acabou de suavizar e dizer: "Tudo bem, eu acredito em você".

— Só isso, graça a Deus. — A resposta de Evan nos interrompe. — Você acha que precisa de mais?

— Não, cara, estou bem. Obrigado de novo.

— Beckett?

— Sim?

— Conserte as coisas com a Emmett, okay? Aquela sua divagação inconsolável por todo o caminho para casa? Não combina com você.

— Estou cuidando disso.

Emmett

Então ele não dormiu com a Mariah, o que diminui minha raiva ligeiramente. Ele foi, porém, de todos os lugares na Geórgia, parar no mesmo em que ela estava. E não vamos esquecer seu ataque feroz, mantendo os lábios dele reféns.

Faça-me o favor.

— Tudo bem, eu acredito que você não dormiu com ela. Estou até disposta a aceitar a palhaçada de que "ela te beijou". E talvez todo o caso de "Emmett não se importa com o metal do pau, mas estou preocupado que o buraco feche de qualquer forma" seja uma grande coincidência. Mas sabe o que realmente dói, Sawyer? A única pessoa que você sabe que eu não gostaria nem que você chegasse perto, é exatamente a que você encontrou no seu caminho. Você saiu para me machucar intencionalmente e mirou bem na jugular. Tiro certeiro. Parabéns.

Deixo um Sawyer abatido e sem palavras do outro lado da porta quando a fecho na sua cara, colocando uma cadeira embaixo da maçaneta antes de me jogar na cama.

— Desculpe — peço perdão para a minha barriga, pela aterrissagem forçada, e rolo de lado, pondo um travesseiro sob a bochecha.

A porta sacode contra a cadeira enquanto ele tenta entrar. Isso só vai segurá-lo por um tempo, ele é um saqueador hábil, afinal. Imagino que devo ter cerca de dez minutos, no máximo, antes de ele me dominar.

Ouço uma notificação no meu celular, mensagem recebida, e como uma gulosa, eu abro. É um vídeo, então aperto o play, apesar de tudo.

Can't Help Falling in Love, nossa música do Elvis, preenche meu quarto com sua súplica melódica.

Onde estava essa tentativa sincera semanas atrás, quando sequei as lágrimas depressa sempre que ele se deitava na cama? Minha vida não é apenas minha mais e não posso permitir que ela seja usada como um brinquedo! Com mais raiva agora do que mágoa, ando até a porta da frente, afastando a cadeira e abrindo de supetão. Ali está ele, de jeans surrado, uma camiseta cinza simples e um sorriso esperançoso e desesperado.

— Não posso perder você, Baixinha. Simplesmente não posso.

Seus olhos azuis, sinceros e carinhosos, me pedem para ao menos escutá-lo, então dou um passo para trás, deixando a porta aberta insinuar o convite. Eu me viro e sento no sofá, e ele fecha porta e me segue.

— Emmett — ele se ajoelha na minha frente e segura as minhas mãos —, juro por Deus, pela minha vida, eu não a toquei, e nem sabia que ela estaria lá. Eu estava me sentindo como um vagabundo, então fui para o pior lugar que conhecia, e ela estava lá... você tende a encontrar ratos quando fica nas latas de lixo. E o *davra*? Eu te prometo, Em, é apenas uma coincidência. Eu não sabia que você queria dizer que nunca o queria. Mas agora que sei, vou jogá-lo fora, amor.

— Eu gosto dos que tem nos mamilos — murmuro, olhando para todos os lugares, menos para ele.

— Então eles ficam. — Sua risada é passageira, seguida imediatamente por um suspiro alto. — Em, eu fiquei perdido. Tudo o que queria fazer era ir em frente e ser o homem que merece você, que pode cuidar da nossa família. Amor, eu fiquei tão ocupado, depois cansado, e preocupado, que esqueci que a garota por quem eu estava fazendo tudo isso precisava ser amada primeiro. Não quero você em um bar cheio de idiotas que pensam que podem te tocar. Não quero que a nossa família dependa do Dane. Eu quero que você seja capaz de terminar a faculdade. Deus, Emmett — ele solta uma das minhas mãos para tentar puxar seu cabelo que ainda não cresceu o suficiente —, fiquei tão obcecado, tão determinado a tornar tudo perfeito, que arruinei a única coisa que já era perfeita: eu e você, juntos.

— Como vou saber que você não vai ficar com medo de novo e nos afastar? Você vai correr de volta para aquele lixão toda vez que as coisas ficarem difíceis? Por que você não podia conversar comigo sobre isso? Em um dia, estamos apaixonados, no próximo, somos desconhecidos. Não posso me permitir ser machucada assim de novo. — Abaixo a cabeça e inspiro o cheiro dele, não é uma boa ideia quando estou tentando resistir, mas é exatamente o que preciso para me acalmar, cada emoção disparando dentro de mim de uma só vez. — Eu não aguento, e uma criança, com certeza, não aguentaria. Nós não somos seu emprego, seu fardo, ou sua responsabilidade. Ou nós somos sua escolha, sua necessidade, sua vontade de viver... ou não somos.

— Vocês são — uma mão acaricia minha bochecha —, vocês sempre foram. Eu preciso ser capaz de controlar nosso futuro, estar seguro, como Dane. Ele poderia comprar qualquer coisa que Laney quisesse, escolas particulares, férias, quintais e malditos pôneis. É só dizer. Nosso bebê, nossa família, não merece menos do que isso.

Cubro sua mão com a minha, entrelaçando nossos dedos.

— Sabe qual é o problema dessa teoria? Dane ama a Laney primeiro e acima de tudo. Nenhum dos dois liga para o dinheiro dele. Não tenho dúvidas de que ele daria tudo o que tem e viveria em uma ilha deserta com ela se a Laney pedisse.

— De jeito nenhum — ele balança a cabeça com ênfase —, sem seu império, ele não poderia ser tão controlador e possessivo. Ele perderia seu poder e ficaria devastado, usando todo o seu tempo e energia para tê-lo de volta.

Seduzir

229

Meu querido Sawyer. Ele cresceu pobre, sem bens materiais, desprezado e infeliz, então ele compara tudo isso com um grande conglomerado. Ele não poderia estar mais errado.

— Sawyer, em primeiro lugar, há uma grande diferença entre ser controlador e possessivo e fazer a sua mulher querer ser controlada e possuída. Você tirou essa parte de letra, e se tem isso a postos, não importa se você é pobre. E quanto àqueles papéis do serviço militar? Você vai fazer aquilo?

— Não. Eu fui ver o recrutador no Dia de Ação de Graças. Pensei que seria a melhor forma de garantir que eu teria um emprego, uma moradia para você, um seguro. Mas tenho que te deixar por seis semanas no mínimo. — Ele balança a cabeça e olha para mim. — Não tenho certeza de qual é o plano certo depois que eu terminar a faculdade, qual formação é a melhor, onde precisaremos morar por causa de seja lá quais empregos teremos... mas não é esse plano. Eu disse não a eles.

— Obrigada. — Suspiro, contente por isso estar resolvido.

Ele tem razão, não faço ideia de onde exatamente estaremos daqui a um ano, ou dez, mas estou aliviada que não será com ele nas Forças Armadas, possivelmente na guerra, talvez sem nunca voltar para casa. Eu não tenho o necessário para ser esposa de militar – elas são mais fortes do que eu –, isso simplesmente não é para mim.

Ele balança a cabeça de um lado ao outro, seu processamento de tudo o que foi dito quase visível. Perdido em pensamentos, seu polegar acaricia minha bochecha enquanto, aos poucos, ele abaixa a cabeça até que esteja apoiada na minha barriga.

— Emmett — ele sussurra.

— Hmm?

— Você ainda me ama?

— Sawyer, mesmo se eu viver até os cem anos, vou te amar até o dia em que eu morrer. Mas não planejo passar esse tempo te convencendo a me amar de volta. Quero ser amada por um homem com quem tenho que passar meu tempo convencendo a mim mesma que ele é real. Tive isso uma vez, ainda que por pouco tempo, e nunca mais serei feliz de novo com menos do que isso.

Ele envolve minha cintura com os braços, agarrando-se a mim com muita insegurança.

— Em — ainda um sussurro —, eu sinto tanto. Por favor, me perdoe. Me diga que você me ama. Por favor, Baixinha, me fala que podemos ficar bem de novo.

Inclino a cabeça e dou um beijo suave na dele.

— Eu te amo, Sawyer. Eu nunca parei, e nunca vou parar.

— Mas...? — Ele me conhece bem demais, ouvindo palavras não ditas.

— Mas preciso que você tire um tempo, todo o tempo que precisar, e garanta que tem certeza. Não haverá uma próxima vez como essa. Você me machucou. Você me assustou também — admito, minha voz falhando. — Você me deixou. Talvez estivesse aqui fisicamente, mas o meu Sawyer foi embora.

— Eu prometo...

— Não, não hoje. Tire esse tempo para se certificar.

— Mas eu não preciso. — Ele levanta a cabeça, seus olhos azuis marejados fixos nos meus, pressionando a testa à minha. — Talvez eu não saiba exatamente o que estou fazendo o tempo todo. Você é meu primeiro e único amor, Emmett, não tive nenhuma prática de como não estragar tudo. A única forma que conheço de dar tudo o que eu sou para uma pessoa é a forma como sou com você. Então, querida — ele afasta a cabeça para suplicar com seus olhos azuis e suas palavras —, eu sou meio que um trabalho em andamento, mas sou o seu trabalho em andamento. Apenas seu, para sempre, e sempre. — Ele roça o nariz no meu, seus longos cílios fazendo cócegas nas minhas bochechas, enquanto suspiro contra sua pele. — Eu não quero ficar longe de você, Em. Eu não quero perder mais nada.

— Eu não disse que você tinha que ir embora. Nós vamos começar de novo, ver no que vai dar. Mesmo que eu tenha apenas meu amigo de volta, com certeza, eu quero você por perto, porque, meu Deus, eu senti a sua falta. — A represa rompe e há uma inundação facial completa. — Eu senti tanto a sua falta, Sawyer. Em alguns dias, eu mal conseguia respirar, e todos os dias eram uma névoa interminável de solidão.

— Nunca mais, Emmy, eu juro. Vamos comer macarrão e morar em uma maldita caixa, contanto que estejamos juntos e você esteja sorrindo. Eu te amo. — Ele beija meu nariz, queixo, bochechas, antes de pairar sobre meus lábios. — Eu vou te mostrar, mamãe — ele sussurra. — Prometo. Eu te amo.

Encontro-o na metade do caminho, juntando nossos lábios.

— Espero que sim.

CAPÍTULO 30

NOSSA HISTÓRIA DE NATAL

Sawyer

Os atrativos do Natal para mim sempre foram as férias da escola, nada mais. Nunca comprei um presente para uma mulher e eu evitava os viscos nas festas, como se fosse um esporte. Então, para convencer a minha Baixinha que estou nisto para vencer, esse ano eu fiz de tudo.

Reduzi minha jornada de trabalho, portanto estou na cama todas as noites antes de ela adormecer. Pelas manhãs, não faço nada além de me levantar para fazer xixi antes de ela acordar ao meu lado. E ela só me despertou de um pesadelo uma vez, quando sonhei que a árvore de Natal pegou fogo. O que é, na verdade, muito possível, já que eu a levei até uma fazenda de plantação de pinheiros e comprei o abeto mais sinistro de todos, tão grande que tivemos que cortar as laterais com uma tesoura e tirar um pedaço de doze centímetros do topo. Em cima há um laço enorme ao invés de uma estrela, cobrindo o grande buraco.

Durante toda a tarde, eu a levantei para que ela pudesse decorar a metade superior da tal árvore, com enfeites e adornos que também tivemos que ir comprar, já que nenhum de nós possuía nada. Algum dia, porém, levantaremos nossos netos até os ramos e nos recordaremos de lembranças de cinquenta anos.

É, cheguei até esse ponto.

Exausto de lutar contra as multidões da véspera de Natal, essa noite entro no carro e compro a comida favorita dela e alguma comédia romântica nova para assistir. Não sei o que diabos estava pensando antes, ou como alguém consegue desaparecer tão fundo em sua própria mente, mas vivo de novo pelas minhas noites com Emmy. Quando penso em tudo o que perdi, lá na terra do babaca-preso-em-seus-próprios-medos, fico com muita vontade de chutar meu próprio traseiro.

Quando chego em casa, a frente da casa está escura e silenciosa, mas vejo o brilho da luz por baixo da porta do banheiro. Coloco nosso jantar na cozinha e decido agir. Já que ainda estamos em "período de teste", Em não fez nada além de me dar alguns beijos, então dizer que a minha libido está em um nível homicida e que meu pau está extremamente deprimido seria um eufemismo grosseiro. Então a chance de entrar de fininho e ter um vislumbre da Em nua e molhada no banho? Escolha natural.

Com as mãos firmes de um ladrão, abro a porta o bastante para vê-la pelo espelho, tentando passar despercebido. Cacete, ela é adorável, sua cabeça inclinada contra a banheira, os olhos fechados, cantando baixinho. As bolhas me provocam, aderindo-se aos seus seios, mostrando-me apenas os picos redondos e o indício de um mamilo rosado. Suas pernas estão estendidas, os pés na beirada, os pequenos dedos implorando para serem chupados. E aquela linda barriguinha de grávida? É capaz de me deixar excitado, *sexy* pra caralho, e pensamentos de mantê-la assim com o máximo de frequência possível me fazem sorrir.

Não consigo esperar mais um segundo, e começo a abrir os botões da braguilha. Leva um tempo longo demais para desabotoar os cinco, usando a mão esquerda para me apoiar ao batente. Focado no mamilo durinho e totalmente visível para mim agora – Deus abençoe a gravidade e a inconsistência das bolhas –, enfio a mão direita dentro da cueca. Abaixando um pouco o tecido, agarro meu pau solitário com força, me masturbando.

Alheia ao seu admirador, ela se mexe dentro d'água, realocando perfeitamente as bolhas. Agora consigo ver os seios gloriosos despontando na superfície. Começo a fantasiá-los na minha boca, os mamilos rígidos raspando contra a minha língua, enquanto bombeio meu pau cada vez mais rápido. Porra, sinto falta de sua boceta quente e apertada ao meu redor, contraindo e relaxando em uma sintonia audaciosa por conta dos orgasmos que dou a ela. Sem saber, ela está me dando um show particular, abrindo as pernas ainda mais, ao ponto de quase não conseguir conter o gemido.

Com os olhos agora colados no que está abaixo da água – o v

Seduzir

233

distorcido entre as coxas suculentas —, esfrego o polegar na cabeça do meu pau, recolhendo a gota de esperma e espalhando por todo o comprimento. Louco para gozar, consumido apenas por vê-la daquele jeito, agarro com mais força e acelero os movimentos. Sei que não vai demorar muito, pois faz tempo desde que a toquei, então me obrigo a manter os olhos abertos apesar da urgência em fechá-los e me perder no momento.

Ela geme baixinho ao se afundar um pouco mais na banheira, afastando o cabelo molhado do rosto. Mordo meu lábio inferior com mais força, tentando reprimir o gemido e alertá-la sobre minha presença. No instante em que sua língua rosada se projeta para fora e se arrasta preguiçosamente pelos lábios, chego ao clímax, enchendo a mão com as rajadas da minha porra. Eu saboreio a sensação, continuando a me masturbar em um ritmo agora mais lento, até expulsar cada gota e conseguir recuperar o fôlego.

Constrangido, saio do quarto com a mão toda melada e a braguilha aberta, rezando para não esbarrar com ninguém. Quando sei que a barra está limpa, eu me viro e corro até a cozinha, tentando me recompor enquanto lavo as mãos.

Começo a abrir as comidas e servir nossas bebidas, assoviando da forma mais inocente possível. Com certeza amenizou a ameaça da insanidade induzida pelo entupimento de esperma, mas inflamou a vontade de estar dentro dela de novo. Quero sentir sua pele macia e suada embaixo de mim, em cima de mim, ouvir os gemidos que somente eu consigo extrair dela. Sinto falta das nossas línguas enroscadas, lutando por controle enquanto invisto contra seu corpo e ela grita meu nome e afunda as unhas nas minhas costas. Mas sobretudo, sinto falta de segurá-la depois, sua cabeça no meu ombro, a mão afagando meu peito e seus suspiros satisfeitos fazendo cócegas na minha pele. Sinto falta de saber que ela está apaixonada por mim e que posso tê-la na hora que eu quiser, ela me querendo tanto quanto.

Ela me deixa colocar um braço sobre sua cintura quando dormimos, mas não se aproxima mais de mim. Tenho permissão de apoiar uma mão sobre sua barriga, mas Emmy não a cobre mais com a dela. Ela sorri quando leio para o bebê, mas não acaricia minha cabeça metodicamente enquanto o faço. Sei que ela está com medo de que eu vá me assustar de novo e fugir, mas não sei qual é o grandioso gesto final, aquele que irá derrubar toda a parede de uma vez.

— Oi — ela sorri, ao se aproximar pelo canto, vestindo um roupão branco curto e com o cabelo úmido —, quando você chegou em casa?

— Não faz muito tempo. Está com fome? Comprei o seu favorito. E — levanto a caixinha — um festival de ovários para seu deleite visual.

— Parece a noite perfeita para mim! — Ela sorri, ficando na ponta dos pés para beijar minha bochecha. — Vamos comer no sofá e assistir ao filme. E obrigada.

Emmett

— Sawyer? — sussurro no ouvido dele. — Já amanheceu. Feliz Natal.

— Mhmm — ele resmunga, despertando aos poucos, e firma o braço pesado ao redor da minha cintura para me puxar contra seu peito. — Feliz Natal. — Beija minha testa, os olhos ainda fechados. — Que horas são?

— Hora de levantar e abrir seus presentes! — Não consigo evitar, estou empolgada por ter alguém amado com quem compartilhar a manhã de Natal depois de tanto tempo. — O último a chegar na árvore faz o café da manhã! — grito ao sair da cama e corro pelo corredor, já esperando ansiosa de joelhos até que ele aparece com cara de sono. Cabelo bagunçado, barba por fazer, e vestindo apenas uma calça de pijama azul, ele seria um ótimo presente... se eu tivesse certeza disso.

— Eu tenho tempo para um café? — Ele me dá um sorrisinho.

— Sim, mas depressa!

Enquanto ele está se arrastando pela cozinha, eu separo os presentes em duas pequenas pilhas organizadas, parando no lugar e arquejando.

— Sawyer?

— Sim?

— Por que Alex tem presentes? Acho que bebês não recebem presentes até terem nascido. — Ainda estou falando alto quando ele entra no cômodo, inclinando-se para beijar minha cabeça.

— Meu bebê, minhas regras.

— Você é louco. — Reviro os olhos, apenas fingindo indiferença quando, por dentro, meu coração está explodindo. Pego dois de seus presentes e engatinho até onde está sentado no sofá, entregando-os a ele.

Mal posso esperar para ver se ele vai gostar. — Abra aquele primeiro — peço, apontando para o que está em cima.

— Espere, Baixinha. — Ele coloca os presentes de lado e se levanta, me segurando com facilidade e me colocando no sofá. Ele pega a minha pilha e a coloca no meu colo, depois volta a se sentar ao meu lado. — Pronto. Vamos abrir ao mesmo tempo.

Ele abre suas camisas *Henley*[15], uma cinza e uma azul-marinho, e para mim, uma sacola com o spray corporal, sais de banho e creme da linha *Red*.

— Você gostou? — pergunto. — Você sempre fica tão bonito nas que você tem.

Ele coloca a mão na minha nuca, puxando meu rosto para perto do seu.

— Eu amei. Obrigado — diz, com a voz rouca, antes de me beijar intensamente. Uau, ele deve gostar muito de camisas. Em seguida, ele abre seu perfume e um kit pós-barba Usher, agradecendo com outro vigoroso, mas maravilhoso, beijo, sua língua não precisando pedir para entrar. Sinto o gosto de café e de tudo o que eu precisava, mas resisti por dias e noites solitárias demais e solto um gemido em sua boca, devolvendo o movimento com urgência. Uma mão sobe para a minha nuca, virando minha cabeça enquanto ele aprofunda o beijo por um momento, antes de se afastar cedo demais. — Abra o seu antes que eu... — Balança a cabeça, claramente tentando controlar o movimento de seu peito ofegante. — Apenas abra o seu.

Com as mãos ainda trêmulas por causa daquele beijo, eu me atrapalho com o embrulho até que estou olhando para um pingente prateado de coração, *Minha* gravado na frente.

— Abra — seu sussurro grave interrompe meu transe.

É o que faço, lágrimas surgindo nos meus olhos quando vejo uma pequena foto de nós dois em um lado e a primeira foto do ultrassom no outro.

— Sawyer — dou um gritinho, uma lágrima rolando pela lateral do meu nariz.

— Vire.

Seu está escrito atrás.

Talvez porque é Natal, ou talvez porque é o presente mais adorável que já ganhei, ou, possivelmente, porque ele está sem camisa, em uma calça

---

15   Uma camisa Henley é uma camisa de pulôver sem gola, caracterizada por um decote redondo e uma abertura com cerca de 10 a 15 cm de comprimento e geralmente com 2 a 5 botões. Essencialmente, é uma camisa polo sem gola.

sexy de pijama, cheirando a Sawyer e me beijando a manhã toda – escolha um motivo –, eu me jogo nele. Meus lábios e mãos não têm ritmo, nenhuma graça enquanto devoro sua boca e jogo em cima de seu corpo as frustrações de uma mulher muito grávida, muito sentimental que não consegue mais fingir que não precisa dele para viver.

— Sawyer — choramingo, segurando seus ombros e inclinando a cabeça para trás enquanto ele beija meu pescoço.

— O quê, amor? Me fala.

— Nós podemos...? — Minhas mãos se movem para sua nuca, puxando do sua cabeça contra meu pescoço.

— Podemos o quê? — ele pergunta, sem fôlego, apertando minha bunda em suas mãos desejosas. — O que você quer, Em?

— Ah... — Isso me deixa louca, inconsciente de tudo, exceto seu toque, quando ele mordisca a pele sensível do meu pescoço e abaixo da minha mandíbula. — Podemos fazer isso sem esquecer que precisamos de tempo? Só fazer um ao outro se sentir bem? Preciso tanto disso.

A boca dele desaparece, de repente, as mãos soltando a minha bunda, me fazendo levantar a cabeça e encarar olhos azuis tão escuros, com as pupilas tão dilatas que tornam quase tudo preto.

— É isso o que você quer? Porque isso está longe de ser o que será para mim.

— Eu não... — Puxo meu cabelo para trás com as duas mãos e solto um suspiro confuso e exasperado. — Eu não sei. Não tenho certeza se estamos prontos para mais, se você está pronto para mais, mas, meu Deus, eu quero você, Sawyer. Eu preciso te sentir. — Pego sua mão e levo-a para o local úmido e quente entre as minhas coxas. — Vamos apenas nos fazer sentir bem. Você... — Com medo da resposta, eu me viro antes de perguntar: — Você esteve com mais alguém?

Ele se levanta depressa do sofá, me encarando com as duas mãos apoiadas nos quadris. Seu rosto está vermelho de fúria; essa situação piorou demais, muito rápido.

— Como você pode sequer me perguntar isso? A última mulher na qual estive dentro foi a última mulher na qual estarei dentro para sempre! Você! — Ele aponta o dedo para mim, sua voz se intensificando. — Eu não vou te foder para se sentir melhor. Meu pau entrou com um pedido de invalidez e meu coração está partido ao meio, mas um — ele faz aspas no ar com movimentos raivosos e petulantes — "vamos nos fazer sentir melhor, porque é uma brincadeira natalina" não vai servir para mim, Emmett! — Ele vira de costas, seus músculos ondulando com raiva, as mãos agora entrelaçadas à nuca. — Pensei que você quisesse dizer que estávamos finalmente bem, que poderíamos fazer amor de novo — ele diz, baixinho.

— Ah — é tudo o que consigo murmurar.

— Eu vou sair agora. Não estou fugindo. Só preciso de um tempo para esfriar a cabeça. Sei que eu te machuquei, Emmett, e estou arrependido pra caralho, mas cacete, você acabou de me machucar também.

Continuo no sofá, perplexa e aninhada embaixo do cobertor, enquanto ele sai pisando duro atrás de suas roupas e seja lá o que mais precisa. O tempo todo, ele murmura irritado para si mesmo, algumas vezes me deixando sobressaltada quando o murmúrio aumenta de volume e ferocidade. Quando sua mão está na maçaneta, ele respira fundo e se vira para mim.

— Eu não estou fugindo — ele repete.

— Okay — sussurro e assinto.

CAPÍTULO 31

CAFEZINHO DE LUXO

Sawyer

Piloto minha moto sem rumo por um tempo, o Natal desobstruindo as ruas para eu poder acelerar e evitar parar o tempo todo no trânsito; o frescor do ar passando por mim machuca meus dedos expostos, mas não ajuda a me acalmar. Que maldito fim esplêndido da manhã de Natal. Eu sabia que esse feriado era uma merda. Pensei que ela estava de volta, exposta, que finalmente percebeu que somos feitos um para o outro e que eu nunca realmente "fui embora", mas não. Não, ela queria gozar, com saudade do meu pau, grávida e excitada.

Se eu estive com mais alguém? Jesus, quão distante eu estava para colocar essa possibilidade na cabeça dela? Sim, Emmett, eu fodi outras mulheres e dormi na cama com você todas as noites... Sério?

Meu estômago está roncando, já que o café da manhã foi flopado. O que fica aberto no Natal? Cruzo as ruas do centro até que encontro uma placa de "aberto" me chamando como um farol, então estaciono. *Cozinha da Vovó* – nem fodendo. Não tenho certeza se acredito em sinais, mas eu acredito nesse. Entro e rio do aviso "Por favor, espere para ser levado à sua mesa" – eu sou a única pessoa aqui.

Uma idosa sorridente, imagino que seja a Vovó em pessoa, me cumprimenta.

— Um só?

— Em toda a minha glória.

— Siga-me. — Ela se arrasta, curvada por conta da idade, e me leva até uma mesa onde me faz sentar. — O que você gostaria de beber?

— Café e água, por favor. Vocês têm um combo grande de café da manhã? — De jeito nenhum vou fazê-la ir e voltar para mim, tadinha, então faço um pedido fácil.

— Nós temos. — Ela sorri e pega o cardápio que devolvo para ela.

— Vou querer esse. — Quando ela se afasta, apoio os cotovelos na mesa, segurando minha cabeça pesada. Talvez eu devesse ter cedido, Deus sabe que estou morrendo de vontade de me afundar nela de novo, mas algo se rompeu e eu simplesmente não pude. Eu me recuso, com todas as trepadas insignificantes que já tive na vida, a depreciar o que achei quando encontrei a Emmett. Disse a ela uma vez que se ela quisesse o meu pau, eu queria seu coração. Eu falei sério.

A Vovó retorna, então sou forçado a tirar os cotovelos da mesa para ela colocar minhas bebidas ali.

— Sozinho no Natal? Um jovem tão bonito?

— Um jovem tão tolo é mais apropriado. — Balanço a cabeça para mim mesmo, dando a ela minha melhor tentativa de um sorriso. — Não consigo acertar, Vovó.

— Você pisou na bola com a sua mocinha?

— Algo assim. Depois nós decidimos fazer as coisas darem certo, mas está demorando um pouco. — Não faço ideia do porquê estou contando tudo isso, mas a Vovó tem olhos gentis com rugas ao redor deles que, de alguma forma, me dizem que não há nada que eu poderia contar que ela não tenha ouvido ou tido a experiência antes. — E então hoje, ela... — Eu me interrompo antes de ir longe demais, debatendo sobre fazer amor versus foder com uma desconhecida de noventa anos. — Nada, deixa pra lá.

Consigo ouvir sua reprovação simpatizante em um "tsk" quando ela vai buscar minha comida. De volta com meu prato, o qual não faço ideia de quem cozinhou, já que não vi sinal de qualquer outra pessoa nesse lugar, ela não se afasta. Curioso, olho para ela.

— Quanto tempo você levou pisando na bola? — ela pergunta, sem rodeios.

— Um pouco — respondo depressa. — Tempo demais.

— E quanto tempo você levou consertando?

— Não muito, acho.

S.E. HALL

— Qual você acha que deveria levar mais tempo, maus atos ou os bons? Ganhar a confiança parece valer mais o seu tempo do que perdê-la para mim. O que é que eles dizem, o amor é paciente? — Tem toda razão. Todo mundo precisa de uma Vovó tão sábia assim.

Emmett

O ruído da moto estacionando na garagem me acorda de um cochilo; ando dormindo muito esses dias. Estou surpresa por ele estar de volta tão cedo. Minha proposta antes foi idiota e ofensiva. Eu não o culparia se ele demorasse um tempo para querer olhar para mim de novo. Ainda estou organizando o despertar de sentimentos provocados por sua rejeição, sem contar o fato de que ele negou minha necessidade mais básica por algo real. Logo depois que parei de me sentir uma tola rejeitada, meu interior se agitou com o romantismo do ato. Ele não me quer a menos que ganhe tudo de mim – e de um homem sexual como Sawyer, isso fala muito sobre as suas intenções com o nosso para sempre. Um passo na direção certa, com certeza. Mas não significa que meu corpo está feliz com isso.

Ele está na porta do quarto agora. Não preciso me virar para saber, meu coração acelera e a parte de trás dos meus joelhos cedem sempre que ele está por perto.

— Dane e Laney estão voltando — ele diz, calmamente. — Você topa ir lá hoje à noite?

— Claro. — Fico de frente para ele agora, sorrindo. Estou muito à frente dele; Laney e eu somos muito sorrateiras quando queremos ser.

— Você quer conversar?

Sento-me na cama, ansiosa para ouvir o que ele está pensando, agora que se acalmou.

— É claro, se você quiser.

Ao se sentar na cama, entendo que é isso que ele quer. Ele se inclina, apoiando os antebraços nos joelhos, as mãos entrelaçadas no meio.

— Eis onde penso que estamos. Você me diz se eu estiver errado. — Ele demora um minuto, batendo os polegares um no outro. — Eu te amo. Você me ama... — Inclina a cabeça para mim e se detém de novo.

— Demais — afirmo.

A reafirmação gera um breve, mas indiscutível, curvar de seus lábios e o relaxamento de seus ombros.

— Nós estamos juntos, tendo um bebê, mas você está com medo de voltar ao que éramos até ter certeza de que estou dentro para sempre. — Outra olhada na minha direção para confirmar, para a qual assinto. — Tudo bem, então. Vou me mudar para cá, oficialmente.

Ele é tão fofo, os lábios firmes e olhos desafiadores ante à sua "proclamação". Ele já mora aqui, é apenas questão de semântica, mas concordo por ele.

— Isso faz sentido — respondo, mantendo o semblante sério.

— Nós diremos a Laney hoje à noite, ou eu posso dizer a ela, tanto faz. Não é como se ela tivesse que compensar o aluguel — ele ri —, mas, ainda assim. Sei que Dane vai se preocupar com ela ficando sozinha.

Esses nossos homens dominantes são mesmo iguais; Dane fica na casa da Laney mais do que na sua própria. É cômico, mas não falo nada.

— Certo — concordo.

— Agora, sobre fazer amor. — Ele suspira, segurando minha mão e fazendo círculos na palma com o polegar. — Se você alguma vez questionar a minha fidelidade de novo, eu vou espancar a sua bunda, grávida ou não. Você é minha e eu sou seu. Espero que goste do meu pau, querida, porque é o único que você vai ter pelo resto da sua vida. E essa sua linda boceta é a única que vou querer enquanto eu viver. Mas — seu agarre na minha mão se aperta —, você não pode ficar pensando uma coisa enquanto está comigo e me mostrar outra, Em. Se quer dizer a si mesma que está resistindo, me testando ou qualquer outra porra que está nessa sua cabeça, tudo bem, faça isso. Mas saiba tão bem quanto eu que isso é mais do que apenas satisfazer um desejo seu. Você me quer porque me ama e sente minha falta, assim como eu, então quando estivermos juntos, esteja lá comigo, Emmy. Não deixe o medo ou ultimatos ou disposições femininas ficarem entre nós quando fizermos amor.

É assustador o quão bem ele me conhece; e ele tem razão. Não tem jeito de ficar com ele fisicamente e ainda resistir mentalmente. Estou me enganando e ele acabou de dar nome aos bois. Ele, com certeza, sabe fazer um discurso, e claro, estou chorando... porque isso é tudo o que pareço fazer esses dias.

— Ei, olhe aqui — ele se aproxima e me coloca em seu colo —, sem lágrimas, Baixinha, eu não estava tentando ser maldoso. — Ele ergue meu queixo e beija minhas lágrimas. — Eu te amo, Emmett. Eu amo que você me desafie e me faça trabalhar duro. Amo o fato de você ser forte e capaz, e de sempre pesar o impacto das suas decisões no futuro do nosso bebê. Mas a melhor coisa que você pode dar para uma criança, eu acho, são dois pais que amam e respeitam um ao outro e sempre resolvem as coisas. Quero que Alex saiba, cacete, eu quero saber, que sempre seremos capazes de encontrar nosso caminho de volta.

Ele fala de forma tão eloquente, cada palavra sincera e ponderada. Quero tanto levantar as minhas mãos e me render por completo, desligar as vozes misturadas na minha cabeça e cair em queda livre de novo. Se estivéssemos apenas namorando, eu faria isso, sem pensar duas vezes. Se fôssemos somente nós, eu o faria, aqui e agora. Um caso de amor tórrido e espontâneo sem um final certo, o calor sentido por qualquer pessoa próxima.

Mas essa não é a minha história.

Seduzir

CAPÍTULO 32

SAWYER & EMMETT

Sawyer

— Feliz Natal! Nós sentimos saudades de vocês! — Laney nos puxa para um abraço apertado quando passamos pela porta da casa de Dane.

— Nós também. — Emmett a abraça e eu passo por ela, com os braços repletos de pacotes. — Como foi a sua viagem para casa? E a sua família?

Paro de prestar atenção no restante da tagarelice delas, indo atrás de Dane e de uma cerveja, encontrando ambos na cozinha.

— Feliz Natal, irmão. — Bato em seu ombro e roubo a garrafa da sua mão.

— Feliz Natal, o seu foi bom? — ele pergunta, indo até a geladeira para repor sua cerveja.

— Nada mal. — Dou de ombros. — Cadê o restante do pessoal?

— Acho que nenhum deles voltou ainda, mas você teria que perguntar para a diretora social.

— Me perguntar o quê? — Gidge entra na cozinha, seu braço entrelaçado ao de Emmett.

— Mais alguém vem hoje? — pergunto a ela, mas me concentro na Em, avistando um sorriso meigo em seu rosto, mas sua pele um pouco pálida.

— Não, todos eles ainda estão em casa. Somos só nós quatro hoje. — Ela dá um sorrisinho malicioso para Emmett.

Puxo um dos banquinhos e bato a mão.

— Venha se sentar, Baixinha. Quer alguma coisa para beber, comer?

— Talvez mordiscar alguma coisa não doeria — ela murmura baixinho, sentando-se no lugar que ofereci.

— Emmett! — Laney corre para a geladeira, colocando bandejas na ilha da cozinha. — Você deveria ter dito alguma coisa. Nós trouxemos comida! Santo Deus, Dane, pegue uma bebida para ela. Que anfitriões nós somos, privando a garota grávida. Emmett. O que você quer? Nós temos suco, champanhe, ah, espere, deixa pra lá.

Ah, é, Laney vai precisar de um pouco de prática antes de sequer poder ser babá. Ela fica agitada e é tudo um caos – um circo completo de uma mulher só.

— Laney, pode deixar — eu me intrometo, segurando uma risada —, vá se sentar antes que você machuque alguém.

Emmett afaga a mão dela, sorrindo.

— Obrigada, eu estou bem, de verdade. Comer alguma coisinha para forrar o estômago é tudo o que eu preciso.

— Eu posso, hmm, sentir? — Laney pergunta, com a voz mais tímida que acho que ela consegue fazer.

— É claro. — Emmett se endireita, deixando a barriga mais à mostra. — Mas não posso prometer que você vá ter alguma ação. — Ela ri. — Geralmente, se eu comer um pouco de açúcar e me deitar de costas, as coisas se agitam.

— Ah, espere! Acho que senti alguma coisa! — O rosto de Laney se ilumina.

— Confie em mim, Gidge, você vai saber se sentir. — Coloco o suco na frente da Emmett. — Aqui está, querida. — Começo a tirar o papel-alumínio das bandejas. — Coma alguma coisa.

— Obrigada. — Ela bebe um gole e depois pega um biscoito de queijo. O silêncio de Dane é realmente ensurdecedor, chamando a minha atenção. Ele está observando a Laney, como uma águia avista um coelho, enquanto ela acaricia a barriga da Emmett, tentando coagir o bebê a se mexer.

— Não acredito que não sabemos o sexo. Você sabe quantas coisas não podemos comprar por causa disso? Chute uma vez se você for uma menina — Laney negocia com a barriga. — Espero muito que você seja uma menina.

— Isso me surpreende, Gidge. Sendo tão moleca quanto você é, eu tinha certeza de que estaria torcendo por um piu-piu.

— Por isso que eu quero uma menina. Eu vou mimá-la com todas as

Seduzir

245

coisas de princesas, o que eu já estaria juntando se ela simplesmente chutasse a minha mão logo. — Ela faz um biquinho.

Dane ainda não falou nada, concentrado no lampejo de instinto maternal da Laney. Decido mexer um pouco com o meu amigo.

— Então você quer uma menina quando tiver filhos, Gidge?

— Oh, Deus, sim, uma menina e um menino. Um de cada seria perfeito.

As garotas não mostram nenhum indício de terem ouvido Dane rosnar, mas eu escuto alto e claro. Laney tem razão, ele é um homem das cavernas.

— Bem, e se isso não acontecer?

Emmett me dá um sorrisinho agora, entendendo completamente o meu jogo.

Laney dá de ombros e olha para Dane.

— Acho que vamos continuar tentando. Se ganharmos um time de softbol antes de um filho, eu estou bem com isso. E você?

Se tem uma resposta que sei que ele daria a uma pergunta, é essa. Ele está mais do que bem com esse plano. Meu amigo está usando cada grama de controle que ele possui para não pular sobre a ilha e atacá-la agora mesmo.

— É — ele dá um gole em sua cerveja, fodendo-a com os olhos sobre a garrafa —, eu estou bem com isso.

Um passo na direção dela é tudo o que ele consegue antes de ser impedido pela sua mão erguida.

— Pare! Nós temos companhia, Homem das Cavernas.

Emmett olha de um para o outro, seus olhos verdes arregalados brilhando enquanto ela observa o show. Ela não consegue esconder sua risadinha quando Dane rosna audivelmente dessa vez, piscando promessas para Laney.

— Vamos abrir os presentes? Você já comeu o suficiente, Emmett? — Laney muda de assunto, nos salvando de uma exibição pornográfica ao vivo.

— Eu nunca como o suficiente, mas, sim, estou bem por enquanto. — Ela tem dificuldades de sair do banquinho, as pernas mal alcançando o chão, tentando descer antes de eu ir até ela.

— Espero muito que vocês tenham mandado entregar isso — digo, horas depois. — De jeito nenhum isso tudo vai caber no carro. —

Lanço um olhar incrédulo ao redor, a sala de estar de Dane parecendo mais um berçário do que um verdadeiro berçário.

— Uma grande pena ela não saber o sexo para que as compras sejam mais específicas — Dane dispara, dando uma piscadinha para Laney. — Nós podemos levar mais tarde.

Emmett não está mais chorando de soluçar, o que começou no presente número dois, mas as fungadas ainda ecoam pela sala a cada poucos segundos. Laney e Dane encheram Alex de presentes, tudo desde uma cadeira alta, o que tenho certeza de que poderia esperar, até uma caixa de fraldas.

É óbvio que não compramos nada perto disso para eles, mas os dois pareceram felizes com o que demos: alguns filmes, um suéter e um vale para um dia no Spa, para Laney, ingressos para o show do *City & Colour* e um suporte de guitarra de madeira feito à mão, para Dane. Tive muita sorte quando Jack, que é dono da loja de música *Jack's Jukebox*, precisou ter sua moto consertada e trocou esse trabalho pelos presentes de Dane.

Mas o presente da noite foi a surpresa de Emmett para mim. Parece que ela e Laney estavam de conluio para fazer um Natal que eu nunca esqueceria. Não vou mentir, hesitei em chorar como uma garotinha, depois tive um momento 'Dane' e precisei me obrigar a não pular em cima dela após abrir a embalagem. O presente em questão é uma grande foto emoldurada da minha Emmy, vestindo uma simples blusa branca aberta na frente, as mãos sobre sua barriga, cabeça abaixada e seu cabelo escuro caindo sobre seu rosto. Um retrato lindo e incrível da minha garota e do meu bebê, o nível perfeito de sedução, lembrando-me que a minha mulher também está na foto.

Melhor presente que já ganhei.

Agora que a sala está uma desordem total e as garotas estão entretidas em uma conversa, Dane balança a cabeça para eu segui-lo. Elas não percebem quando nós saímos e ele me leva para sua sala de jogos, indo para trás do bar nos servir uma pequena dose das boas.

Ele ergue seu copo para um brinde.

— Mais um ano.

— Um brinde a isso. — Brindo meu copo ao dele e bebo um gole. — Obrigado por todas as coisas para o bebê, cara. Você não precisava fazer aquilo tudo.

Ele inclina a cabeça para trás e ri.

— Precisava, sim. Laney estava determinada. — Ele soca meu braço.

Seduzir

247

— Brincadeira. Eu quis mesmo. — Ele me encara e sei que quer falar mais alguma coisa. — Não tivemos a oportunidade de conversar desde que te vi aquele dia. Como você e a Emmett estão agora? Melhor ainda, como está a sua cabeça?

Talvez eu devesse mandar fazer a porra de uma camiseta para todo mundo saber, o tempo inteiro, como estou. Principalmente ela.

Bebo mais um gole, deixando o uísque se infiltrar na minha língua, me deleitando quando a ardência desce pela garganta.

— Eu a amo. Sinceramente, cá entre nós? — Ele assente com firmeza e esfrego minha cabeça, nervoso. — Estou morrendo de medo de não ser capaz de fazer o melhor para eles, de proporcionar o suficiente, mas farei o que for necessário. O que você disse antes, não era nada daquilo. Eu nunca deixei de querer o bebê, a coisa toda... eu só me preocupo, sabe?

— É, eu sei. Então é isso o que você quer, tem certeza?

— Totalmente.

— Imaginei. — Ele abaixa seu copo e abre a gaveta mais próxima dele. — Feliz Natal, Sawyer. — Ele me entrega um envelope. — Deus sabe que eu não tenho muita sorte entregando envelopes para as pessoas, Laney em particular — ele resmunga —, então estou te avisando, se você recusar, eu posso perder a cabeça.

Eu o encaro, interrogativamente, abrindo. É um documento pesado, dobrado em três partes, um milhão de palavras cobrindo as páginas.

— O que é isso?

— É um contrato. Peça para uma pessoa neutra ler para você, mas resumindo, é o *The K.* — Seu rosto está sério enquanto ele toma um gole de sua bebida, preocupado com a minha reação.

— Não — balanço a cabeça —, nem fodendo, cara. — Jogo os papéis no bar e me levanto. — Não posso aceitar isso. Eu consigo sozinho. Não preciso de esmolas! — Raiva, vergonha, constrangimento me inundam de uma vez, lembrando-me do que eu já sabia; eu nunca fui de ir além do que sou capaz e todos à minha volta enxergam isso. — Mas que diabos, Dane? Você não acha que posso cuidar da minha família sem uma maldita caridade? Valeu pelo voto de confiança, cara.

— Já que eu sabia que você reagiria assim, por que não senta a sua bunda e me deixa explicar antes você sair correndo, porra?

— Vou ficar em pé. — Cruzo os braços e alargo minha postura, em uma postura desafiadora.

— Aquele contrato te indica como sócio de 51% do *The K*, o que você mais do que mereceu. Você administra o lugar agora, com quase nenhuma ajuda minha, de qualquer forma. Continue o que você está fazendo e compre a minha parte, por um preço muito razoável, com o passar do tempo. Não é caridade, mas um negócio legítimo. Assim como Tate e a academia, isso não é uma esmola, apenas um ponto de partida que era devido a você de qualquer maneira.

— Tate é seu irmão.

— Assim como você — ele retruca.

— Você sabe o que quero dizer.

— Na verdade, não. Aquele bebê na barriga dela? Pensei que você tinha dito que o bebê era seu?

— Ele é — sibilo, por entre os dentes cerrados.

— E você é meu irmão.

Maldito Dane, meu irmão em todos os sentidos que importam, a quem eu quero socar agora.

— Eu tenho mais do que posso agradecer, Sawyer, você sabe disso. Por que eu desejaria mais do que preciso e veria as pessoas que amo com dificuldades? Para mim, o *The K* é apenas um clube. Para você, é um divisor de águas.

— Acabei de reduzir as minhas horas para ficar mais com a Emmett. Eu tenho a faculdade, um bebê chegando. — Estou atirando para todos os lados agora, chocado e impressionado e procurando uma desculpa.

— Você alguma vez escuta a Laney reclamando que não estou por perto?

Balanço a cabeça, relembrando essa exata conversa que tive recentemente com a Emmett.

— Contrate seis, faça-os trabalharem como se fossem oito e pague-os como se fossem dez. As coisas vão funcionar sozinhas e você pode manter a sua participação como está. Você consegue. Cacete, eu mesmo ainda estou pensando na ideia de voltar para a faculdade.

— É sério? Bom pra você, cara. — Eu consigo, assim como ele, mas... Cacete, a oferta dele é tão tentadora que quase consigo sentir o gosto... um pouco de espaço para respirar, um pouco de estabilidade. Trabalhei sem parar naquele clube, mas posso aceitá-lo com orgulho? — Me deixa pensar sobre isso?

— O que você precisar — ele dá a volta no bar, colocando um braço ao redor do meu ombro —, contanto que diga sim.

Seduzir

249

CAPÍTULO 33

ADIVINHE QUEM VAI JANTAR

Emmett

Tudo está acontecendo tão rápido, que mal tenho tempo de recuperar o fôlego. Outro dia era Natal, depois eu me virei e já estávamos na metade de janeiro. O que imagino ser uma coisa boa, pois tudo o que ouço as mulheres dizendo na clínica é o quanto acham que a gravidez delas está demorando.

Sawyer se mudou de vez e voltou à faculdade... e está tentando ao máximo esconder seu cansaço de mim. Mas tem outra coisa acontecendo com ele, uma mudança evidente em sua postura que não consigo identificar muito bem. Um certo ar confiante que o rodeia, mais determinação em seus passos. E no trabalho, ele é um cara completamente diferente.

Como hoje, por exemplo. Dirigi até o trabalho porque ele tinha aula, e quando cheguei lá, Kasey estava dando ordens ao pessoal e Sawyer não estava em lugar algum.

— Oi, Kasey, cadê o Sawyer?

— No escritório. — Ele aponta.

— Com Dane?

— Não — ele olha para mim como se eu tivesse duas cabeças —, sozinho.

Nenhuma parte minha quer subir aquela escada, mas a curiosidade é mais forte do eu, então realizo a façanha. Sem fôlego, bato de leve na porta.

— Entre — ele responde.

— Oi — olho em volta, reconfirmando que ele está, de fato, sozinho —, o que está fazendo?

Ele sai de trás da mesa, vem até mim e me dá um beijo no topo da cabeça.

— Você não deveria ficar subindo essa escada, Baixinha, mas estou feliz demais por te ver. Como está se sentindo? — Afaga minha barriga enquanto fala.

— Gorda e atrevida. — Enlaço seu corpo com meus braços, inspirando seu cheiro gostoso de homem e perfume. — Como foi o seu dia?

— Quase perfeito. Escute, tirei você do cronograma de hoje à noite. Eu deveria ter ligado antes de você vir até aqui.

— Okaaay?

— Tem muitas coisas que eu quero conversar com você. Pensei em sairmos para jantar.

Nós nunca saímos para jantar, é sempre algo comprado ou feito em casa, ambas as refeições degustadas no sofá. Estou, definitivamente, curiosa.

— Okay — concordo com o que, pelo visto, é a minha palavra do dia.

— Deixe-me terminar algumas coisas e nós já vamos. — Ele beija minha cabeça outra vez e volta para trás da mesa, sentando-se como se aquele fosse o seu lugar, digitando no teclado.

— Vou te esperar lá embaixo então. — Sigo para a porta.

— Droga, espere. — Ele se levanta de novo, correndo até mim. — Eu levo você.

Tenho que rir e revirar os olhos para seu cavalheirismo, como se eu estivesse impossibilitada.

— Eu consigo descer uma escada, Sawyer. Não estou tão grande assim. — Dou um tapa em sua barriga, rindo.

— Você é linda. — Ele me conduz com um braço ao redor das costas, o outro no meu braço. — É pela minha paz de espírito; colabore. — Quando chegamos embaixo, ele beija minha mão e me solta. — Dez minutos, no máximo.

Eu estava certa, está acontecendo alguma coisa, e parece que vou descobrir o que é hoje à noite. Estou torcendo, como uma prostituta no cio, que seja lá o que essa noite traga, termine em sexo. Observo-o subir a escada de dois em dois degraus, seu jeans se agarrando ainda mais à bunda; eu, provavelmente, poderia gozar ao seu comando se ele falasse com o tom de voz certo... se isso fosse possível. Mas, sim, os hormônios ainda estão em pleno vigor.

Seduzir

251

Estou conversando com Kasey por apenas um momento quando Sawyer chega ao meu lado e apoia a mão nas minhas costas.

— Em e eu estamos indo. Você cuida de tudo aí? — ele pergunta para Kasey.

— Com certeza — ele faz uma continência com um sorriso enorme —, não se preocupe com nada.

— Tudo bem, me ligue se acabar precisando de alguma coisa. Está pronta? — Ele se vira para mim agora e eu assinto, ficando de pé com a sua ajuda.

— Sobre o que foi isso? — sussurro ao passarmos pela porta.

— Paciência, Baixinha, vou te contar tudo no jantar. Mas vamos para casa nos trocar primeiro. Nossas reservas são meio sofisticadas. — Ele me guia até uma caminhonete, quatro portas, preta e brilhante.

— O que estamos fazendo? — pergunto, confusa.

— Primeira coisa que tenho para te contar... essa é a minha nova, bem, recentemente utilizada, caminhonete. Eu vendi minha moto e comprei isso.

— O quê? — ofego. — Por quê?

— Nós precisamos de dois veículos com um bebê. Olha — ele abre a porta traseira —, até comprei uma cadeirinha.

Dou a volta pelo seu corpo, segurando o riso e com os olhos marejados.

— Não acredito que você vendeu a sua moto.

— É. Talvez algum dia eu compre outra, mas, por enquanto, um veículo familiar de quatro portas combina mais comigo. Você gostou?

Viro de frente para ele, maravilhada. Ele amava aquela moto, mas, como acabou de claramente demonstrar, não tanto quanto ama a mim e Alex.

— Eu amei. E eu te amo, Sawyer Beckett. — Toco em sua bochecha e faço algo que não fazia há algum tempo, franzindo os lábios para pedir um beijo seu.

Aproximando sua cabeça da minha, com um grunhido *sexy* e possessivo, ele concede meu desejo na mesma hora, beijando meus lábios com delicadeza.

— Cadeirinha bacana, né? Comprei uma para o seu carro também, para não precisarmos ficar trocando o tempo todo.

Como estourar sua bolha de felicidade? Eu não o vejo animado assim há semanas.

— Em, você não gostou? Eles tinham cores diferentes. Eu posso...

— Não, eu gostei, é uma cadeirinha muito linda — afasto o olhar e murmuro baixinho: — para uma criança de dois anos.

— O quê?

Suavizo o impacto, traçando sua mandíbula com a ponta do dedo.

— Bebês começam em um bebê-conforto, tipo um berço virado para trás.

Ele franze o cenho e curva sua boca da maneira mais encantadora.

— Mas nós vamos precisar dessa aqui eventualmente, certo?

— Sim. — Sorrio. — Você está à frente do jogo. Sempre preparado.

— Acho que sim. — Ele faz uma careta, passando um braço ao redor da minha cintura e me guiando para o lado do passageiro. Então abre a minha porta e me ajuda a entrar, as duas mãos fortes nos meus quadris, ainda murmurando baixinho enquanto a fecha e dá a volta no carro.

— Mas foi muito fofo — coloco a mão sobre sua coxa —, e ainda não acredito que você vendeu a sua moto por nós. Você não precisava fazer isso, sabe. Nós pensaríamos em alguma coisa.

— Não quero nada com brinquedos caros até termos tudo o que precisamos. Prioridades, querida. — Ele me dá uma piscadinha e liga a caminhonete nova.

Em casa, coloco a roupa mais bonita que tenho, e que ainda fica confortável, arrumo meu cabelo e aplico uma maquiagem leve. Uma última olhada no espelho confirma que esse é o melhor possível, então pego a bolsa e aviso que estou pronta. Sawyer está bonito o bastante para comer ao invés do jantar, em uma calça escura e uma camisa azul de botões, um sorriso caloroso acompanhando sua mão estendida.

— Você está linda, Em.

Ele, com certeza, me faz sentir assim, com tornozelos inchados e tudo o mais.

O jantar é adorável, velas no centro da mesa, toalhas brancas e comida exemplar que não consigo pronunciar direito. Mas agora, esperando pela sobremesa, ainda sem nenhuma grande novidade, estou mais do que um pouco inquieta. O pensamento talvez, quem sabe, me passou pela cabeça de que ele pode estar pensando em fazer um pedido... agradável jantar fora, luz de velas e todo aquele *jazz*. É claro, a Emmett sensível diz que está cedo demais e a Emmett insegura diz que talvez seja apenas por causa do bebê, mas a Emmett loucamente apaixonada pelo Sawyer está com borboletas no estômago e um tamborilar inconfundível em seu coração. Não tenho certeza de qual versão minha irá respondê-lo, se ele perguntar.

— Sawyer, sobre o que você queria conversar comigo?

Ele pigarreia, tomando um gole de água.

— Eu vou apenas dizer. — Ele coloca o braço sobre a mesa, sua mão pedindo para segurar a minha, o que concedo, trêmula. — Dane me deu 51% do *The K*, com um plano de comprar a parte dele eventualmente.

Abro a boca para falar, mas ele me impede.

— Deixe-me terminar. — Ele dá um sorriso gentil.

Assinto, fechando a boca que estava escancarada, em choque, e ele respira intensamente antes de começar de novo:

— A última coisa que eu queria era caridade, alguma doação por pena, e falei isso a ele, bem alto. Mas então fiquei pensando e ele e eu conversamos um pouco mais, e decidi aceitar. Não é mais sobre mim, ou meu ego, ou meu orgulho masculino. Tudo o que importa é você e o nosso pacotinho que está carregando, e isso é uma chave para o nosso futuro estável. Terei meu diploma de administração em breve, vou pagar Dane de volta, e quem sabe, talvez eu cresça a partir daí ou talvez apenas leve o *The K* para novos patamares. Mas seja lá qual for, nossa família terá uma base. É o nosso começo, Emmy, para uma vida real, para a nossa família.

Minha boca deve estar abrindo e fechando como um peixe limpando o aquário umas dez vezes antes de eu, finalmente, encontrar as palavras:

— Ele simplesmente te deu um clube?

— Sim — ele ri, alto —, ele deu. Bem, parte de um clube, o qual, sinceramente, eu ajudei a construir. E, todos os meses, vou juntar um pouco para pagá-lo. Então agora temos uma renda sólida, dois bons carros, e vamos pensar em comprar um lugar maior quando as coisas se ajeitarem. Kasey é o melhor homem que tenho, então fiz dele o Gerente, logo depois de dizer que eu quebraria as pernas dele se ele te ajudasse pelas minhas costas de novo. Ele faz um bom trabalho, então não se preocupe, ainda vou ficar com você na maior parte do tempo.

Estou sem palavras; eu não poderia ficar mais surpresa mesmo se ele começasse a dar cambalhotas pelo restaurante. Na verdade, essa notícia é menos provável. Sei o que deve ter custado a ele para aceitar uma coisa que tem uma certa conotação de "caridade". Sawyer é um homem muito orgulhoso.

Se não tivesse que se preocupar com a gente, ele teria dito "de jeito nenhum" e nunca mais pensaria nisso. Mas como disse, ele engoliu seu próprio orgulho, bem como vendeu sua moto, por nós.

Um momento de clareza surge do nada, e cada faceta que forma a sua alma – sua cabeça, seu coração, seus medos, crenças – se une e se cumprimenta quando você não está olhando, e, de repente, você é inundado por uma sensação de verdadeira satisfação. E essa sensação não é nada menos do que incrível.

Estou surpreendente de boa por ele não ter feito um pedido, amando o lugar exato onde estamos e o que somos nesse mesmo segundo.

— Vamos para casa — sussurro, lançando um olhar que tenho certeza de que ele sabe o significado.

A tensão sexual a caminho de casa é, para dizer o mínimo, considerável. Quando chegamos na garagem, as janelas estão começando a embaçar por causa da nossa respiração pesada e impaciente. Não espero ele abrir a minha porta, ao invés disso, salto para fora e corro até a porta, com as chaves já em mãos.

Ele paira às minhas costas um segundo depois, afastando meu cabelo para o lado, beijando minha nuca e a lateral do meu pescoço.

— Você conseguiu aí, Baixinha? — caçoa, já que tenho dificuldade de dominar a bela arte de colocar a maldita chave no maldito buraco da fechadura.

— Consegui! — grito, cada terminação nervosa do meu corpo formigando ao mesmo tempo.

Mal passamos pela entrada, e ele fecha a porta com um chute e me segue pelo corredor até o quarto. Minha pulsação está retumbando nos ouvidos, como um sussurro alto, enquanto vejo-o me observando com um olhar predatório e viril. Ele me agarra e me vira, imprensando minhas costas contra a porta do quarto, os braços presos acima da cabeça.

— Me dê o panorama, querida. Preciso saber onde está a sua cabeça, o que é isso.

Ele quer fazer o inventário agora?

Estico o pescoço para beijá-lo, mas ele se afasta, me negando.

— Me diga, Emmy.

Ele engoliu seu próprio orgulho e aceitou o clube por nós. Vendeu sua moto por uma caminhonete, por nós. Ele se mudou para cá. Até comprou uma cadeirinha. Eu acredito nele, confio agora que realmente está comigo e não vai a lugar algum. Minha cabeça finalmente aceita o que meu coração tem me dito ser verdade.

Nós estamos de volta.

— Eu te amo, Sawyer. E sei que você está nisso para sempre, amor. Confio que você agora está mais do que seguro do nosso relacionamento.

— E? — Ele dá um sorrisinho, erguendo uma sobrancelha.

E o quê? Estou perdida.

— Eu não sei, e o quê? — Minha respiração está acelerada, estou desesperada para que ele solte minhas mãos, de forma que eu possa arrancar suas roupas.

— E o que estamos prestes a fazer?

— Amor, Sawyer. Com certeza, fazer amor.

— Acabou o período de teste?

Balanço a cabeça freneticamente, depois encaro seus olhos e umedeço o lábio inferior, bem devagarinho.

— Em — ele grunhe, soltando minhas mãos e me levantando no colo.

Funciona sempre.

Apenas braços tão poderosos quanto os de Sawyer poderiam me fazer sentir leve e delicada quando me sinto mais como o *Humpty Dumpty*.

— Me solte, estou pesada demais. — Eu me contorço, tentando sair, mas ele apenas aperta seu agarre, recusando.

— Estou contigo, amor. — Ele gira, caminhando para o fim da cama e me deita ali com delicadeza. Um gemido angustiante escapa dos meus lábios quando perco o peso de seu corpo esmagado ao meu, já que agora ele paira acima de mim. Ele segura minhas mãos e ergue meus braços.

— Fique com eles erguidos — ordena, com a voz rouca, em um timbre profundo, traçando a ponta do dedo de cima a baixo, em um toque tão leve que chega a ser torturante. Agarrando a barra da minha camiseta, ele a tira e joga por cima do ombro, sem desviar o olhar ardente em momento algum do meu. Meus mamilos intumescidos pressionam o tecido fino do sutiã branco, implorando por alívio. — Tire isso, Em, bem devagarinho.

Bem devagarinho... não tenho certeza se posso fazer isso. Senti saudades demais dele, de nós, disso... dessa fome desvairada e louca... tão maravilhosa. Sem demora, solto o fecho às costas e arrasto as alças pelos braços, tão lentamente quanto posso, girando a peça rendada em um dedo. Ele se ajoelha, e aqueles olhos, ah, meu Deus... aqueles olhos se mantêm focados aos meus, cheios de promessas. Segurando meu dedo, com a alça do sutiã ainda presa, ele o chupa com vontade, mordiscando a ponta. Ele arranca a lingerie de supetão e arremessa para longe, me fazendo rir.

Deslizando as palmas pelas minhas coxas, seu olhar se foca no movimento, à medida que ele geme e massageia.

— Deite-se, Emmy. — Ele mal se afasta e, em um segundo, se inclina contra mim, sua boca acariciando minha barriga com beijos lânguidos e molhados. — Senti saudades, Baixinha — sussurra. — Senti tantas saudades...

Levanto a cabeça e acaricio seu cabelo, observando-o desabotoar e abrir o zíper da minha calça.

— Eu também senti a sua, amor.

Por reflexo, ergo os quadris da cama e o deixo puxar a calça e calcinha, em um único movimento firme, arrancando tudo ao redor dos meus tornozelos e depositando beijos a cada centímetro exposto.

Estou deitada nua, sentindo a eletricidade palpável no ar arrepiando meu corpo de cima a baixo. Não importa o tanto que você cuida do peso durante a gravidez, ou da quantidade de óleo de coco usado para besuntar e prevenir estrias, quando temos que nos expor... é um âmbito diferente e carregado de vulnerabilidade e inseguranças. Nem percebo que estou cobrindo o máximo que posso, até que ele puxa minhas mãos e as prende ao lado.

— Você é deslumbrante, Emmett. Não duvide por um segundo que quero você, e o tanto que te acho incrível. — Deposita beijos em cada pedacinho do meu corpo, desde as panturrilhas, à minha testa, sem deixar escapar um pontinho sequer. — Eu amo o seu corpo. Em muitos aspectos, você é ainda mais *sexy* grávida. Eu amo isso aqui. — Suas mãos imensas cobrem meus seios, massageando com carinho. — Linda pra caralho — murmura, tomando o esquerdo na boca e quase me fazendo saltar do colchão, como se eu tivesse sido eletrocutada. Ele afasta a boca com um estalo e olha para mim, com um sorriso sedutor. — Sensível?

— Hmm-hmmm — confirmo, estendendo o braço para puxar sua cabeça para o lugar onde pertence. — Mas não pare, por favor.

Seduzir

Ele atende ao pedido e continua chupando meu seio cheio e pesado, enquanto suas mãos descem em uma jornada certa, abrindo ainda mais minhas pernas.

— Quando você fez isso? — Traça com a ponta do dedo os lábios da minha boceta recentemente depilada.

— C-com a Laney. Tivemos um dia no Spa — ofego, empurrando-me contra seu dedo provocador. — Doeu pra caralho. Você gostou?

— Ah, eu adorei. Eu gostei demais, amor.

Antes que eu pudesse agradecer, sua língua assume o comando, cobrindo meu centro com lambidas lânguidas e quase maldosas. Aquele *piercing* perverso atinge o ponto certo, fazendo coisas enlouquecedoras quando roça ao redor e depois pincela o clitóris. Quando ele beija minha boca, meu corpo e seios, com aquela língua perfurada, minha nossa, eu adoro, mas isso aqui? Esse movimento é novo e indescritível.

— Sawyer — suplico, sem o menor pudor —, pare de me atentar.

— Isso só pode ser considerado assim se eu não finalizar o serviço — caçoa, rindo, e o hálito quente que sopra minha pele úmida me faz arrepiar —, o que pretendo fazer, na hora certa.

Mergulhando o rosto entre minhas pernas, com a boca aberta e me chupando com vontade, sua língua áspera distribui lambidas na boceta encharcada, enquanto as mãos seguram meus quadris com força para me manter quieta no lugar. Quando levanta a cabeça em busca de fôlego, ele dá um sorriso com o rosto e o queixo cobertos pelo meu gozo.

— Você é deliciosa pra cacete, amor, mas vou me enterrar dentro de você logo, logo. Então — desliza o dedo indicador da mão direita pelo meu quadril —... vamos ver se minha garota gosta disso aqui. — Enfia o dedo na minha boceta, girando em círculos contra meu assoalho pélvico. Sua boca se une à dança erótica, baixando para chupar o feixe de nervos até que ele se transforma em um pico duro, sob o cuidado de sua língua. Gancho, giro, lambida e chupada... tudo isso me faz perder o controle. Fecho os olhos e meu corpo tensiona, tentando relaxar diante da onda do orgasmo avassalador que varre meu corpo, desde os dedos dos pés aos fios do cabelo.

Pouco depois de me acalmar, com os olhos ainda fechados e respirando com dificuldade, percebo que ele continua seu trabalho oral, lambendo os resquícios.

— Quem sempre atinge seu pontinho doce? — pergunta, com a voz rouca, rastejando pelo meu corpo. — Hein? — Morde cada mamilo, depositando beijos no meu peito, então vem em direção à minha boca... antes de se desviar no último segundo, rindo. — Não se mexa.

Com cuidado, ele sai de cima de mim, e desce da cama, seguindo até o banheiro. Fico ali deitada, imóvel, e começo a rir toda feliz quando o escuto escovar os dentes e gargarejar com antisséptico bucal – ele se lembrou! Quero me debulhar em lágrimas. Sou a garota mais sortuda do planeta.

Ele volta para o quarto com um sorrisinho safado.

— Ah, me beije até tirar o fôlego outra vez.

Estendo os braços para que se junte a mim, mas ele segura minha mão e me puxa até que eu esteja sentada.

— Ainda estou usando roupa demais, amor. Quer me dar uma ajudinha?

Ah, é mesmo. Atordoada e saciada, acabei me esquecendo por completo que ele ainda estava vestido. Usando sua mão e quadril como apoio, consigo me levantar e arrasto as mãos pelo seu tórax, desabotoando devagar. Um a um, vou soltando os botões, abrindo sua camisa. Não tenho certeza se qualquer pessoa pode dizer que já viu um peitoral antes até de ter deparado com o Sawyer; músculos definidos, tonificados, pele bronzeada e mamilos perfurados. Nunca me canso de olhar, sentindo a mesma emoção todas as vezes. Amo suas tatuagens, que descem de seus braços e costelas, mas adoro o seu peito, uma obra-prima intocável.

Ele me ajuda a soltar os punhos das mangas, baixando os braços, e puxo o tecido de qualquer jeito, largando no chão e chutando com a ponta do pé. Eu me esbanjo em venerar o abdômen plano e trincado, somente afastando a boca para mordiscar um *piercing* de mamilo, vendo-o inclinar a cabeça para trás com um gemido rouco. Praticamente sem pelos, ele possui apenas uma trilha pecaminosa que poderia facilmente se passar por uma flecha apontando para o caminho da felicidade. Dando um jeito de me livrar rapidinho de seu cinto, com puxões firmes e consistentes, abro o zíper de sua calça e a arrasto para baixo enquanto ele se livra das meias. Só então posso dizer que tenho um glorioso e muito nu Sawyer Beckett à minha frente. Estamos tão perto um do outro, que meus mamilos roçam contra o seu peito; sua ereção comprida e rígida como uma rocha cutucando o vale entre meus seios.

Deixando apenas nossas mãos se moverem, empreendemos uma dança exploratória, nos reconectando; já faz tanto tempo, e ambos estamos agora nos dedicando a nos avaliar e adorar como se fosse nossa primeira vez. As pontas dos dedos e palmas das mãos reaprendem o caminho de

Seduzir

cada reentrância e curva, e o silêncio só é rompido pelos beijos e gemidos reverentes quando certos pontos são tocados. Recuo um pouco até sentir o colchão contra as pernas, então o puxo contra mim.

— Emmy, amor... — sussurra no meu ouvido, chupando o lóbulo da orelha em seguida. — Talvez tenhamos que fazer isso em uma posição diferente.

— Faça o que você quiser — murmuro, saboreando o fato de tê-lo assim tão perto, apertando sua bunda tonificada com as mãos.

— Fique de quatro, querida, bem devagar — sua voz me tranquiliza enquanto manobra meu corpo. — Ah, Emmy — ele me apalpa —, essa bunda, Baixinha... Porra, eu amo essa bunda. — Morde um lado e depois o outro, suas mãos agarrando meus quadris com firmeza para me colocar na posição certa. — Quero você desse jeito, amorzinho — trilha a fenda entre as nádegas com o dedo —, com a bundinha quicando pra mim. Você quer que eu te coma de costas, querida?

Adoro sua boca suja, senti falta disso, na verdade. Se alguém ameaçasse lavar sua boca com sabão, algum dia, eu encheria de porrada.

— Do jeito que você quiser, amor. Contanto que seja agora.

— Essa é minha garota — diz, com a voz *sexy*, e lentamente vai enfiando a ponta na minha boceta. — Puta merda, Em, você precisa relaxar pra mim. Não tensione os músculos, amor, você já é apertada o suficiente. — Ele massageia minha bunda, erguendo um pouquinho, até que, pouco a pouco, vai avançando, estimulando minha lubrificação natural para facilitar a penetração. — Mmmm, é isso aí — um rosnado retumba de seu peito —, agora, sim. Puta que pariu, você é gostosa pra caralho, mulher. De um jeito surreal. — Pacientemente, ele vai me tomando com calma e gentileza, aplicando uma leve pressão nas minhas costas, empinando minha bunda ainda mais para me possuir. Estou a meio caminho de outro orgasmo quando sinto sua virilha encaixada no meu traseiro, seu comprimento todo dentro de mim, e ele deve notar isso. — Ainda não estou pronto, Em, fique comigo, amor. Me deixe sentir essa bocetinha quente um pouco.

Os pelos de suas pernas fazem cócegas na parte de trás das minhas coxas, sua respiração suavemente roçando minhas costas. Com estocadas longas, lentas e constantes, ele grunhe e me revira por dentro, me deixando como uma massa derretida enquanto nos aquece. Tento me conter o máximo possível, e então, ele me choca por completo. Ouço uma chupada e um estalo, pensando o que poderia ser isso, quando a ponta de seu dedo molhado começa a provocar minha, hmm, meu orifício... anal.

Definitivamente, um novo território a explorar.

Ele sente meu corpo retesar e se recosta suavemente às minhas costas, sussurrando no meu ouvido:

— Se não gostar disso, é só mandar parar e eu paro. Mas acho que você vai curtir.

Abaixo a cabeça até recostar a testa no colchão, empurrando a bunda contra seu dedo. Ele circula o orifício várias vezes, acelerando o movimento dos quadris, até perceber que estou focada na intensidade de suas estocadas dentro de mim, ao invés do temor pela experiência desconhecida. Minhas pernas começam a tremer quando a ponta de seu dedo viola minhas pregas, e uma ardência súbita arranca um sibilo da minha boca.

— Relaxe — bombeia —, se empurre para trás contra o estímulo, amor. Confie em mim pra te tomar isso aqui.

À medida que faço o ele diz, sinto seu dedo me penetrar ainda mais, e a sensação passa de levemente desconfortável para uma euforia extrema em segundos.

— Aaaahh... — uivo, me jogando com força contra ele, mais rápido, seus quadris se ajustando ao ritmo.

Ele me fode com força, agora, seu pau punindo minha boceta, enquanto o dedo comprido avança na minha bunda; quase arrebento os porta-retratos das paredes com o grito alucinado diante do orgasmo mais poderoso que qualquer mulher já experimentou. Torço para que ele não queria que eu o espere, porque um edifício de concreto puro, protegido por pitbulls famintos, não seria capaz de impedir a explosão.

Ainda vejo pontinhos coloridos brilhando por trás das pálpebras fechadas, quando ouço seu resfolegar, as bolas se chocando contra mim com agressividade. Em algum momento, ele retirou o dedo ousado e agora as mãos agarram meus quadris com força, me segurando no lugar para ir de encontro às estocadas poderosas do seu pau.

— Caraaaalho, Emmett! — ele ruge, dando alguns impulsos antes de ficar imóvel, se contorcendo e jorrando sua porra dentro de mim. Beijando minhas costas suadas, ele dá uma mordida no meu ombro e ri.

— Te amo, Baixinha. Te amo pra caralho.

— Eu também, amor. Agora me ajuda a levantar, estou tendo uma cãibra do cacete na panturrilha.

Ele ri com vontade, o corpo tremendo, e se retira antes de pular da cama.

Seduzir

— Me deixa fazer uma massagem. Qual perna?

Eu me deito de costas, gemendo com a cãibra filha da puta, mas rindo ao mesmo tempo, e aponto para a perna esquerda.

Ele a levanta e faz sua mágica no músculo retesado.

— Você precisa de mais potássio, querida. Quer que eu te faça uma vitamina de banana?

— Com morangos? — Faço uma carinha de cachorro pidão, com um beicinho para completar.

— Vou ver o que consigo fazer. — Pisca, abaixando minha perna. — Consegue andar para ficar um tempinho na banheira? Eu levo a vitamina pra você lá.

E agora sei por que as mulheres enfrentam o que ouvi dizer ser um processo doloroso excruciante e inesquecível, mas, ainda assim, engravidam de novo. Quero dizer, além de toda essa coisa de milagre da vida e amor aos filhos.

Você pode ser tratada como um bebê precioso... quando está tendo um bebê.

CAPÍTULO 34

CARA, CADÊ MINHA DIGNIDADE?

Sawyer

— Posso ajudá-lo?

À flor da pele, levo um susto e me viro, enviando uma oração silenciosa de que a ajuda está, de fato, a caminho. Sei, entendi o que vocês estão fazendo aqui... não conseguem fazer os homens simplesmente entrar em uma livraria, então garantem que a garota que vai ajudá-lo seja ainda mais gostosa do que a garota que te cumprimentou na porta. Marketing brilhante – colocam um colírio para os olhos dizendo "não, senhor, você não está em uma livraria, é só impressão".

— Caralho, espero que sim.

Devo assustar a vendedora, porque ela se afasta, arregalando os olhos.

— Então, eu li o livro sobre o que esperar para as mulheres grávidas. Você pode me mostrar o livro sobre o que diabos o cara deve fazer para lidar com isso?

— Oh, uau. — Ela estende a mão e segura a estante que balança enquanto me apoio ali, prestes a cair. — Vamos ver o que temos. Me siga.

Moça, eu vou te seguir até o inferno se você encontrar para mim o manual de instrução de "Demônios Se Apoderaram Da Minha Adorável Mulher".

Literalmente, quase da noite para o dia, ela surtou, e agora tudo o que eu faço está errado. Até a Dra. Greer, que acha que sou louco e geralmente gruda na parede mais distante para se afastar de mim, afagou meu ombro com uma expressão penalizada na última consulta.

Vasculhamos as prateleiras juntos, ela lendo os títulos com a cabeça inclinada, eu olhando para os desenhos nas lombadas em busca de uma mulher dragão que cospe fogo, quando uma ideia me ocorre. Eu deveria escrever um livro. Vou chamá-lo de *Sua Mulher Está Grávida, Prepare-se. Conversa Franca* por Sawyer "Se Esse Livro Sair Então Eu Sobrevivi" Beckett.

Capítulo1: Sono. Se ela, finalmente, ficar confortável na cama, não mexa a porra de um músculo. Nem sequer respire, porque se você a perturbar, o inferno estará prestes a explodir e você ficará ajustando, arrumando e procurando todos os travesseiros da casa. (Essa foi a minha noite de ontem, aproximadamente das dez às onze e quinze).

Capítulo 2: Chás. Você é um maldito idiota por sequer sugerir que os homens não precisam ir aos chás de bebês. É claro que o seu traseiro tem que estar lá...a menos, é claro, que o seu traseiro não tenha que estar lá, porque é o lance "dela", para a mãe que "realmente precisa passar pela parte difícil!".

Capítulo 2.5: Adendo. Qualquer coisa pode acontecer no Capítulo 2, e está claramente sujeito a mudar a cada dia, então não fale sobre isso. Deixe-a dizer aonde você vai e não vai comparecer.

Merda! Chá de bebê!

— Eu tenho que ir, deixa pra lá, obrigado! — grito para a vendedora, dando o fora dali em velocidade máxima. Eu sabia que tinha algo para fazer hoje. Estou discando enquanto ligo a caminhonete, puro medo tomando conta de mim.

— Alô? — Ai, graças a Deus, uma voz meiga.

— Oi, mamãezinha. Está fazendo o quê?

— A caminho do chá com a Laney. Você está indo?

— Sim, estou indo para lá agora. Apenas me certificando de que não tenho que te buscar para irmos juntos. — Minha língua bifurca enquanto falo. Eu tinha certeza de que estava atrasado para buscá-la.

— Não, Laney está me levando. Eu te vejo lá.

— Okay, querida. Eu te amo.

— Eu também te amo, Sawyer.

Puta merda, ponto para o time dos homens! Dou uma alongada no pescoço e relaxo um pouco, ligando a música e seguindo para a casa de Dane. Quem precisa de um livro – eu consigo fazer isso!

Eu, de jeito e forma nenhuma, consigo fazer isso. Socorro!

No momento, estou sendo enrolado em papel higiênico, o modelo do concurso 'Construa uma Fralda'. Eu sou a única pessoa com um pau aqui, e ele encolheu e foi se esconder.

— Está terminando? — resmungo.

— Quieto! — Laney bate no meu braço enquanto Bennett anda ao meu redor, enrolando uma área muito perto das minhas joias. Mais um pouco e ela vai esperar que eu compre seu jantar.

Olho para Jessica, a modelo do outro time e a única convidada além das meninas da Galera. Estou feliz em ver que ela também está sendo torturada. Terei que dar um aumento para ela. Ah, mas olhe para Emmett, sorrindo, rindo e se divertindo muito.

Tudo bem, eu entendi.

— Andem logo, nós temos que ganhar isso! Bennett, tire alguns desses trequinhos do seu cabelo e use como alfinetes!

— Nós sabemos o que estamos fazendo — Laney esbraveja —, apenas fique parado!

— Você não faz ideia do que está fazendo, mulher! Você mal é uma garota!

Ai! Acho que um soco não era necessário.

— Oh. Santo. Deus. — E só fica melhor... Dane chega e me vê em toda a minha glória paparicada. Espere, por que ele está levantando o telefone?

— O que você está fazendo com esse celular, imbecil?

Ele balança a mão livre distraidamente para mim.

— Não estou filmando isso, não se preocupe.

— Tempo! — Laney fala, afastando-se para admirar o trabalho delas. — Ah, a gente vai ganhar, com certeza. Dane, amor — ela se vira para ele —, você pode ser o juiz?

Emmett se senta no sofá com um suspiro, exausta, mas lança um olhar para Dane.

— Você vai querer escolher o meu — ela avisa.

Ele sorri para ela e depois dá uma piscadinha de desculpas para Laney.

— Emmett ganhou.

— Eba! — Whitley grita, abraçando a Jessica mumificada. — Nós ganhamos!

— Vamos comer — Emmett sugere, então arranco meu papel higiênico depressa e corro para ajudá-la a se levantar.

Ela acha que está enorme, sei disso porque ela menciona pelos menos duas vezes ao dia, todos os dias, mas acho que ela está adorável, nem um terço do tamanho que vejo algumas mulheres ficarem. Mas eu aprendi rápido – não discuta, não diga nada, e assinta enfaticamente.

— Então, fiquei sabendo que você foi expulso da aula de Lamaze? — Dane ri e lanço um olhar para Emmett... não acredito que ela me dedurou.

— Eu não fui expulso. Pediram para eu não voltar mais. Tem uma grande diferença — resmungo, ajudando minha mulher a se sentar em uma banqueta à bancada. — O que você disse para eles? — pergunto a ela.

— A verdade. — Ela sorri, cobrindo a boca depressa para disfarçar.

— Por que você não me esclarece a história real? — Dane ergue aquela maldita sobrancelha, me desafiando e dando uma mordida em um *cookie* com formato de cegonha.

Armadilha total – todos os seis pares de olhos disparam na minha direção, as garotas se aproximam para absorver cada palavra.

— Foi apenas um caso evidente de bruxa velha em ação. — Dou de ombros. — A professora me queria, ficou brava porque não dei bola e começou a me atazanar.

— Sei. — Dane assente, balançando a mão para eu continuar.

— É uma aula sobre o seu bebê saindo, certo? Por que eu não precisaria estar entre as pernas da Emmett?

Whitley espirra o conteúdo de sua boca em cima de mim, se engasgando com o ponche a ponto de precisar que Bennett lhe dê tapinhas nas costas. No entanto, Ben manda a amiga ficar quieta, sem querer perder o resto da história, acho.

— Não vai acontecer merda nenhuma na área da cabeça dela. Fui aonde eu era necessário.

— E? — Emmett tosse.

— E o quê? Querida, ela obviamente não sabia o que estava fazendo. Eu não estava armando um golpe como ela tão dramaticamente acusou. Estava apenas engrenando os outros pais.

Todo mundo está rindo, mas Whitley levanta a mão em meio ao alvoroço.

— Sim, Whitley?

— Me corrija se eu estiver errada, mas você não planeja realmente fazer o parto do bebê, planeja? — Ela põe a mão sobre o peito, sua voz estremecendo nas últimas palavras.

— Não.

— Então por que você precisa estar lá embaixo? Ali é onde a médica vai ficar.

Lá vamos nós de novo. Balanço a cabeça. Ninguém tem um argumento original?

Emmett segura o braço de Laney, apontando o polegar na minha direção.

— Você tem que ouvir isso.

— Vai ter muita coisa acontecendo em um local central – fluidos jorrando e voando ali. Eu li muito sobre isso, sabe. Quero garantir que meu bebê não vá deslizar das mãos dela como um porquinho escorregadio e acabe no chão. Eu sou o apanhador, só por via das dúvidas. Sei que esses bebês nunca erram — balanço meus dedos para eles —, sem contar — silencio seus suspiros e risadinhas — mulheres gritando, o caos generalizado; preciso me certificar de que ninguém fique alegrinho com a tesoura e corte a coisa errada.

A expressão no rosto de Dane é clássica – um silêncio chocado... ele só está bravo por eu pensar em tudo primeiro, porque você sabe que o bundão está fazendo anotações.

— Se eu pudesse apenas descobrir como aproveitar e engarrafar tudo isso em algo útil — ele gesticula as mãos loucamente na minha direção —, todos nós seríamos donos de ilhas particulares.

Eu fui terminantemente proibido de comprar qualquer comida, chocolate ou algo assim, bem como artigos de roupas "eu não ficarei desse tamanho para sempre" e/ou flores, o que, de repente, deixam ela com dor de cabeça, para o Dia dos Namorados.

E sobra o quê, exatamente?

Nada de filhotinho de cachorro, que se dane isso, nós temos uma máquina de fazer xixi e cocô a caminho. Joias? Clichê demais. Com certeza, nada de coisas de bebês – entre o Natal e o chá, estamos prontos para tipo, dez bebês. Diário novo? Não é o bastante.

Estou ferrado. Hora de chamar reforços.

— Ela está ocupada — Dane atende o celular da Laney com uma risada, mas consigo ouvi-la lutando com ele no fundo.

— Entregue o celular para ela, é importante.

— Você está bem? — Seu tom de voz fica muito sério.

— Não! O que diabos eu compro para a Emmett de Dia dos Namorados? E antes que você comece a citar porcarias básicas, deixe eu te dizer a lista de proibidos que ela me deu.

— Me dê o celular — Laney manda. — Alô?

— Oi, Gidge, então, eu...

— Eu te ouvi — ela me interrompe. — Ela quer um daqueles negócios de leitores digitais, tipo o Kindle, com luz.

Ela ama mesmo ler. Eu acho que talvez a Gidge esteja no caminho certo.

— Onde eu compro um desses?

— Qualquer loja de eletrônicos, *Best Buy*, qualquer lugar. Ah, e peça para eles encherem de crédito, ou seja lá o que eles fazem para ela poder comprar livros!

— Ah, Gidge, você sabe o quanto eu te amo, né?

— Sim, ela sabe! — Dane grita.

— Tchau. — Rio, tentado a zoar com ele e continuar falando com ela. — Obrigado.

Entreguei o presente a ela por volta das seis da tarde. Essa foi a última vez em que a vi. Agora já são quase dez e meia da noite.

Eu sou um homem corajoso, muito corajoso... então vou entrar.

— Oi, amor, o que está fazendo?

— Sshhh... — ela sussurra, encolhida na cama, hipnotizada pela tela. — É uma parte importantíssima.

É, eu tenho uma parte importantíssima e ele sabe que é Dia dos Namorados e que ela comprou para nós um perfume novo e óculos de sol, não uma boceta artificial. Sorrateiramente, desligo as luzes e dou a volta na cama, tirando toda a minha roupa antes de levantar as cobertas e me deitar atrás dela. Afasto seu cabelo longo do ombro, provocando sua pele com o meu nariz, beijando suavemente. Recebo uma mão balançando para trás, como se fosse uma mosca a incomodando.

268   **S. E. HALL**

Não sou um fã do Kindle. Eu me deito de costas, bufando alto, e quando ela nem sequer se move, bufo de novo, socando e arrumando meu travesseiro.

— Está lendo o quê, no Dia dos Namorados, amor?

— *Miragem.* — Ela suspira, melancolicamente. — É tão bom.

Rolo de novo, meu peito nu contra as suas costas, e pego uma de suas mãos, colocando-a sobre o meu pau duro e solitário.

— Isso parece uma miragem para você, Em?

— Não — ela abaixa o Kindle e se vira para ficar de frente para mim —, não, com certeza não. Parece muito real. — Ela aperta sua mão, usando a palma inteira para deslizar sobre meu pobre desconforto.

Seguro sua nuca e a puxo com força contra a minha boca, mordendo seu lábio inferior e puxando entre os dentes antes de juntar nossas línguas.

— Eu preciso de um pouco de amor, Emmy — murmuro contra nossas bocas enroscadas. — Você tem um pouco para mim?

Sua fina camisola branca não deixa nada à imaginação, seus mamilos intumescidos e duros despontam pelo tecido, e ela não está usando calcinha. Caraaalho... Deslizo o dedo por baixo de uma das alças e a deixo escorregar pelo braço, depois faço o mesmo do outro lado. Agora seu peito está nu para mim, exibindo as batidas de seu coração visivelmente agitado e dois lindos seios. Apoio todo o meu peso sobre o cotovelo direito e deslizo a mão esquerda para debaixo de sua camisola. Sem nenhuma barreira, meu dedo indicador testa o quanto está pronta. Ela está quente e molhada, como se estivesse esperando por mim.

A essa altura, ela agarrou loucamente as laterais da minha cabeça, saboreando minha boca, e depois a guiando para chupar seus peitos, uma das minhas coisas favoritas. Eles ficam maiores a cada dia, e me sinto tentado, com frequência, a me sufocar entre eles. Que bela forma de morrer...

— Me diga, Em, você me quer? Você me quer dentro dessa linda boceta molhada, não quer?

— Sim — ela grunhe, abrindo os lábios.

— Coloque-me onde você me quer, Em, me mostre.

Ela se deita de lado, de costas para mim, e levanta uma perna para apoiar sobre o meu quadril. Um pouco atrapalhada, sua mão surge entre nós, pequenos dedos agarrando meu pau. Eu me aproximo e ela me posiciona em seu centro encharcado, chegando para trás até que a ponta a penetra.

E pelas próximas horas, porque, sim, eu consegui isso, nós consumamos nosso primeiro Dia dos Namorados juntos.

CAPÍTULO 35

MILAGRE EM FAIR ROAD

Emmett

Uma mãe de segunda viagem contou uma história engraçada na aula de Lamaze, uma noite antes de sermos expulsos. A bolsa dela estourou no meio do corredor de um mercado, então ela pegou o pote de picles e o quebrou em cima da poça para encobrir a prova. Ótima história, nós todos morremos de rir, mas não é nada aplicável agora, aqui.

Estou sentada no saguão do *Quickie Lube*, esperando trocarem o óleo do meu carro, além de fazerem a rotação dos pneus, quando, de repente, sinto que acabei de fazer xixi na calça. Não me ocorre que é a minha bolsa estourando logo de cara, porque ainda faltam dezessete dias. Bebês não vêm tão cedo assim, talvez uma semana, mas não mais do que duas. Isso não pode estar certo. E se tiver algum problema? E MERDA, as dores agudas devem surgir logo depois?

Okay, eu consigo fazer isso, não preciso entrar em pânico. Ligo para Sawyer, ansiosa, algumas lágrimas de pavor já escorrendo pelas minhas bochechas.

— Oi, amor, já pegou o seu carro? — ele atende, animado.

— Ainda não terminou. — Solto uma bufada. — Sawyer, minha bolsa acabou de estourar, no *Quickie Lube* da Universidade. E a dor, aaah — grito, me curvando toda, segurando minha barriga —... já começou.

— Senhora, você está bem? — um garoto com o rosto cheio de espinhas, com cerca de doze anos, me pergunta.

— Nãooo — resmungo —, eu não estou bem. A menos que você faça partos ou tenha uma dose de morfina em mãos. EU. NÃO. ESTOU. BEM.

— Emmy, querida — Sawyer grita, desesperadamente, no meu ouvido —, entregue o celular para esse cara. Estou a caminho agora, apenas espere, Baixinha, o Papai está chegando.

Jogo meu celular para o coitado do garoto, escorregando pela cadeira, tentando tirar um pouco da pressão na coluna.

— AI, MEU DEUS — soluço, gritando: — SÉRIO?

— Cara — o celular treme na mão dele —, ela, com certeza, está em trabalho de parto, e está vindo bem rápido, eu acho.

— Uh huh.

— Okay, eu posso fazer isso.

— Tudo bem, sim, pode deixar. — Ele termina a ligação e devolve meu celular, o qual quase arranco da mão dele.

Desculpe, garoto, lugar errado, hora errada. Você vai sobreviver.

— Ahhh! — Eu, talvez, não.

— Seu marido disse para cronometrar as suas contrações. Se elas ficarem com cinco minutos ou menos de intervalo, eu tenho que chamar uma ambulância. Ele está a cerca de quinze minutos de distância.

— Obrigada.

— Brian.

— Obrigada, Brian. Me desculpe por ter sido grossa, mas isso dói pra caramba. — Inclino a cabeça para trás e tento me concentrar no ritmo respiratório, com as técnicas que tive tempo de aprender antes de Sawyer fazer com que fôssemos, rudemente, removidos da aula de Lamaze. — Estou sentada em uma poça de dor, apenas ignore tudo o que eu digo.

— Posso pegar uma bebida para você ou algo assim?

Uma toalha seria bom.

— Não, obrigada, estou bem, eu, aaaai, meu Deus! Ai, meu Deus... Owww — berro, curvando meu corpo para frente. A dor, a dor excruciante.

— Isso não foi nem três minutos, vou chamar. — Ele se vira e corre para a mesa.

Como isso está acontecendo? Eu pensei que você tinha tempo de pegar sua mala, dirigir seu carro e estacionar, entrar e pegar uma cadeira de rodas... isso foi como "arrebentou, corre!"

Pouquíssimos minutos se passam e ouço as sirenes se aproximando cada vez mais. Tento me levantar para encontrá-los e me sento de novo na

Seduzir

mesma hora. Não vai rolar. Outra contração tem início quando os paramédicos irrompem pela porta, e essa última parece durar para sempre. Sinto a fisgada até nas raízes do meu cabelo.

— Qual é o seu nome, senhora? — pergunta um dos paramédicos, prendendo no meu braço algo que ele tirou de uma caixa.

— Emmett Young. — *Inspira pelo nariz, expira pela boca.*

— Qual é o intervalo entre as suas contrações?

— Quase três minutos — Brian, do *Quickie Lube*, entra na conversa, ao longe.

— E de quantas semanas você está?

— 37. Quase 38. Isso é cedo demais? — Mordo meu lábio trêmulo, preocupada e assustada. Cadê o Sawyer?

— Vai ficar tudo bem, vamos te colocar na maca. — Ele coloca a mão embaixo de um dos meus ombros, outro homem segurando meu braço do outro lado. No meio do caminho, nós temos que parar quando uma magnitude 4.7 na escala Richter me percorre, fazendo minhas pernas enfraquecerem, e eu vou cair se eles não me segurarem.

— Emmett! — Lá está ele.

— Sawyer! — murmuro, em meio a um soluço. Ele se aproxima na mesma hora, sua mão nas minhas costas.

— Senhor, afaste-se, por favor, vamos colocá-la na maca. Você é mais do que bem-vindo para vir na ambulância com ela.

— Nós vamos para a Regional. O endereço é esse aqui, *1499 Fair Road.* Eu liguei para a médica dela e eles já sabem que estamos a caminho. — Ele está tão calmo, sossegado, relatando os fatos como se fosse o homem no comando. Ele pega minha bolsa do chão e olha em volta, avistando Brian.

— Alguém vai passar aqui para te pagar e pegar o carro dela, um cara chamado Tate ou Dane Kendrick. Entregue para eles.

Brian assente sem palavras, provavelmente traumatizado pelo resto da vida.

Quando começamos a andar, Sawyer segura a minha mão, sem soltar até eles me colocarem dentro da ambulância. Grito de dor e seguro a barriga, respirando com dificuldade. Sawyer e um cara entram, as portas se fecham, e quando me dou conta, nós estamos nos movendo, as sirenes soando. Sawyer segura minha mão de novo, inclinado sobre mim enquanto a outra acaricia meu cabelo, beijando minha testa sem parar.

— Apenas respire, amor, vai ficar tudo bem. Eu estou bem aqui. Estou com você, Emmy.

Assinto com os olhos cheios de lágrimas, apertando o agarre em sua mão.

— Eu te amo — ele murmura com o movimento dos lábios, soprando um beijo e realmente conseguindo me fazer sorrir.

O percurso não dura nada e então as portas se abrem e estou sendo levada às pressas para dentro do hospital. Uma enfermeira nos encontra no saguão e começa a direcionar o caminho, me levando diretamente para a ala de maternidade.

Três contrações mais tarde, então dez minutos, estou vestindo uma bata e deitada na cama, com um monitor fetal grudado na barriga, assim como a Enfermeira Desagradável está com a mão toda enfiada na minha vagina.

— Quatro. — Ela tira suas luvas e arrasta seu banquinho para perto do lixo, depois retorna. — Você está indo bem. A Dra. Greer foi chamada. Você planeja receber a epidural?

Isso é para ser uma piada?

— Sim, por favor, assim que possível, por favor — ofego, outra onda de dor começando.

— Okay, vou chamar o anestesista. Isso vai te manter sem dor enquanto você dilata até a hora do parto. Quem vai estar no quarto com você? O hospital só permite duas pessoas.

— Será apenas eu — Sawyer se levanta e aperta a mão dela, em um cumprimento. — Sawyer Beckett, o papai.

Sawyer

Eu tiraria a dor dela se pudesse. É insuportável ver gotas de suor cobrirem sua testa e acima dos lábios a cada onda dolorosa. Ela é tão corajosa, soprando e respirando como um peixinho, me dando um sorriso fraco, mas vitorioso quando cada contração termina.

Capítulo 3: Parto. Toque nela, demonstre apoio, mas não exagere. A mamãe fica irritável e nervosa e talvez diga "não toque em mim" em um grunhido demoníaco, mas ela não está falando sério.

Uma hora, sessenta minutos e dezenove contrações mais tarde, o homem tão aguardado entra, todo casual, para administrar a epidural.

— Aposto que você está feliz por me ver — ele diz, com uma risada arrogante.

Esse cara está implorando por uma surra.

— Muito — Emmett geme, remexendo-se na cama, desconfortavelmente.

Capítulo 4: Epidurais. Anote isso! NÃO, eu repito, NÃO assista essa parte. O Dr. Maligno vai enfiar a porra de uma agulha enorme, quero dizer monstruosamente longa, na coluna da sua mulher, enquanto ela está encurvada e chorando. Eles não vão deixar você segurá-la nesse momento. Uma enfermeira a segura e você fica sentado lá como um idiota inútil. Isso vai te matar e fazer você querer espancá-lo! Mas então, um alívio estranho vai tomar conta do quarto como um cobertor quente, como se tivesse acabado de sair da secadora, e a mamãe irá, de repente, parecer um ser humano de novo.

E o restante é um mar de rosas... não é, mas comparado com a tempestade recém-sofrida? Pequenas ondulações em um riacho raso.

— Você está indo tão bem, Emmy. — Beijo sua testa, depois me inclino adiante para dar uma espiada, hipnotizado. — Aperte a minha mão, Baixinha — e cacete, ela aperta —, quase lá!

— Faça força, Emmett, empurre como se o seu cóccix precisasse acertar a minha mão — a Dra. Greer instrui. — Isso mesmo, mais um pouco, desse jeito.

— Minha garota linda e forte, você consegue, amor. — Coloco a outra mão em suas costas e a ajudo a se sentar. — Eu te amo, Emmett. Você está indo muito bem. — Dou uma olhada sobre sua perna e avisto... uma cabeça preta peludinha. — Isso é-é a cabeça?

— Isso é a cabeça. Preciso da pinça — a doutora grita para a enfermeira, e ela lhe entrega um pegador de saladas gigantesco, parecendo mais assustador do que a bomba de tirar leite que eu escondi.

Ah, de jeito nenhum.

— O que é isso? O que você está fazendo? — É... estou onde a ação acontece agora.

— Preciso virar a cabeça, Sr. Beckett.

— Você não vai colocar isso na cabeça do meu filho. Não, não, não. — Nego com um aceno, estendendo a mão para pegar a arma dela.

— É perfeitamente seguro. — Ela faz um movimento, mas eu também.

— De jeito nenhum, deixe eu ir lá, eu faço! — Entro na frente da enfermeira.

— Sawyer — ah, a doutora está me chamando pelo primeiro nome agora —, afaste-se e deixe eu fazer o meu...

— Empurrando! — Emmett grita, exigindo nossa atenção.

Boa garota, Em – um grande empurrão forte e a cabeça do bebê sai mais alguns centímetros. Não consigo evitar, dou um sorrisinho e estendo a mão, pegando a pinça.

A partir daquele momento, eu não me mexo, falo, ou pisco, e nem tenho certeza se respiro. A pessoinha mais linda que já vi na vida surge.

Capítulo 5: Você nunca mais será o mesmo.

A Dra. Greer segura o bebê como uma campeã, esfregando, friccionando, dando palmadinhas e aspirando em um frenesi enevoado até que um choro cortante e glorioso alcança o teto.

— Você tem uma filha. — Ela olha para mim. — Você gostaria de cortar o cordão umbilical?

É isso. Uso uma mão para firmar a outra e interrompo seu *elo* apenas com a mãe. Ela é parte do "nosso" mundo agora.

— Uma filha — sussurro, seguindo a mocinha sendo transferida das mãos da médica para as da enfermeira. — Emmy, você ouviu? — digo, me virando para olhar para a mamãe quando meu bebê é colocado com cuidado em uma bandeja lá, a um braço de distância. (Eu posso ter estendido o braço e medido.) — Nós temos uma filha.

Uma Emmett exausta, suada e radiante estende os braços para mim e curva seus lindos lábios.

— Eu ouvi — ela responde, lágrimas escorrendo pelo seu rosto. — Ela está bem?

Com o máximo de gentileza que meu coração permite, eu a envolvo com meus braços, beijando cada centímetro de seu lindo rosto.

— Sim, ela é perfeita. Obrigado, Emmett. — Viro a cabeça e beijo sua mão enquanto ela seca minhas próprias lágrimas. — Deus, eu te amo.

Seduzir

Muito obrigado, querida. — Rio, mais feliz do que nunca, chorando como o meu bebê, sem a menor vergonha. — Tenho que me certificar de que eles estão fazendo tudo certo lá e contar todos os dedinhos dela. Volto em um minuto.

— Faça isso, papai — ela sorri para mim, segurando minhas bochechas, seus olhos verdes vibrantes repletos de calor e felicidade —, vá atrás da nossa menina.

CAPÍTULO 36

SOMOS OS BECKETT

Sawyer

Depois que eles ajeitaram a Em e a deixaram descansando, confortavelmente, e que o Pacotinho foi levado, apesar das minhas ameaças, para o berçário, sigo para a sala de espera. Escancarando as portas, sou recebido por cinco dos meus rostos favoritos, minha família. A perna da Laney está balançando a mil por hora, um monte de balões rosa em sua mão direita e azuis na esquerda. Ao lado dela está Dane, depois Tate e Bennett e o bom e velho Zach.

Todos eles se levantam de uma vez, e Laney se adianta na frente deles.

— E aí? — ela pergunta, empolgada.

— Vocês fizeram apostas? — pergunto.

— Óbvio. — Tate ri. — É melhor do que apostar nos Falcons.

— Tudo bem, time menina aqui — aponto —, time menino ali. E cadê o Evan e a Whit?

— Estão voltando do acampamento de caça. — Zach ri. — Eu odiaria ser o Evan agora. Você sabe que Whit está puta por ter perdido.

— Apenas dois no time menino, é? — Olho para Zach e Tate e ouço Laney grunhir ao meu lado. Virando para o time rosa, arqueio as sobrancelhas para Dane. — Você é time menina?

Ele sorri.

— Eu sou time 'Laney quer uma menina'.

Esfrego o queixo, alternando o olhar entre os dois grupos, fazendo-os suar.

— Vocês sabem que é bom não apostar contra a Laney. É uma menina!

— WOO HOO! — Laney grita, soltando os balões azuis e pulando em cima de mim, envolvendo meu pescoço com a mão livre. — Eu sabia! Parabéns!

— Obrigado, tia Gidge. — Beijo sua cabeça, colocando-a no chão para aceitar o ataque de Bennett e depois os abraços do restante.

— Então, qual é o nome dela? Como ela é? Quando poderemos vê-la? — Laney dispara perguntas.

— Não sei ainda. Emmett está dormindo, então ainda não falamos sobre o nome. E ela é linda, a cabeça cheinha de cabelo preto, igual da mãe. Um pouco gorduchinha, devo dizer. 3.827 quilos.

Nunca vi Laney tão empolgada. Eu mal ouvi sobre os trigêmeos do Parker nascendo, mas cacete, ela estava ansiosa pelo nascimento da minha menina.

— Quando poderemos vê-la? — ela reclama.

Esfrego a cabeça timidamente.

— Eu não sei, Gidge, eles não disseram. Mas acho que tem uma janela no berçário. É lá que ela...

E ela desapareceu como um raio pelo corredor.

— Okay, então — Dane segura meu ombro e aperta minha mão —, vá cuidar das coisas e nos mantenha informados quando puder.

Emmett

— E então, o papai disse: "De jeito nenhum, mulher. Eu sou seu homem e ponto final".

Acordo e viro a cabeça ao som de sua voz, observando em silêncio ele conversar com nosso bebê empacotado em seus braços. Estou tão cansada, mas não quero perder isso. Ela choraminga um pouco, se mexendo, e ele coloca o dedo mindinho em sua boca.

— Eu sei, eu sei, você está com fome. Deveríamos acordar a mamãe?

Ele levanta a cabeça e encontra meu olhar, sorrindo de orelha a orelha.

— Parece que já acordamos. Bom dia, mamãe, alguém quer peito. É ela — ele assente para o bebê e eu começo a rir de sua necessidade de esclarecer: — Eu disse a ela que dividiria.

— Traga ela aqui. — Eu me sento na cama, sentindo um friozinho na barriga. Eu fiz aulas, mas não acho que você consegue se preparar para a sensação que vem quando alimenta seu filho pela primeira vez.

Sawyer ri quando abaixo a aba do seio na minha bata.

— Ora, isso não é prático? Vou roubar isso lá pra casa. — Ele sacode as sobrancelhas. — Você a pegou? — pergunta, colocando com cuidado a minha filha no meu colo.

Assinto, meus olhos se enchendo de lágrimas quando olho para ela, de verdade, pela primeira vez.

— Olhe esse cabelinho. — Fungo, acariciando os fios escuros. Sua cabecinha se contorce, sem controle, enquanto ela procura meu seio. — Espere, porquinha. — Eu a ajudo, e ela demora um minuto, mas, naturalmente, do mesmo jeito que um filhote de passarinho sabe bater as asas e sair do ninho, ela começa a se alimentar.

Sawyer se inclina e beija primeiro a minha cabeça, e depois a dela.

— Linda — ele murmura, quase baixinho demais. — Você pensou em um nome?

Pensei, mas nada que eu já a tinha chamado antes, e de jeito nenhum vou deixá-lo de fora disso, então dou de ombros.

— Algumas ideias. Do que você gosta?

O rosto dele se ilumina com esperança, depois rapidamente se recompõe, tentando colocar uma máscara transparente de indiferença.

— Quero dizer, eu tive algumas ideias também, aqui e ali.

— Sawyer — falo —, posso dizer pelo olhar em seu rosto que você sabe exatamente como quer chamá-la.

— Bem — ele fica inquieto —, já que estivemos chamando-a de Alex esse tempo todo, pensei que talvez Alexandra seria legal para um nome do meio? Arrogante demais para o primeiro nome, porém.

Assinto, encorajando-o.

— Eu amei, perfeito, manteremos Alex. Agora, e quanto ao primeiro nome?

— Ela é o nosso primeiro milagre, juntos, então eu estava pensando em nós, algo especial. Muitas coisas sempre me fazem pensar em você e eu,

Seduzir

279

mas acima de tudo, tem uma música em particular. — Seus pés se reme-xem no chão, a mão esfregando a nuca, nervoso. — O que você acha de Presley?

— Presley Alexandra Beckett — repito, e ele ofega alto.

— Beckett? — Ele sorri com os olhos marejados. — Sério?

Eu fiquei nervosa com essa última parte, sentindo-me pretensiosa, mas vendo o rosto dele agora, essa preocupação desapareceu.

— É claro — sussurro.

— Cacete, Em — ele diz, depois faz uma careta. — Desculpe, papai mau. — Ele beija sua cabeça fofa e olha para mim. — Você me paralisa, mulher. Eu te amo. — Ele engole em seco, se recompondo. — Eu te amo tanto. E eu te amo, Presley Alexandra Beckett. Nossa menina. E só para você saber — ele ergue meu queixo —, Beckett soa bem com Emmett Louise também.

EPÍLOGO

Sawyer

Minha filha é incrível, desafiando todas as leis da gravidade, da digestão... e da *Pampers*.

— Santo Deus, Princesa P! Você jogou uma bomba no seu papai, não foi?

A letra P combina em tudo com ela – Presley, Princesa, Popozeira...

— Temos que trocar de fralda, bebê, isso é ridículo. Como você conseguiu fazer cocô na sua perna?

Eu juro que ela guarda isso para mim. Emmett fica o tempo todo beijando sua bundinha pelada – de jeito nenhum ela faria isso se tivesse ganhado uma dessas pérolas! Bem orgulhosa de si mesma, ela balbucia e junta pequenas bolhinhas de cuspe em sua boca, os braços e pernas se debatendo freneticamente enquanto limpo... e limpo... em vão.

— Já chega, hora do banho!

Arrumo a fralda e enrolo um cobertor ao redor dela, levantando-a e seguindo para o banheiro. Parece que Presley e eu tomamos um banho toda vez que cuido dela sozinho. Ela é o bebê mais limpo do mundo, exceto por alguns minutos de destruição em massa antes do banho. Hoje a Emmett está na sua aula "O Corpo depois do Bebê", o que a deixa fora de casa em uma viagem de duas horas, ida e volta, e esse já é o nosso segundo banho do dia. Presley ama, porém, e é a forma mais fácil que encontrei de deixá-la limpa quando ela me surpreende com uma de suas "iguarias".

A Dra. Greer ficou triste por me ver indo embora, tenho certeza, mas meu novo melhor amigo, o Doutor Horton, o pediatra, diz que Presley e suas bombas de cocô são totalmente normais. Estou em busca de segundas opiniões, mas enquanto isso, a ciência explica.

Ligando a água para deixá-la esquentar, abro o chuveirinho para molhar o banquinho, depois coloco a P sobre uma toalha enquanto tiro a camiseta e coloco o calção de banho ainda molhado que estava pendurado na bancada. Sim, Emmett ri também, mas eu simplesmente não sei as regras quanto a isso, então... Em seguida, pego todos os acessórios cobertos de cocô da Presley e jogo dentro de dois sacos de lixo, dos quais eu, astutamente, deixo um cesto debaixo da pia. Levanto a criminosa e nós entramos, em seguida eu me sento no banquinho. De jeito nenhum fico em pé e corro o risco de derrubá-la, então ficamos de boa ali sentados, enquanto a água cai sobre seu bumbum, fazendo seu trabalho.

Suas mãozinhas, movendo-se a mil por hora, se agitam durante nossa brincadeira usual "Será que o papai consegue pegar e comer seus dedinhos".

Ela acerta em cheio meu peito, logo acima do meu coração, bem na minha tatuagem mais nova.

— Isso mesmo, P, essa é você e a sua mamãe, hein?

Emmett diz que sou louco, mas acho que Presley é atraída por mim, conscientemente. Sobre o meu coração está o perfil de uma borboleta da espécie Rainha Alexandra – bem no lugar onde as duas pousaram.

SOBRE A AUTORA

    S.E. Hall é autora best-seller do NY Times & USA Today, da Série Envolver, Série Full Circle, um spin-off da Série Envolver, que inclui *Embody*, *Elusive* e *Exclusive*, além de inúmeros romances independentes.

    S.E., ou Stephanie Elaine, mora em Arkansas com seu marido há 23 anos, e juntos, eles possuem quatro filhas incríveis, com idades entre 28, 23, 17 e 16, e três lindos netos.

    E por último, mas longe de serem menos importantes, estão os preciosos cães-netos de S.E., Piper Gene Trouble Machine e Honey, que iluminam seu mundo!

    Quando não está assistindo sua garotinha arrasar na base do arremessador no *fastpitch softball*, ou qualquer programa sobre crime, S.E. Hall pode ser encontrada... na sua garagem. Ela também gosta de ler, escrever e solucionar crimes do conforto de sua poltrona na frente de sua televisão.

AGRADECIMENTOS

Essa parte é sempre mais difícil do que o livro em si. Muita coisa mudou desde que escrevi os agradecimentos de Enroscar... novos leitores entraram na minha vida e agora se tornaram amigos. Autores citaram meus livros nos seus próprios, blogs foram formados e mimaram meus livros com muito amor... tantos iluminaram meu mundo!!!

De novo, de jeito NENHUM vou citar cada pessoa, por nome, que tocou meu coração e a minha vida, então nem vou tentar, porque se eu esquecesse UM, isso me assombraria para sempre. Se eu fizer meu trabalho como pessoa, agradeci vocês, mostrei a vocês de alguma forma o quanto sou grata. Se não, vocês têm a minha permissão para chutar o meu traseiro.

Meu marido, Jeff, é para sempre meu príncipe da vida real, meu melhor amigo e a minha rocha. Ele é a melhor coisa que já aconteceu comigo. Se eu pudesse me casar com qualquer pessoa do mundo inteiro amanhã, eu o escolheria de novo. Eu te amo, amor!

Minhas meninas. Mesmo se elas não fossem minhas filhas, eu ainda acharia que elas são legais – porque elas são! Vocês sabem que a mamãe ama vocês mais do que o laptop dela, meninas... eu faço tudo isso por vocês!

Minha família. De novo, uma daquelas categorias onde você NÃO começa a citar nomes e arrisca esquecer de alguém. Minha família é louca, barulhenta, irritante, com Síndrome de Borderline, e tão divertida que a sociedade mal aguenta quando estamos em grupos. Mas, eles são todos meus e eu os adoro. Saúde às mesas flutuantes! Aliás... "Vocês estão grelhando?

Angela Graham, minha querida amiga, minha leitora crítica. Eu não poderia fazer nada disso sem você. É tão maravilhoso ter outra escritora tão apaixonada e com TOC, como eu, com quem trocar ideias! O seu olho para qualidade e detalhes me mantém no chão e eu te agradeço, sempre. Eu te amo, garota. Um brinde a outro ano com mais dessa jornada louca que começamos juntas!

Ashley Suzanne, minha alma gêmea, minha amiga, minha BBFFL. Merda, ainda nem comecei a digitar as coisas de verdade e estou chorando! Mulher – você é a canção do meu coração. Perdoe-me se eu te chamar de docinho, ou perguntar sobre o David, ou gritar com você para "vir"… mas é assim que nós somos! Se eu senti que o mundo me odiava – você é a primeira ligação que fazia. E o seu apoio aos meus livros, o que até significa NAS SUAS PRÓPRIAS PALAVRAS... É, as pessoas não fazem as coisas como todos os dias. Você é a minha UMA em um milhão! Você é a Rainha da nomeação de capítulos, a – ohhh, meu Deus, e se nós fizéssemos isso... – Mestre. Por favor, eu te imploro, continue escavando meu cérebro pelo resto da minha vida! Eu te DESAFIO a me encher de ligações e grandes ideias como em 2014 mais do que no ano passado!

Jessica Adams, você sempre torna a minha vida mais fácil e eu te agradeço demais! Toda vez que você diz "saia do meu cérebro", eu sei que somos um par feito nos Céus! Obrigada por arrasar na minha primeira sessão de autógrafos com a organização e precisão de um sargento em exercício, e pela sacola de presentes, e por me acompanhar na Diet Dew, e… bem, você já sabe!

A Dupla Dinâmica de Toski Covey Photography e Sommer Stein, Perfect Pear Creative Covers. Por amarem meu trabalho o suficiente para colocá-lo debaixo de suas asas e dar a ele uma cara nova e incrível!! Vocês duas são tão maravilhosas que não posso agradecê-las o bastante! Sou a humilde receptora das suas visões... apenas fico sentada, preparada para me impressionar! Mais uma vez, vocês arrasaram com Seduzir! Seu trabalho e dedicação são impecáveis e sou para lá de sortuda por ter as duas!

Às Erins: Preciso delas!

Erin Roth, minha revisora que tem olhos de águia e faz o melhor trabalho de revisão, mesmo que ela não me deixe dizer "awnry", rs. E abençoado seja seu lindo coração, ainda tendo esperança de que eu vá aprender todas aquelas regras estranhas – "caixas de diálogos" e "ponto, não uma vírgula aqui" – que ela está sempre citando.

#vocêmeamadojeitoqueeusou

Erin Long, minha diagramadora, a quem juro escutar meus e-mails chegando, mesmo que no meio da noite, enquanto estou no modo pânico total, implorando para ela mudar algo naquele segundo. Ela é uma salva-vidas veloz!

BLOGUEIROS, de jeito NENHUM vou citá-los individualmente. Sabendo como sou, eu esqueceria um e me manteria acordada à noite imaginando ter magoado alguém. De forma coletiva – VOCÊS SÃO INCRÍVEIS!!! Vocês mudam as vidas de autores independentes que tinham histórias zunindo em suas cabeças, seus corações, e se arriscaram. Vocês se arriscaram por eles, colocando seus próprios empregos e famílias de lado naqueles momentos para que pudessem ler seus livros e dar um retorno. TANTOS de vocês apoiaram a mim, SURGIR, ABRAÇAR, e ENROSCAR... e tenho orgulho de chamá-los de amigos. Sua ética, integridade, altruísmo, gentileza e profissionalismo são reconhecidos e valorizados!!! E as enquetes de 2013, bem, vamos apenas dizer, toda vez que surgia uma nova, onde eu era indicada, chorei mais lágrimas de felicidade!!!

Minha "Galera", Elite da S.E., Bonecas do Dane e Lindas do Evan – vocês sabem quem são e, espero, o que significam para mim!!! Eu deveria fazer vocês se sentirem especiais a cada oportunidade que tiver e espero fazer exatamente isso! Vocês sempre estão lá quando preciso de um rápido conserto, uma ideia, uma opinião, rir, chorar... Se eu nunca escrevesse outro livro, ainda precisaria de vocês em minha vida. Amo TODOS vocês! E os recém-chegados, bem-vindos, e obrigada por amarem a Série Envolver! E para as "fundadoras", minhas garotas das antigas que mudaram a minha vida na noite em que fizeram uma leitura em grupo... meninas, se algum dia vocês precisarem de um álibi ou dinheiro para a fiança, sabem para quem ligar!

Betas Sensualmente Pecaminosas do Sawyer – Ótimo grupo de mulheres que me ajudaram a cada etapa do caminho com Seduzir. Eu adoraria citar nomes, mas se você olhar bem os livros... tento fazer exatamente isso da "minha maneira". Amo todas vocês, vocês fizeram um trabalho incrível, e espero que estejam orgulhosas de Seduzir, porque há pelo menos um pedacinho de cada uma de vocês neles!

Toski, a pessoa, não a fotógrafa – Já te falei antes, mas vou falar de novo, alto e com orgulho. No dia em que você se apaixonou por Dane, e o livro Surgir, minha vida, a vida da minha família, mudou. Você o colocou sob suas asas como se fosse seu próprio livro e o fez com orgulho! Eu nunca poderei te agradecer o bastante, nunca! Eu te amo profundamente!

Samantha Stettner - Sempre. Sei que isso é tudo o que tenho a dizer e você entende, apenas SEMPRE.

Stacy Borel – Então começo Touching Scars, e vejo - 27% - e começo a chorar! OBRIGADA, mulher adorável!!!!! Xoxo para sempre

Erin Noelle – A saudação em Euphoria? Sejamos honesta, eu te amo!!!!!!! Mal posso esperar agitar Philly com a sua garotinha!

*** Reservo-me ao direito de corrigir, dar desculpas, implorar por perdão ou dar uma de desentendida em geral, a respeito dessa mensagem, CASO tenha esquecido de citar alguém.

OBRIGADA A TODOS!!!
Beijos, S.E. Hall

A The Gift Box é uma editora brasileira, com publicações de autores nacionais e estrangeiros, que surgiu no mercado em janeiro de 2018. Nossos livros estão sempre entre os mais vendidos da Amazon e já receberam diversos destaques em blogs literários e na própria Amazon.

Somos uma empresa jovem, cheia de energia e paixão pela literatura de romance e queremos incentivar cada vez mais a leitura e o crescimento de nossos autores e parceiros.

Acompanhe a The Gift Box nas redes sociais para ficar por dentro de todas as novidades.

 www.thegiftboxbr.com

 /thegiftboxbr.com

 @thegiftboxbr

 @GiftBoxEditora